璐言溪语

锦心蜀意

扬璐溪 — 著

中国出版集团　现代出版社

图书在版编目（CIP）数据

璐言溪语　锦心蜀意／扬璐溪著. -- 北京：现代出版社，2025.4. -- ISBN 978-7-5231-1339-4

Ⅰ. I217.2

中国国家版本馆CIP数据核字第2025HA4707号

璐言溪语　锦心蜀意
LU YAN XI YU　JIN XIN SHU YI

著　　者　扬璐溪

责任编辑　袁子茵
责任印制　贾子珍
出版发行　现代出版社
地　　址　北京市安定门外安华里504号
邮政编码　100011
电　　话　（010）64267325
传　　真　（010）64245264
网　　址　www.1980xd.com
印　　刷　成都现代印务有限公司
开　　本　880mm × 1230mm　1/32
印　　张　11.625
字　　数　235千字
版　　次　2025年5月第1版　2025年5月第1次印刷
书　　号　ISBN 978-7-5231-1339-4
定　　价　69.00元

□ 周啸天

璐言溪语　锦心似玉

　　《璐言溪语》是一本"杂俎"类的文集。这本文集从诗词歌赋到丝竹管弦，从赌书泼茶到一疏一饭，从幸福日常到异域所见……《璐言溪语》涵盖了传统诗词及其鉴赏、散文、随笔、游记等多种体裁，展示了作者广泛的创作兴趣、丰富的知识储备、独特的审美品味、敏锐的洞察能力及深厚的文学功底。

　　在诗词及其鉴赏部分，作者以传统诗词的悠远历史为底色，又以现代语境为画笔，描绘出一幅文史元素富集的精美画卷。每一个诗篇都展现出不同的色彩和图案，每一稿鉴赏也都像是一座桥梁，连接着先贤与作者、传统与创新。在这个章节中你会看到仁义礼智信孝的儒家思想历经千年依然在21世纪的书香家庭中得以传承和延续，如五律《蝴蝶》七律《慈母》；也会发现作者对于部分糟粕传统文化的遗憾与批判，如《画堂春·弹平沙落雁有感》《青平乐·深秋》。

　　作者给自己的诗词写鉴赏，自道写作甘苦，一方面是对历朝博学鸿儒们遣词造句的用法予以沿袭，另一方面也是努力创新从他人视角去对自我作品进行鉴赏和剖析。这个过程就如同在历史的长河中泛舟，作者既采撷文化的瑰宝，将它们镶嵌在自己的文字之中，也以通俗易懂的现代语境诠释了自己的思辨精神，以期读者朋友们能在阅读中感受到文化的魅力与深邃。

在散文闻音起舞系列，作者匠心独运地说"闻音起舞"即是"闻音起笔""文思泉涌"。只因作者觉得，美好的音乐不仅可以陶冶情操、修身养性，还可以音以教人、曲以谱文、文以载道、歌以咏志、诗以言情……

在散文赌书泼茶系列，作者引入了李清照和赵明诚、纳兰容若和卢氏两对伉俪的爱情典故，并提及红楼茶事，红楼茶事里的八种好茶虽真实性存疑，但作者写自己所钟爱的白茶、红茶、普洱茶这三类茶时却是经过了文献的查证，具备了学术的严谨，而在叙述赌书思人和趣数茶事的记忆时却又充满了温情。

散文天真确幸系列，是璐溪用独特视角观察世界的记录。作者眼中的世界不是单一的色彩，而是由无数细微之处构成的马赛克。作者用细腻的笔触描绘了日常生活中的小确幸，让读者在阅读的过程中，恍然大悟原来幸福就在不经意的瞬间。

散文吾足知味系列，则是一场舌尖上的旅行。从四种菜系中"糖醋排骨"的不同做法，到吸取湖南菜与潮汕菜之精华而独创的"金玉满堂"，再到色香味俱全的"绿肥红瘦"以及化家常为神奇的"千娇百媚"。每一道美食背后都有着独特的烹饪文化、菜名渊源和成长故事。让读者朋友的味蕾在文字间尽情舞蹈。

游记"异域风情"系列，则是一场精彩的感官之旅。作者带领我们穿越了不同的国家和文化。从风光绮旎的印尼情人崖到充满浪漫气息的法国巴黎，每一篇文章都详细地描述了当地的风土人情、古迹名胜以及趣事逸闻。阅读这些文字，就仿佛自己也开启了美轮美奂的旅程。

本书的结构，六个篇章既有总分又有并列，最别出心裁的是散文部分，每一章都有一篇提纲挈领的开篇词，及四篇分述，使得整个文集的架构像是一场精心策划的旅行，而每一个章节都是一道独特的风景。

本书的语言风格，既有着学术著作的严谨性，又不失通俗性。无论是专业人士还是普通读者，都能够在阅读过程中找到乐趣并收获知识。在阐述复杂的理论时，语言简洁明了，没有过多的冗余表述；而在描述相关的事例或者故事时，又充满了生动性和感染力，仿佛那些场景就发生在读者眼前。

总之，《璐言溪语》不仅为我们带来了美的享受，更让我们在阅读中得到了心灵的启迪和升华。有道是锦心绣口，好文似玉。相信每一位读者，都能从中汲取到丰富的知识营养，开启一段难忘的阅读之旅。

是为序。

2024年夏于蓉城

周啸天，1948年5月生于四川省渠县，四川大学文学与新闻学院教授，安徽师大中国诗学研究中心研究员，中华诗词学会顾问，第六届鲁迅文学奖诗歌奖得主。著有《诗心与佛心（周啸天诗学话语)》《中国绝句诗史》《简明中国诗史》《将进茶——周啸天诗词选》《历代绝句鉴赏大辞典》《薛涛》（历史长篇小说）等，主编有《诗经楚辞鉴赏辞典》《唐诗鉴赏辞典》《元明清诗鉴赏辞典》等。曾获《诗刊》首届诗词奖第一名，第五届华夏诗词奖第一名，2015诗词中国杰出贡献奖，四川省"五个一工程奖"，2024年中华诗词学会授予中华诗教名师称号等。

□ 向胤道

少女怿逸的文心

月前，收到青春丽人扬璐溪的书稿《璐言溪语》，洋洋洒洒几百页。在认真地阅读几遍后，着实有被惊艳到：一颗才思敏捷又温柔澄澈的心，飘逸在弥漫着诗情画意的字里行间，引导读者走进她那礼仁智孝的生活及琴棋书画的尘履。

我与璐溪的父辈是旧识，因此深知璐溪生于川东一个世代既以教育为尊又以仁爱为本的家庭，这一点在她的散文集"闻音起舞"和"吾足知味"的章节里也有所体现，比如她的祖父及父亲自小便培养她各种传统文化的技艺与独立生活的能力，这正是印证了《战国策》里所说的"父母之爱子则为之计深远"，若是她的祖父和父亲还在人世，看到如今的璐溪如此智慧独立，一定会十分欣喜。而在我这个长辈的心里，璐溪则人如其名，永远是那个豆蔻年华的少女，灵动、纯粹、才华横溢。正如她在《天真确幸之取人名》那篇散文里提到的"璐溪"与"砚晴"的寓意——"如美玉般玲珑剔透，如溪水般澄澈善柔，如端砚般坚韧耐磨，如晴空般包容开阔"。

"少女"——一个让人着迷的词语，像春天一样温柔，像丝雨一般细腻，很多时候我们甚至都不会觉得它是一个专有年龄段的实指，更多时候我们会觉得它是一种状态，一种由内而外散发出来的既青春洋溢又朝气蓬勃的状态，那是一种触动人心的美好的生命力。从《诗经》到汉乐府，再到唐诗宋词，天真烂漫，才思敏捷又娴静温柔的少女，一直受到世人的欣赏与追捧，亦留下了许多名篇佳句。

宋·朱淑真在《秋日偶成》中写道"初合双鬟学画眉，未知心事属他谁。待将满抱中秋月，分付萧郎万首诗。"在阅读璐溪的作品时，我刚好就想到了这首诗。双鬟初合，标志着生理年龄的少女时代已经结束，但"若有诗书藏于心，岁月从不败美人"，所以才华横溢的璐溪是青春永驻的，她在30多岁的年龄，仍用少女般的纯真心性编织出了爱的《璐言溪语》，这让我们仿佛看到了唐·王昌龄的诗句"荷叶罗裙一色裁，芙蓉向脸两边开。乱入池中看不见，闻歌始觉有人来。"生于巴蜀的璐溪，堪比江南女子，当柔曼的绿罗裙融入故土的青山绿水，娟秀的粉玉面掩映在川渝的莲花镜湖，是多么的赏心悦目啊！而她自己所作的七律《仲夏咏荷》中所描绘出的巴山夜雨现象也格外动人：

巴山夜雨染田畴，峨岭归来弄小舟。露过莲塘轻帐罩，风摇荷卉暗香流。

新蓬溢翠早成盖，嫩蕊绽红始作羞。倩影凌波姿袅袅，冰清玉洁绰悠悠。

连夜的雨水涨满了周围的田地和池塘，水满则溢，漫出农田，渐流渐远，乍一看就仿佛是一幅写意晕染的水墨丹青。一阵阵莲花的幽沁随风袭来，清新怡人。闻过花香，近看荷露，才发现新生莲蓬所溢出的翠色，明亮温润恰如碧玉。

再有她填的词《蝶恋花·清明祭父》则道出了深深的孝心。

孤雁哀声惊不已，满目烟凄，寒食拎花祭。石径青苔幽夜洗。诗书一札生平喜。

半阕新词怀旧意，冷雨斜归，遗愿经年记。轻捧黄泥泥带泪，茫茫大野风前醉。

父亲病床几年，她日夜服侍数个春秋为其尽孝至终。寒食节，孤雁哀鸣，烟雾缭绕，她带着父亲生前在阳台上种的花去他墓前祭祀。通往墓地的小石板路上，长满了郁郁葱葱的青苔，被夜雨冲刷后的它们显得越发文静。此情此景让璐溪想到了生前的父亲是那么的喜爱诗词，若是他还在，应该会是要赋诗一首了吧。所以，此次祭祀，孝女既带上了父亲最爱的花也带上了他生前最爱的诗书，更在父亲的墓前即兴地吟咏出了一阕自己刚刚所作的新词，每字每句都蕴含着严父生前所教导她的那些关于成长与珍惜的意义。看到这里，我不禁老泪纵横，既为璐溪的孝心落泪，也为义弟的离去落泪。

再有她18年作的词《鹧鸪天·斗转星移》。

云影横斜载梦船，一星灯火水连天，光浮绿藻风前转，俯仰，溪山月半弯。

斟北斗、越秦川，江山如画雁盘旋，愁心一寸江南驿，不信，人间有清欢。

词后她在自己的鉴赏稿中写道："当云朵的影子错落有致地倒映在平静的湖泊中，那满载着希望与梦想的船只在湖面缓缓地划行着，就仿佛是被云朵载着推着在前行，湖面船只上的灯火，星星点点地倒映在水面，放眼望去，静影沉璧，浮光跃金，水天相接，浩渺无垠。湖面漂浮着的成片成片的绿色水藻，在微风的吹拂下，时而旋转时而游晃，真是良辰美景，让船上的人儿，时而俯下腰掬水，时而仰着头望月，都只为观赏溪岸边月亮慢慢地爬上山来。呀！一轮弯弯的月亮排列了成斗形的北斗七星，'我'突然就想到了张孝祥《念奴娇·洞庭青草》词里的句子：'尽挹西江，细斟北斗，万象为宾客'。他在月夜发挥浪漫的想

6

象，设想以滔滔西来的长江水为酒浆，用北斗星作为酒斗，自己做主人，以宇宙间万象为宾客，斟酒以款待之。河山似锦，江山如画，恢弘的大雁成群结队地在祖国的大江大河上飞舞盘旋。突如其来的愁绪把我唤回现实，唤回到了秦川以南、嘉陵江畔的故乡，原来我是如此地思念故乡的亲人们，多年以来独自一人背井离乡在异地工作和漂泊，我怕是早已不相信所处的现实人间里，会有轻快欢愉的味道了吧。"我相信这是她2017年考到外地工作后，那独在异乡为异客的真实感受。

再看她的《采桑子·蜀中望月》。

万里凝空星河满，一寸红笺，东静西贤，落絮风微夜不眠。

银缸盼顾风情减，依旧古圆，又照巴山，遥寄归人入梦牵。

正如她在自己的诗词赏析中所写的那样，词中那位她虚构的女主人翁，就像是《诗经》中"静女其姝俟我于城隅"所描述的那个安静女子，而那种对恋人的思念又让我想起了李清照《一剪梅·红藕香残玉簟秋》中的"花自飘零水自流。一种相思，两处闲愁。"及《凤凰台上忆吹箫·香冷金猊》中的"惟有楼前流水，应念我、终日凝眸。"

故而一个现代"李清照"怪逸的文心深深地打动了阅者的心，读者的魂。

是为序。

2024年4月于蓉城

向胤道，笔名向一，博士，研究员。中国纪实文学研究会、四川省作协、诗协、世界杰出华人协会等会员。中国国学学会常务理事、中国诗书画联盟网名誉主席、中华诗文书画名家联盟总会副理事长，四川省科普作协荣誉理事、四川省嫘祖文化促进会副会长。曾获得中国、四川省、达州市科技进步奖、研究奖文学奖60余项，最高为"国家科技进步奖"的《金桥奖》（科技进步奖二等奖）、全国"九五"科技成果一等奖及"达州市科技进步奖"一等奖等。先后入选《中华成功人才大辞典》《中国优秀专家人名辞典》《世界优秀专家人才名典》《当代中国作家名录》《共和国杰出国学专家名录》《盛世中华—中华精英篇》等十余部辞典。被达州市委、市政府授予有突出贡献的中青年"科技拔尖人才"享政府津贴，获胡锦涛总书记题词的《中国百名创新人物金像奖》，入选2012年《中国百名杰出文化名人》，获《纪念改革开放35周年国学文化艺术最高成就金奖》。

□ 杨成钢

生活可以很美丽

蜀川形胜，坤宫定位，自古便是才女盛出之地。琴台卓文君、眉山苏小妹，皆以超凡脱俗而流芳后世，还有香笺远寄的薛校书，更是诗名流广，令多少须眉高才自愧弗如，五体投地。

新识妹女璐溪，通身才艺，博文广识，久以文华名于所遇。今其拾雅成集《璐言溪语》，嘱我作序。我粗粗一览，钦美之情便油然而起。然最令我艳美不已的还不是其才名不虚，而是她生活中的那份娴雅精致，飘飘仙气。她可以在仲夏之夜吟诗作词，望月咏荷，"新蓬溢翠早成盖，嫩蕊绽红始作羞"；还可以"青竹觅丝雨，沉吟醉晚风。"抚着古琴，半山听雨，独享幽静空灵。她可以一边幸福地撸猫，一边与挚友赌书泼茶；还习昆曲，学越剧，闻音起舞，霓裳羽衣；即使入厨炒菜也要弄出个"绿肥红瘦""满堂金玉"。如此生活美学，真不知是宋朝的哪位大家闺秀穿越到了今日，还是今日的哪位才女穿越到了大宋汴梁，与人争香斗玉。

我知璐溪也是一名职场女性，工薪一族，也有每天的上班打卡，油盐柴米，但她就是凭着一颗爱美之心，求美之志和审美之能，将人人皆有的普通日常过得花香四溢，诗意盎然，充满情趣和活力。

每个人的生活不一样，一样的是都需要在生活中发现美丽。只有发现生活中的美，我们的生活才有乐趣，我们的生命才有意义。否则疮痍满目，邪恶之声不绝于耳，纵使形体完存，依然身如槁木，心如死灰，与死何异？

生活中也从不缺少美，有自然之美，有精神之美，有肉体之美，有心灵之美，只是需要我们培养一双发现美的眼睛。阳明心学讲"心外无物"，佛教空宗讲"万法惟识"，都是说客观外物的存在需要人类主观认识的心灵感犀。审美何尝不是如此，万美惟识，心外无美。阳明的岩中花树，解的就是花虽自放，亦当你以一双审美之眼去欣赏的时候，那花树才变得明亮美丽。

审美能力需要培养，就像宗教中的悟道需要修行。中国人，特别是现代中国人，大多没有宗教信仰，而审美就是我们的精神所寄。蔡元培先生曾经提出用美育替代中国人的宗教信仰，善哉此议！宗教的本质就是一种超现实精神体验，所以不管何种何流，何门何派，只有向善向美才能真正与人类的心灵达成冥契，才能令人景行景止，成为一种信仰的存在和精神的栖息地。

璐溪雅集给我的感受就是：生活可以很美丽。

是为序。

2024年5月于蓉城

杨成钢，西南财经大学社会发展研究院二级教授、博士生导师；中国人口学会副会长、国家卫健委综合改革专家组成员、家庭发展研究基地首席专家、西藏自治区人民政府咨询专家委员。长期从事人口学、经济学和社会学的教学和研究工作。历任西南财经大学人口研究所所长、中国西部经济研究中心副主任、社会发展研究院教授委员会主席。主要学术成就：独著、主编、副主编学术专著8部，参编10多部；发表学术论文100余篇；作为首席专家主持《马工程重点教材项目：人口学概论》；主持研究国家社科基金重点课题及其他项目50余项。

□ 张桂琴

气质美如兰才华馥比仙

首先要热烈祝贺我成都的小友兼老友扬璐溪的新书《璐言溪语》的完稿！作为园子里的"大嫂子"我是由衷地为咱红楼诗社里堪比咏絮才的小姑子"黛玉"（璐溪）妹妹感到开心。

我与璐溪的情谊起始于兴趣爱好，增益于性情相投，升华于诗词红学。

时光荏苒，回顾咱红楼诗社第一社的开启已近10年，这十年里，我们相互支持共同度过了很多美好的时光。璐溪妹妹对红学文化的研究与传播也一直是不遗余力的，除了历年来积极参与诗社每一次的活动和精益求精写诗填词予以支持外，还多次担任诗社的社主给大家出题，其中印象最为深刻的一次是2018年10月，咱红楼诗社的戊戌第十六社，璐溪以茶为诗题，鼓励大家创作，她说："茶之渊源，年代久远，数千年来它都自始便与文学艺术结下了不解之缘。以茶入诗、以茶入词、以茶入歌、以茶编舞、以茶入画、以茶入戏、以茶入小说，几乎遍及一切文学艺术形式。早在晋代就有诗人杜育、文学家左思等人写下了咏茶诗赋多篇。唐代以来，大诗人李白、杜甫、白居易、皮日休等人的咏茶诗更是灿烂辉煌，光照人间。古人所写咏茶诗词，固有表达闲情逸趣之意，但更多的是以歌颂茶的情性来抒发个人的襟怀，借茶喻己，借茶明志。"《红楼梦》第2回"冷子兴演说荣国府"，回前诗也有一首，其云：一局输赢料不真，香消茶尽尚逡巡。欲知目下兴衰兆，须问旁观冷眼人。以茶暗示贵族之家的贾府不配有更好的命运，"茶尽""香消"犹同云"运终数尽"。所以本社就以"茶"为题，可咏物可喻志，可诗可词可古风亦可作赋，诗遵《平水韵》，词遵《词林正韵》。

此社一经开启，大家都踊跃创作，可谓佳作纷呈，结社后选录了22首最具特色的作品来刊发，而璐溪的《钗头凤·茶》便是其中之一：

钗头凤·茶
扬璐溪

云汤绮，芳芽碧，玉荷舒盖清漪里。纤白蕊，山泉味，细烹琼浆。寄词融意，叙叙叙。

秋无语，添寒意，一川烟雨频梳洗。新晴矣，赌书趣，云鬓花颜。盏前香积，予予予。

这首程亥体的《钗头凤》写得唯美贴切也情真意切，具体的赏析，璐溪自己已在本书第一个章节的诗词鉴赏中作了详细的描述，这里就不再赘言。

多年以来身处江南，身处扬州的我，一直为蕙质兰心的璐溪妹妹所艳羡，殊不知身处美丽蓉城和人文青羊的她，也同样为我所艳羡着。美丽的锦官城，历史悠远，人杰地灵，正如璐溪在她的这本《璐言溪语》的散文系列天真确幸之开篇词里写到的那样"偌大的成都，我独爱青羊……在风情万种的成都，有一位恬静的美人叫青羊。她端庄大气、秀外慧中不仅出身书香门第，坐拥成都最为精华的历史遗迹，还精通琴棋书画，作为古蜀文明和诗歌文化的发源地，从唐朝、明朝时期的摩诃池、蜀王府，到清朝八旗驻扎的少城，千百年间，古代成都城池的五分之三都是她的家产，但她从不贪慕虚荣，不以摩天大楼赶时髦，也不急功近利，不做流量网红博眼球。她只是以她固有的"蓉"（包容）、本身的"锦"（谨慎）与内蕴的"蜀"（淑娴），留给世世代代游于此、业于此、居于此……的人们，以赏心悦目、以意气风发、以岁月静好、以现世安稳。"在我看来这位恬静的美人不只是璐溪笔下的青羊更是璐溪本人。相信亲爱的读者朋友们，透过这本图文并茂的《璐言溪语》，也会得出同样的结论。

最后我就以曹公在《红楼梦》中的句子"气质美如兰，才华馥比仙"来作为结尾，向大家推荐这位美才女及她的作品《璐言溪语》。

2024年夏于扬州

张桂琴，中国红楼梦学会理事，原江苏省红楼梦学会副会长、红楼诗社社长，扬州市诗词协会会员，江苏省楹联研究会会员，北京曹雪芹学会会员，参与编写《名师导读〈红楼梦〉》，担任《红楼梦研究》编委、《红楼文苑》编委，著有《芹梦撷红》。

□ 扬璐溪

璐言娓娓道，溪语且听听

一、作品内容

《璐言溪语》是我的第一部作品合集，它是我过去多年来所创作的格律体诗词、古风排律、诗词鉴赏（个人创作心得）、散文、随笔、游记等的合集。本书共分为六个大的篇章，每个大的篇章又由数个或数十个独立成篇的文章组成。

如第一个篇章诗词鉴赏就是由30首不同的原创古诗词及该首诗词的鉴赏稿（个人创作心得）组成。这些诗词里有写景抒情的、有托物言志的、有纯叙事的、有纯说理的，还有言说在同一时节的不同时空下不尽相同的人生感悟的……这看似各不相同的诗句与词曲总归也都离不开一个相同的"情"字—亲情、友情、爱情，是的，亲情、友情、爱情这三种人世间最重要的情感就如同生活的三原色，共同构筑了我们的人生。对于这三种情感在前半生中对我的滋养我一直都心怀感恩，即便爱情这种情感早已空缺了多年，也很可能余生都将是个空缺，但仍感恩曾经拥有，所以选择了文字的方式来将那些所有给予过自己感动的记忆都定格在字里行间里。我常常觉得如果一个人有幸接触过真正美好的事物，（自然之美，建筑之美、诗词之美、音乐之美、绘画之美，

15

摄影之美等），这种对美的感知和享受就会藏在他/她的脸上，浸润他/她的内心，潜移默化的在他/她心里生根发芽，无须刻意，就能轻而易举地在他/她的生命里发出光芒，变成他/她温柔又辽阔的生命底色，不管他/她在哪里，从事什么职业，这种美好都会伴随他/她终生。美好的事物尚且如此，美好的情感就更胜一筹了，那是需要记录也值得记录的，所以关于记录，我总是不吝笔墨尽性随心。至于对诗词鉴赏稿（个人创作心得）的写作，从内容的层面看，是现身说法地详细诠释了自己每一首诗词的创作初衷，写作背景，当时心境；从技术的层面看，则是剖析了自己遣词造句的思量，典故选用的考究，意境营造的巧思等；关于注释和附注的列举，我想可能会有很多朋友觉得过于繁杂，但我的初心则是最大程度上去剖析自己每一首诗词中的选词与用字的用法，以及追溯该词该字在过往的文献中历朝历代的博学鸿儒们他们的用法，两相比对来帮助于读者朋友们更大尺度地拓宽知识面与了解列位作者们创作的堂奥。

第二个篇章到第六个篇章则主要是散文、随笔和游记：这五个篇章又分别每章都由五篇独立的文章组成，每五篇文章里均有一篇是开篇词，开篇词里开门见山地点明了这个篇章的名字及内涵以及选用这个名字作为篇章名称的原因，再接下来的四篇就是围绕开篇词的内容，分别以不同的元素从不同的领域去印证开篇词的要义以及篇章名称的含义，比如散文"闻音起舞"系列，首先是用详尽的笔墨阐述了"音"字的内涵，旋即便是"闻音起舞"这个篇章名称的内涵以及选用"闻音起舞"这个四字短语来作为篇章名称的原因，而接下来的四篇文章则分别从中国民乐古琴曲、中国传统戏曲越剧、昆曲及现代流行歌曲这四种不同的乐音形式来一一描绘和印证什么是"音"以及何为"闻音起舞"；再如散文"赌书泼茶"系列，首先是在开篇词里从李清照和赵明诚、纳兰容若和卢氏这两对夫妇的日常故事说起，来引入这个典故进而说到茶，再由茶说到《红楼梦》，再由《红楼梦》说到红楼茶事，再由红楼茶事里的八种最著名的茶引出我国现如今最具代表性的六大类茶，而我独爱其中的三种：白茶、红茶、普洱茶。由是接下来的四篇文章里有三篇是分别描写这三种茶以及因它们而衍生的故事，剩余一则是围绕"赌书"来展开叙述，赌书实为读书，读书便会思人，思人竟是双关：作者思缅的是纳兰，纳兰思念的是卢氏。想这篇"双思之文"，还是大学三年级时，我在西政的宿舍中写成，如今思来已是十五年前，但这些细品茶香，趣数书事的记忆于我而言，却依然清晰如昨且历久弥珍；再如散文"天真确幸"系列，则是从阳光雨露谈到幸福密码，从一草一木谈到人文哲思，从"人之初的天真"谈到"性本善的天真"，从"感受光的确幸"谈到"成为光的确幸"；最后两个篇章的文章则是记录了具象化的生活，随笔"吾足知味"系列，从做菜谈到生活，从生活谈到教育，而教育中最重要的一环便是父母对我从小以来各种自主能力的培养，由是感恩原生家庭的开明与温暖，正印证了《战国策》里所说的那句"父母之爱子则为之计深远"；游记"异域风情"系列，记录了自己曾在部分亚欧国家旅行时的不同见闻和有趣经历，正所谓文艺青年的"不学无术"总会美其名曰"读万卷书，行万里路"。

这些文章，就相当于是将自己前三十年的不同年龄段里对人生的不同体悟做了一次较为详细的总结和分享，当然这些感悟都仅我"一家之言"，里面不乏有失偏颇之处，大家就权当一个小女子的成长自白来看看就好，不必较真，璐溪虽已历经不少风雨，但仍在成长之中，未来还将以更加柔和谦卑的姿态去继续努力，且随着年龄的增长，曾经星星般铺满夜空的愿望如今也只剩下了一个，那就是唯愿自己的成长能够跟得上年龄的增长。

二、创作过程

《璐言溪语》这本书的创作，与其说是一年时间写成还不如说是几十年时间写成，一年？几十年？为何时间跨度会如此之大呢？只因其中的格律体诗词、古风、排律等作品，有近一两年的，也有十年前、十五年前，甚至比十五年前还要以前的作品，我只是于2023年6月专门把他们重新整理了一遍，然后在整理的这个过程中又从头开始分门别类地计划着为其中的每一首原创诗词单独开篇做注并写成一个个独立成篇的诗词鉴赏稿。最初我是筛选了35首诗词出来，从2023年7月初开始利用每一个不加班的工作日的晚上、周末及节假日在家闭门写作，及至2023年的国庆假期结束（2023年10月6日），为期3个月的业余时间里，共写了35篇，总字数约10万5千多字的古典诗词鉴赏稿集，平均每篇3千多字，后来，在拉通排版的过程中又剔除了几篇自己不是那么满意的并精简了每一篇稿子的内容，所以到最后定稿时，诗词类的鉴赏稿就刚好是30篇，平均每篇近3千字，总共约9万字。

古典诗词鉴赏稿的写作完成后，我又于2023年11月开始了对自己过去所写的那些零碎的散文、随笔、游记等文章的整理，并在这个过程中我又或扩充或修改或重写了数篇文章，才最终于2024年的2月底形成了如今的"闻音起舞""赌书泼茶""天真确幸""吾足知味""异域风情"这五个不同系列的25篇文章，既"并驾齐驱"又"相映成趣"的格局。整个的创作过程于我而言并非一帆风顺，其间也遇到了很多挑战，比如工作繁忙，情绪焦躁，以及外界干扰等等。但好在每次文思枯竭无法下笔时，我都会下楼一边听着轻音乐一边吹着晚风整理思绪或直接去跑个五公里感受血脉偾张和酣畅淋漓，如此之后便又迅速回归，继而进入到了一个更加专注和平静的写作状态之中，除此以外，我还有一个祛躁的小秘诀那就是默念《大学》里的一个非常有智慧的句子"知止而后有定；定而后能静；静而后能安；安而后能虑；虑而后能得。"

"知止而后有定"：《大学直指》云："止之一字，虽指至善，只是明德本体，此节指点人处，最重在知之一字。"《礼记正义》："知止而后有定者，更覆说止于至善之事。既知止于至善，而后心能有定，不有差贰也。"言止于至善之程序及功效，在于静、定、安、虑、得五个层次。定，谓志有定向。

"定而后能静"：《礼记正义》："心定无欲改，能静不躁求也。"静，谓心不妄动。

"静而后能安"：《礼记正义》："以静故情性安和也。"安，谓所处而安。

"安而后能虑"：《礼记正义》："情既安和，能思虑于事也。"虑，谓处事精详。

"虑而后能得"：《礼记正义》："既能思虑，然后于事得安也。"得，谓得其所止。

三、写作意义

《璐言溪语》这本书对我个人而言意义重大，前面已经说了它是我的第一部作品合集，除了写作本身于我而言是如沐春风的赏心乐事之外，更重要的是写作这本书的过程于自己而言更像是对前三十年人生里喜怒哀乐、悲欢离合等种种心境与或顺或逆的经历的一次十分彻底的梳理和疗愈，我曾在《天真确幸系列之一生挚爱光和暖》之中这样写道："这是2023年冬日的午后，阳光正好照在背部，像是有一双温暖的大手在抚摸着整个身体，身安便有了心安，由外及内的舒坦。轻轻地把日子里的皱褶抚平，心上便有了一股暖流升起，这暖流是能够长久地盘踞在我们心底的，如艺术，如文字，如音律。想要看见，画家们就把它画在了宣纸上；想要记住，作家们就把它记录在了字里行间；想要听见，音乐家们就把它变成了音符谱成了乐章。我要在这纯净阳光的洗礼中割舍掉消耗自己的人事物，并积极建造一个澄澈豁朗的心灵殿堂，所以此刻的我一边晒着太阳，一边诉着衷肠。"嗯，如果说晒太阳是一种身体上的疗愈，那么写作就是一趟心灵的自我放飞与救赎之旅。写作让我从喧嚣嘈杂的烦琐生活中回到安静又丰富的精神世界里，写作让过去的自己得以更新、让当下的自己回归静定、让未来的自己充满信心，并在完成自我的清空、重塑、超越三部曲后，轻松上阵百毒不侵，我想这或许就是写作于我而言的最佳意义。

此外，我还曾看到朱永新老师写过这样宝贵的一段话："我国古人精辟地总结和概括出'三不朽'的人生理想，也即'立德''立功'和'立言'。用今天的话来说，就是做人、做事、做文章，要做出品位，做出境界，为自己树立标杆，也为别人或后人树立表率。从此，立德树人，立业建功，立言传道，也就成为人们成就自我、泽被世人的人生信条！而沿袭到我们今天所讨论的'写作'，说到底，就是古人所说的'立言'。新教育以写作作为它的行动的一大主题，就是要自觉传承'立言不朽'的中国文化传统，同时在现在与未来的全新语境中返本开新，赋予它新的内涵与价值。"这话实实在在戳中了曾经那初生牛犊不怕虎的少女时期的我当时那想要创作格律体诗词的内（泪）心。言至此处，不免又有了些许途经岁月却依然纯粹如初的感动。谢谢大家抽出宝贵的时间来聆听我的心声，这又何尝不是璐言娓娓道，溪语且听听呢？

时二〇二四年暮春于蓉城青羊

— 目 录 —

诗词鉴赏

闻音起舞

第三篇
Chapter 3

赌书泼茶

第四篇
Chapter 4

天 真 确 幸

第五篇
Chapter 5

吾 足 知 味

第六篇
Chapter 6

异 域 风 情

第一篇

Chapter 1

诗词鉴赏

七律·仲夏咏荷

己丑年七月十二

巴山夜雨染田畴，峨岭归来弄小舟。

露过莲塘轻帐罩，风摇荷卉暗香流。

新蓬溢翠早成盖，嫩蕊绽红始作羞。

倩影凌波姿袅袅，冰清玉洁绰悠悠。

译文

重庆北碚缙云山（古时候就叫巴山）的夜雨现象格外明显，不信你看，连夜的雨水涨满了周围的田地和池塘，水满则溢，漫出农田，渐流渐远，乍一看就仿佛一幅写意晕染的水墨丹青，而我从鹅岭公园游玩归来后，就选择了泛舟在嘉陵江畔的莲湖间。当我一边乘着小船划着桨，一边观赏着仲夏的莲湖美景时，只见千千万万颗晶莹闪亮的露珠凝结在荷塘里那一片片圆圆的莲叶上，当阳光洒向湖面，露珠开始或蒸发或消散，这时整个荷塘都水雾氤氲、轻烟缭绕，就好像被轻纱幔帐给笼罩着一样，而当风吹过摇动着荷花时，只感觉一阵阵莲花的幽香随风袭来，清新怡人，沁人心脾。远远地看过露珠和闻过花香后，划到莲花跟前，近距离观赏，发现新生莲蓬溢出的翠色，明亮温润如碧玉一般，而长大了的莲叶则亭亭如盖如同碧玉圆盘，再有那含苞待放的花骨朵儿，它的花蕊娇嫩，花蕾微红，像极了青涩少女那羞红了的脸颊，而整个荷塘里那些随风摇曳着的荷花则像一个个倩影翩翩、步履轻盈，如乘碧波舞动霓裳的美人，她们冰清玉洁、曼妙柔美，风姿绰约。

附注

1. 巴山夜雨：夜雨是指晚八时以后，到第二天早晨八时以前下的雨。巴山不是一般人所认为的大巴山，这是不了解古代四川地理的一个误解。明代曹学佺在《蜀中名胜记》中写重庆北碚的缙云山，古时候就叫巴山，这里的夜雨现象特别明显。从南北朝以来，这儿就是一处名胜，常有许多文人雅士来往。李商隐来到这里游玩，就曾经暂时停留在这儿，写了一首有名的诗篇："君问归期未有期，巴山夜雨涨秋池。何当共剪西窗烛，却话巴山夜雨时。"巴山夜雨，是一种天气现象，"巴山夜雨"的谚语，就是因为四川盆地多夜雨而得。

2. 田畴：泛指田地。出处《国语·周语下》："田畴荒芜，资用乏匮。"韦昭注："荒，虚也；芜，秽也。"

3. 峨岭：即重庆鹅岭公园。鹅岭公园，前身为礼园，也称宜园，位于重庆市渝中区鹅岭正街，始建于清宣统元年（1909），是晚清重庆富商李湛阳为他父亲李耀庭修建的私人花园；1958年，正式命名为鹅岭公园，并向游客开放。

4. 弄小舟：乘着小船划着桨。宋·陆游《秋晚杂兴》："石帆山下醉清秋，常伴渔翁弄小舟。箬笠照溪吾自喜，貂蝉谁管出兜鍪。"宋·朱熹《赤冈头望远山作》："晓起清江弄小舟，晚风吹过赤冈头。远峰自作修眉敛，万里那知客子愁。"明·文嘉《杂题》："空江木落思悠悠，闲傍蒹葭弄小舟。一段清光君独占，底须回首羡轻鸥。"

5. 轻帐：轻纱幔帐，形容自然景物受轻雾笼罩，若隐若现的迷人景象。宋·吴文英《凤栖梧·甲辰七夕》："开过南枝花满院。新月西楼，相约同针线。高树数声蝉送晚。归家梦向斜阳断，夜色银河情一片。轻帐，银烛罗屏怨。陈迹晓风吹雾散。鹤钩空带蛛丝卷。"

6. 风摇：轻风摇动。宋·秦观《满庭芳·碧水惊秋》："西窗下，风摇翠竹，疑是故人来。"明·邓云霄《夏日从邑中诸先达集徐海翁篁溪新居题延曦留馀二堂各一律时翁有开府楚中之报并志喜延曦堂》："新居水竹绕横塘，梅雨初晴送早凉。帘卷朝华通绣拱，风摇花影弄扶桑。"

7. 溢翠：流翠，流出的碧绿色泽如翠玉一般。宋·王之道《读韦苏州诗因用陪王郎中寻孔徵君韵》："湖山晨溢翠，风雨夜霭寒。归棹秋无几，游吴意未兰。"清·缪公恩《晴望》："万峰流翠雨初晴，泽被郊原草木荣。蜡屐最高山上望，麦苗千顷绿云平。"

8. 成盖：形容荷叶舒展，长成圆盖状。宋·赵佶《夏日》："池荷成盖闲相倚，径草铺裀色更柔。永昼摇纨避繁溽，杯盘时欲对清流。"

9. 绽红：指花朵绽放呈红色。宋·无名氏《念奴娇·雨肥红绽》："雨肥红绽，把芳心轻吐，香喷清绝。日暮天寒，独自倚修竹，冰清玉洁。待得春来，百花若见，掩面应羞杀。"

10. 凌波：比喻美人步履轻盈，如乘碧波而行。《文选·曹植〈洛神赋〉》："凌波微步，罗袜生尘。"吕向注："步于水波之上，如尘生也。"唐·羊士谔《酬萧使君出妓夜宴见送》："玉颜红烛忽惊春，微步凌波拂暗尘。"宋·周邦彦《瑞鹤仙·高平》词："凌波步弱，过短亭，何用素约。"清·李渔《意中缘·诳姻》：

"说甚么凌波纤步，轻盈欲飞。"

11. 袅袅：细长柔软的东西随风摆动或女子体态轻盈。晋·左思《吴都赋》："蔼蔼翠幄，袅袅素女。"南朝·梁武帝《白纻辞》之二："纤腰袅袅不任衣，娇态独立特为谁？"

12. 绰：姿态柔美、风姿绰约。三国·曹植《洛神赋》："柔情绰态，媚于语言。"

鉴 赏

这是一首纯写景的七言律诗，描写的是重庆仲夏荷塘里那如诗如画的美丽风光。首联："巴山夜雨染田畴，峨岭归来弄小舟。""巴山夜雨""峨岭"这两个词组的运用既点出了词作所要描写的地点和时间，又专门写出了重庆特有的一种天气现象，进而也引出了唐代著名诗人李商隐"君问归期未有期，巴山夜雨涨秋池。何当共剪西窗烛，却话巴山夜雨时"的典故，增加了本首词作的历史底蕴与季节氛围。再者一个写意画中常用的"染"字，则更增加了词作的中式传统美学画面感。颔联："露过莲塘轻帐罩，风摇荷卉暗香流。"运用比喻和拟人的手法来写露、写风、写香，一个"过"字，写出了露珠凝结的灵动之美，一个"罩"字，写出了水汽蒸发的氤氲之美，一个"摇"字，写出了风舞荷卉的绰约之美，一个"流"字，写出了花香袭人的沁脾之美。有动有静，由远及近，真可谓一场视觉与嗅觉的华美盛宴。颈联："新蓬溢翠早成盖，嫩蕊绽红始作羞。"新蓬对嫩蕊，溢翠对绽红，早对始，成盖对作羞，这四组词语的工整对仗，一是分别细致入微地将莲塘新生的莲蓬、莲叶与莲花蕾的颜色、形状进行了描写，给读者直观地呈现出它们纯天然的美；二是运用了比喻（把莲蓬的颜色比作碧玉的色泽，把莲叶的形状比作碧玉盘盖）和拟人（把含苞待放的微红花骨朵儿拟人化，比拟成娇嫩含

5

羞的少女）的手法，将荷塘的"新生"之美娓娓道来，使颈联的表述更为生动活泼也更引人入胜。尾联："倩影凌波姿袅袅，冰清玉洁绰悠悠。"这一联是在上一联分别描写了莲蓬、莲叶、花蕾的这些个体景物和景物细节的基础上，再整体性地、总结性地对莲塘的全貌之美来进行描写。你看，整个荷塘里那些随风摇曳着的荷花就像一个个倩影翩翩、舞姿轻盈的美人，她们冰清玉洁、曼妙柔美、风姿绰约。"倩影凌波"是形容美人步履轻盈，如乘碧波而行。所以这里同样是运用了拟人的手法，把荷塘里那千千万万株随风摇曳的荷花比拟成了一个个翩翩起舞的美女，充分体现了仲夏荷塘的全貌之美，尤其"姿袅袅"与"绰悠悠"的运用，对整个莲塘"风荷摇曳、轻舞飞扬"的美态，更是起到了加强印证的效果。

采莲归家

五律·春望

庚寅年二月十七

风飞香径晚，雨霁过桥头。

落絮清天苑，游丝绕玉楼。

三眠花两色，一梦水同流。

对雪鸳鸯幔，逢春翡翠钩。

译文

　　当温柔的晚风拂过江南园林，那被风吹动的片片飞花就在半空中翩翩起舞，风止，园林内便又多了一条落花满地的小径。风刚止雨也停，雨过天晴，之前那些避雨的人便逐步迈过桥头出园归家去。归家路上，只见那些曾被风吹得漫天弥漫的杨花与柳絮，一边绕着华美的亭台楼阁旋转飞舞，一边又朝着皇宫御苑的方向纷纷落下，好一幅满城飞花的绚丽图景，甚是好看！经过夏、秋、冬三个季节的休眠后，终于迎来了春暖花开的好时节，这不，几种春花儿都喜气洋洋地开出了不同深浅的两种颜色。万物在梦中苏醒后，看见冰消雪融，春水涌动，而这一年春日的河水还和往昔一样流向同一个地方，去继续浇灌和孕育出更多的生机与希望。面对着这冰消雪融化作潺潺溪流的场景，仿佛看见一床绣着戏水鸳鸯的帏幔在慢慢地收起，而遇到绿意盎然的春天到来时的欣喜，则仿佛遇见一块碧绿的稀世之宝——翡翠带钩一般。

📖 附 注 ◼◼

1. 香径：亦作"香迳"。花间小路，或指落花满地的小径。唐·陆龟蒙《吴宫怀古》："香径长洲尽棘丛，奢云艳雨只悲风。吴王事事须亡国，未必西施胜六宫。"宋·晏殊《浣溪沙》："无可奈何花落去，似曾相识燕归来。小园香径独徘徊。"元·张翥《忆姑苏》："台上麋游香迳冷，陵头虎去剑池荒。"清·吴伟业《圆圆曲》："香迳尘生鸟自啼，屧廊人去苔空绿。"

2. 雨霁：指雨停了，也引申为雨过天晴。出处：唐·王勃《滕王阁序》："云销雨霁，彩彻区明。落霞与孤鹜齐飞，秋水共长天一色。"宋·梅尧臣《汴河雨后呈同行马秘书》："雨霁晚虹收，河堤净如扫。清阴拂人树，翠色垂流草。"明·邓云霄《雨后午睡》："园林雨霁天如洗，只有茶寮一片烟。"

3. 落絮：落下的杨花。五代·孙光宪《河传（其二）》："柳拖金缕，着烟浓雾，蒙蒙落絮。凤凰舟上楚女，妙舞，雷喧波上鼓。"唐·冯延巳《鹊踏枝·六曲阑干偎碧树》："满眼游丝兼落絮，红杏开时，一霎清明雨。浓睡觉来莺乱语，惊残好梦无寻处。"宋·吴文英《浣溪沙·门隔花深旧梦游》："门隔花深旧梦游，夕阳无语燕归愁。玉纤香动小帘钩。落絮无声春堕泪，行云有影月含羞。东风临夜冷于秋。"

4. 天苑：天子的御苑。北周·庾信《三月三日华林园马射赋》："皇帝翊四围于帝闲，回六龙于天苑。"清天苑化自"光含晓色清天苑，轻逐微风绕御楼。"出自：唐·朱湾《长安喜雪（一作陈羽诗）》："全似玉尘消更积，半成冰片结还流。光含晓色清

8

天苑，轻逐微风绕御楼。"

5. 游丝：指蜘蛛和青虫之类的昆虫所吐之丝，被风吹到空中，成为游丝。本词中特指飘飞着的杨花花絮与柳絮的细丝。宋·杨万里《春晓三首》其一："拂花红露溅春衣，柳外春禽睡未知。天借晴光与桃李，更将剩彩弄游丝。"宋·陆游《春晴》："一庭舞絮斗身轻，百尺游丝弄午晴。静喜香烟萦曲几，卧惊玉子落纹枰。新春易失遽如许，薄宦忘归何似生？安得一船东下峡，江南江北听莺声。"

6. 玉楼：华丽的楼，楼阁的美称。唐·温庭筠《菩萨蛮·玉楼明月长相忆》："玉楼明月长相忆，柳丝袅娜春无力。门外草萋萋，送君闻马嘶。画罗金翡翠，香烛销成泪。花落子规啼，绿窗残梦迷。"宋·晏几道《鹧鸪天·小玉楼中月上时》："小玉楼中月上时。夜来惟许月华知。重帘有意藏私语，双烛无端恼暗期。"清·纳兰性德《菩萨蛮》词："春云吹散湘帘雨，絮粘蝴蝶飞还住。人在玉楼中，楼高四面风。"

7. 花两色：一种花呈现出两种不同的颜色。化自"接叶连枝千万绿，一花两色浅深红"。出自宋·杨万里《红玫瑰》："非关月季姓名同，不与蔷薇谱谍通。接叶连枝千万绿，一花两色浅深红。风流各自燕支格，雨露何私造化功。别有国香收不得，诗人熏入水沉中。"宋·姜特立《二色芙蓉花》："拒霜一树碧丛丛，两色花开迥不同。疑是酒边西子在，半醒半醉立西风。"

8. 水同流：元·元好问《浣溪沙》："梦里还惊岁月遒。鲤鱼风退不胜秋。人生虽异水同流。酒力有神工驻景，丹房无药可烧秋。陶陶兀兀老时休。"宋·叶适《陈益谦挽词》："舍南巷北水同流，稻菽参差各自谋。不料多村能转物，更怜无地与伸头。蛛丝委南架诗愠，鹭羽空陂菡萏愁。好在夜深明月满，人间地下两悠悠。"

9. 幔：张在屋内的帐幕，幔帐、幔子、布幔、窗幔、帷幔。鸳鸯幔：绣有鸳鸯的帷幔。唐·温庭筠《池塘七夕》："月出西南露气秋，绮罗河汉在斜沟。杨家绣作鸳鸯幔，张氏金为翡翠钩。香烛有花妒宿燕，画屏无睡待牵牛。万家砧杵三篙水，一夕横塘似旧游。"清·曹尔堪《卜算子其三·秋》："玉盌低斟酒力微，风前团扇未停挥。砧敲红泪落征衣。愁见月高褰绣箔，起乘人静弄金徽，鸳鸯幔冷一萤飞。"

10. 翡翠钩：翡翠带钩，据资料介绍，带钩是古代贵族和文人武士所系腰带的挂钩，古又称"犀比"。简单直白些说就相当于我们今天的皮带扣，它起源于西周，战国至秦汉广为流行，多用青铜铸造，也有用黄金、白银、铁、玉（翡翠）等制成，翡翠钩就是以翡翠为材质所铸造的腰带的挂钩（皮带扣）。南梁·萧纲《雍州曲三首其一·南湖》："南湖荇叶浮，复有佳期游。银纶翡翠钩，玉舳芙蓉舟。荷香乱衣麝，桡声随急流。"宋·晁说之《有客喜予为江东之役者辄效齐梁体》："翡翠钩寒陪晓月，珊瑚枕净揖高丘。人间聚散何须问，梦断西陵更送秋。"

◆ 鉴赏 ■■

这是一首写景抒情的五言律诗。作者通过对冰消雪融后，万物复苏，云销雨霁后，满城飞花的江南春景的描写来表达自己对春天到来的欣喜以及对江南春景的热爱之情。

首联："风飞香径晚，雨霁过桥头。"既写风写雨，又写花写晴。风是温柔的江南晚风、雨是缠绵的江南细雨、花是浪漫的落红满地、晴是雨霁的彩彻区明，通过对这些物候意向细致入微的描写，充分地体现出了作者那雨过天晴后的豁朗心情。颔联："落絮清天苑，游丝绕玉楼。""落絮""游丝"都是在进一步描写江南春日里满城风絮盈盈舞、漫天飞花弄午晴的胜景，既是视

10

觉描写也是动态描写，而"天苑""玉楼"则是对建筑物的静态描写，同时也点明了落絮与飞花的归宿，或是大气恢宏的皇宫御苑或是雕梁画栋的亭台楼阁，而无论哪一种，都是落絮与飞花的美好归属，也都相得益彰，还都构成了江南春景里独一份的动静相宜与浪漫诗意。颈联："三眠花两色，一梦水同流。""三眠"对"一梦"，"花两色"对"水同流"。三眠是说春天的到来，万物的苏醒是历经了夏、秋、冬三个季节的休眠后，才终于迎来了春暖花开的好时节，所以春是极其不易也是极其珍贵的，这不，珍贵的还有春花，它的喜悦溢于言表，甚至还开出了两种不同深浅的颜色，而万物在梦中苏醒后，大地开始冰雪消融，春水涌动，这一年春日的河水还和往昔一样流向同一个地方，去继续浇灌和孕育出更多春的生机与新的希望。尾联："对雪鸳鸯幔，逢春翡翠钩。"雪与春，其实是对立关系，雪融则春逢，这里主要就是为了突出冬尽春来大地冰消雪融化作潺潺溪流后的场景，仿佛看见一床绣着戏水鸳鸯的帷幔在慢慢地收起；而遇到绿意盎然的春天到来时的欣喜，则仿佛遇见一块碧绿的稀世之宝——翡翠带钩一般的欢呼雀跃。所以这里把"对雪"与"逢春"、"鸳鸯幔"与"翡翠钩"都放在了同一联里来创作。而更巧合的则是"鸳鸯幔""翡翠钩"这两个典故均出自同一首诗，那就是唐·温庭筠的《池塘七夕》："月出西南露气秋，绮罗河汉在斜沟。杨家绣作鸳鸯幔，张氏金为翡翠钩。香烛有花妨宿燕，画屏无睡待牵牛。万家砧杵三篙水，一夕横塘似旧游。"

七律·慈母

癸巳年四月初三

峻崎高阁起长风，霜鬓云鬟倦意逢。
蒙以养正书戒里，言传身教训规中。
卧冰求鲤千章颂，戏彩娱亲万纸崇。
恩族欲扬声自咽，纵然子美亦词穷。

译 文

　　祖父阁楼书房里那置放书籍的高架子，因书越来越多，越来越厚重，而被堆得又满又高又突兀，书架年久失修，风一起就摇摇欲坠，仿佛一座高峻险要的山峰里突然刮起大风呼啦啦作响。守着书架将花白的头发盘成发髻的祖母越发年迈和困乏疲倦了。看着祖母此刻的样子，我不由自主地想到自己小时候被她用陆游的词作《书戒》，来对我进行启蒙教育时的样子。她对我从童年开始就施以正确的传统文化教育，也要求我学习并遵守家训家规且全部都是以身作则言传身教。比如说她曾给我讲过晋人王祥，冬天为继母在冰上捕鱼而被后世奉为奉行孝道的经典故事，这故事还被房玄龄等编撰的《晋书》所收录，元代郭居敬则将其列入《二十四孝》中。又如她也曾告诉我《二十四孝》中的另一则故事：相传春秋时楚国的老莱子为躲避世乱，自耕于蒙山南麓。他孝顺父母，尽拣美味供奉双亲，七十岁尚不言老，常穿着五色彩衣，手持拨浪鼓如小孩子般戏耍，以博父母开怀。一次为双亲送水，进屋时自己跌了一跤，为了不让二老担心，于是他模仿小孩子啼哭的"呜呜"声，二老大笑。这些三观很正传颂美德的故事，至今言犹在耳，每每想到我的祖母是如此的慈爱，和生于这样一个充满感恩之心的家，我就无比自豪。每每想到祖母总是教导我要将这些美好的品德和家族精神传承下去，甚至她和我的父亲分别在临终时对我所说过的最多的话以及最记挂的也依然是这事时，我都会情难自抑声泪俱下，因为深知自己资质平庸，若是要将家族祖先的嘉言懿行传扬下去，我恐怕哪怕是诗圣杜甫再世，也会因无法运用恰当的词语而自惭形秽。

📖 **附 注** ■■·

1. 峻崎：高峻险要。唐·元结《九疑图记》："彼如嵩华之峻崎，衡岱之方广。"

2. 高阁：置放书籍、器物的高架子。唐·韩愈《寄卢仝》："《春秋》三传束高阁，独抱遗经究始终。"明·沈德符《万历野获编·乡贤》：遂借公举以媒重贿，日甚一日，至于子孙微弱，则所列木主，庋置高阁间，供斋役爨矣。清·王夫之《杂物赞》："高阁，小紫竹为架，下敛上张，以庋字画及藁纸，挂壁间。"

3. 霜鬓云鬟：头发花白且多。近现代罗元贞《苔枝缀玉·谢词家张碧丛先生绘赠梅花》："问仙乡何处，谪来几世，也甘相对忘贫。遥忆展春园里，风光长好，多谢一枝春。信生花春风词笔，霜鬓云鬟，不负良辰。桥边听笛，湖边弄鹤，待寻访，红姑白石几时亲。"

4. 倦意：困乏疲倦的意态。《醒世恒言·灌园叟晚逢仙女》：

"那老者因得了花中之趣，自少至老，五十余年，略无倦意。筋骨愈觉强健。"《文明小史·第三一回》："只听得他打呼声响，已自睡着了。赵翰林也有些倦意。"

5. 蒙以养正：指从童年开始就施以正确的教育。出自《易·蒙》："蒙以养正，圣功也。"

6. 书戒：宋代诗人陆游所作诗词之一。其原文为："我幼事父师，熟闻忠厚言，治身接物间，要使如春温。鞭朴不可弛，此语实少恩。但能交相爱，余亦何足论。家贫赖奴婢，炊汲与应门，余力具茗药，夕饭或至昏。有过尚当赏，况可使烦冤！出仕推此心，所乐在平反。宁坐软弱废，促驾归丘园。吾老死无日，作诗遗子孙。"

7. 卧冰求鲤：卧在冰上以求得鲤鱼，指忍苦孝亲。卧冰求鲤是古老的汉族民间传说故事。最早出自干宝的《搜神记》，讲述晋人王祥冬天为继母在冰上捕鱼的事情，被后世奉行孝道的经典故事。房玄龄等编撰《晋书》亦收录此事，元代郭居敬则将其列入《二十四孝》中。卧冰求鲤也是山东省民间文学类的非物质文化遗产。

8. 戏彩娱亲：指春秋末楚国老莱子穿五彩衣为婴儿状以娱父母之事，出自《艺文类聚·孝引列女传》："相传春秋时楚国老莱子事亲至孝，年七十，常著五色斑斓衣，作婴儿戏。上堂，故意仆地，以博父母一笑。"讲述老莱子为躲避世乱，自耕于蒙山南麓。他孝顺父母，尽拣美味供奉双亲，七十岁尚不言老，常穿着五色彩衣，手持拨浪鼓如小孩子般戏耍，以博父母开怀。一次为双亲送水，进屋时自己跌了一跤，为了不让二老担心，于是他模仿小孩子啼哭的"呜呜"声，二老大笑。此为《二十四孝》中的第七则故事。

9. 子美：指杜甫，杜甫表字子美。

　　这是一首抒情的七言律诗。首先我们来说说什么是七言律诗。七言律诗，是中国传统诗歌的一种体裁，简称七律，属于近体诗范畴。起源于南朝齐永明时沈约等讲究声律、对偶的新体诗，至初唐沈佺期、宋之问等进一步发展定型，至盛唐杜甫手中成熟。七言律诗格律非常严谨，在字句、押韵、平仄、对仗各方面都有严格规定。一是篇幅固定。每首八句，每句七字，共五十六字。其第一、第二句称为"首联"，第三、第四句称为"颔联"，第五、第六句称为"颈联"，第七、第八句称为"尾联"。二是押韵严格。全篇四韵或五韵，一般逢偶数句押韵，即第二、第四、第六、第八句最后的一个字要同韵。首句可押可不押，通常押平声，一韵到底，中间不换韵。还要求按韵书中的字押韵。原则上只能用本韵，不能用邻韵；即使稍微松一点，也只允许入韵的首句可以用邻韵，叫作"借韵"。七言律诗根据首句是否押韵，可分为首句入韵和首句不入韵两种格式，其中首句入韵为正格，与五言律诗不同。三是讲究平仄。即要符合平仄律，就是在一般情况下，以两个音节（两个字）为一个音步，平仄交互安排。根据首句头两字的平仄，七言律诗分为平起和仄起两体。根据平仄律，七言律诗有四个标准句型：第一，平平仄仄仄平平（平起平收，末两字是平平，称为平平脚）；第二，平平仄仄平平仄（平起仄收，末两字是平仄，称为平仄脚）；第三，仄仄平平仄仄平（仄起平收，末两字是仄平，称为仄平脚）；第四，仄仄平平平仄仄（仄起仄收，末两字是仄仄，称为仄仄脚）。这四种句型是律诗平仄格式变化的基础，由此构成七言律诗的四种基本格式。四是要求对仗。颔联和颈联必须对仗，首联和尾联可对可不对。七言律诗以首联、尾联都不对仗为常格。代表作品有崔颢的《黄鹤楼》、杜甫的《登高》、李商隐的《安定城楼》等。

本首《慈母》抒发的是对祖母慈爱的怀念及对族人的嘉言懿行的肯定自豪，进而立志要"见贤思齐"的感情。首联："峻崎高阁起长风，霜鬓云鬟倦意逢。"通过"峻崎高阁"与"霜鬓云鬟"两个都含有度量衡的词语：一个"高"，另一个"云"（多）来构造出了一个头发斑白的慈祥祖母虽然年迈和困乏疲倦，却依然在阁楼书房里坚守着那被堆得又满又高又突兀的书架的场景。透过这个场景的显现，侧面地交代出作者的长辈、族人，尊重文化和崇尚书香的家风沿袭与历史渊源。颔联："蒙以养正书戒里，言传身教训规中。""蒙以养正"和"言传身教"都是呼应首联，都是在回忆作者小时候被祖母用陆游的词作《书戒》，来给作者施以正确的价值观并进行启蒙教育时的样子，以及以身作则言传身教要求作者学习并遵守家训家规时的样子。通过这些回忆，侧面地勾勒出一个博学多才、品德高尚的慈祥祖母形象。颈联："卧冰求鲤千章颂，戏彩娱亲万纸崇。"则分别通过卧冰求鲤与戏彩娱亲这两个《二十四孝》故事的阐述进一步加强印证了博学多才、品德高尚的慈祥祖母对作者的教育全是"蒙以养正"。尾联："恩族欲扬声自咽，纵然子美亦词穷。""恩族欲扬声自咽"表达的是每每想到祖母的慈爱，和生于充满感恩之心的家族，以及这一代子孙中被指定了将会是由作者去将这些美好的品德和家族精神发扬光大，就感动得声泪俱下的自豪之情。而"纵然子美亦词穷"则是夸张对比想象手法的运用，通过对诗圣杜甫再世也会因作者家族祖先嘉言懿行太盛，无法穷尽其才去表达而自惭形秽，再次来抒发作者对族人懿德的高度景仰之情。

五律·蝴蝶

甲午年五月十七

江南梅雨后，翩眇羽仪生。

偷蜜高休问，采兰愁未平。

新花灵解语，旧物巧传情。

更赠何人与，萧萧向阁笙。

译文

　　每逢江南进入梅雨时节后，轻盈的蝴蝶就开始长出翅膀（和作者平辈的一代人也都在父辈们的蒙以养正中开始成长起来）。为什么要悄悄地去往高处偷采蜂蜜（喻尽孝养亲的一种方式）你们就不要问了（因为下雨以后空气变得非常新鲜，蝴蝶立马出来是为了感受新鲜的空气环境。蝴蝶一般在白天活动，蝴蝶是喜欢采蜜的，下雨以后蜜源更充足）。无论怎样，因摘采兰花（喻尽孝养亲的一种方式）这个任务，无法完成，而产生的愁绪和遗憾都永远无法弥补和平息了。犹忆父亲病房床头那束新摘的解语花（又名海棠花），十分美丽还通晓人意，看着它就能知道父亲那天的情绪。父亲在生前所遗留下来的旧物（日记）里含蓄又巧妙地表达了死后诸事当如何处理的意愿以及即将离开我们的不舍之情。后来父亲又在临终前赠予我写有"清白家风"的家训和族谱让我将来务必要将这美好的家族文化一代一代地继续传承。此时此刻的我一边吹着笙箫，一边凝重地望着父亲小时候居住过的那曾因历经风雨而显得陈旧萧条却又同时因着充满了整个家族的历史记忆而熠熠生辉的阁楼（祖屋），内心发出了将来又该把它（家训、族谱）重新赠送和传授给何人的疑问。

附 注

1. 翩眇：犹轻盈。晋·陆云《寒蝉赋》："翩眇微妙，绵蛮其形；翔林附木，一枝不盈。"

2. 羽仪：犹翼翅。《汉书·叙传上》："皇十纪而鸿渐兮，有羽仪于上京。"颜师古注引张晏曰："成帝时，班况女为倢伃，父子并在京师为朝臣也。"南朝·梁沉约《齐故安陆昭王碑文》："公以宗室羽仪，允膺嘉选。"唐·韩愈《燕喜亭记》："智以谋之，仁以居之，吾知其去是而羽仪于天朝也不远矣。"宋·陈亮《祭郭德扬文》："晚值兄疾，赖君羽仪。"《旧唐书·魏徵传》："徵平生俭素，今以一品礼葬，羽仪甚盛，非亡者心志。"《新唐书·南蛮传上·南诏上》："以清平子弟为羽仪，王左右有羽仪长八人，清平官见王不得佩剑，唯羽仪长佩之为亲信。"后以"羽仪"比喻居高位而有才德，被人尊重或堪为楷模。

3. 采兰：本意喻选拔俊逸，后以"采兰"喻尽孝养亲。《晋书·皇甫谧传》："陛下披榛采兰，并及蒿艾，是以皋陶振褐，不仁者远。"《诗·小雅·南陔序》："孝子相戒以养也……有其义而亡其辞。"晋·束皙《补亡诗》之一："循彼南陔，言采其兰。眷恋庭闱，心不遑安。"后以"采兰"喻尽孝养亲。《文选·束皙〈补亡诗·南陔〉》："循彼南陔，言采其兰。眷恋庭闱，心不遑安。"李善注："采兰，以自芬香也。循陔以采香草者，将以供

18

养其父母，喻人求珍异以归。"后以"采兰"谓供养父母之事。唐·韩愈《送汴州监军俱文珍》："晓日驱征骑，春风咏采兰。谁言臣子道，忠孝两全难。"唐·白居易《思归》："薄俸未及亲，别家已经时，冬积温席恋，春违采兰期。"

4. 萧萧：萧条；寂静。晋·陶潜《自祭文》："窅窅我行，萧萧墓门，奢耻宋臣，俭笑王孙。"唐·皎然《往丹阳寻陆处士不遇》："寒花寂寂偏荒阡，柳色萧萧愁暮蝉。"明·高启《秋日江居写怀》诗之七："渔村霭霭缘江暗，农径萧萧入圃斜。"清·蒲松龄《聊斋志异·侠女》："女数日不至。母疑之，往探其门，萧萧闭寂。"

5. 向阁笙：化自"朱阁伴琴笙"。唐·李群玉《池州封员外郡斋双鹤丹顶翎霜仙态浮旷罢政之日因呈此章》："潇洒二白鹤，对之高兴清。寒溪侣云水，朱阁伴琴笙。顾慕稻粱惠，超遥江海情。应携帝乡去，仙阙看飞鸣。"

鉴赏

这是一首托物言志的五言律诗。首先，我们来说说什么是五言律诗，五言律诗是中国传统诗歌的一种体裁，简称五律，属于近体诗范畴。此体发源于南朝齐永明时期，其雏形是沈约等讲究声律、对偶的新体诗，至初唐沈佺期、宋之问时基本定型，成熟于盛唐时期。全篇共八句，每句五个字，有仄起、平起两种基本形式，中间两联须作对仗。代表作品有李白的《送友人》、杜甫的《春望》、王维的《山居秋暝》等。我的这首《蝴蝶》是一首托物言志的五律，托的物是"蝴蝶"，言的志是"子欲养而亲不待"的遗憾与"家族传承使命的维艰"。

首联："江南梅雨后，翩眇羽仪生。"写的是梅雨季后，轻盈的蝴蝶就开始长出翅膀（和作者平辈的一代人也都在父辈的蒙以养正中开始成长起来），这里既是写蝴蝶展翅初长成，也是暗喻作者以及和作者平辈一代的兄弟姐妹都在父辈们的蒙以养正中开始成长起来了，颔联："偷蜜高休问，采兰愁未平。"无论是偷蜜还是采兰都是比喻尽孝养亲的方式方法，"高休问"指的是孝敬父母这事应该学习孝子韩愈遵从本心不宜外露更不宜哗众取宠地声张，韩愈是唐代文学家，他以孝道闻名于世。在他十五岁时，他的母亲去世了，他为了纪念母亲，修建了一座牌坊，并且每年都亲自前往拜祭。他还在家中设立了神龛每天都亲自献上香火。他的孝心感动了许多人，被导称为孝子韩愈，而"采兰"这个词被赋予尽孝养亲的意思也是因韩愈而被众人所知。"愁未平"则说的是作者父亲早亡，一生都充满了子欲养而亲不待的遗憾，永远无法平息。颈联："新花灵解语，旧物巧传情"新花（指的是父亲病房里放置着新买来的花）对旧物，解语对传情，这里就再次委婉地采用了托物言志的写法，用一朵解语花与父亲生前遗留下的旧物来言父亲的志：父亲的遗愿是希望我能继承他的遗志继续去完成家族文化代代相传的使命。尾联："更赠何人与，萧萧向阁笙。"则是写景抒情了，通过描写父亲临终前曾赠予作者写有"清白家风"的诗书以作家族传承的场景，以及作者一边吹着笙箫一边凝重地望着自家祖屋里那曾因历经风雨而显得陈旧萧条，却又同时因着充满了整个家族的历史记忆而熠熠生辉的阁楼时的场景，来抒发即将要承担起家族文化传承使命时那沉重又自豪的心情。沉重的是，教育真的是一项传承的大事。要历经时光变迁，代代精耕细作于文史之道，作者不仅自己必须以身作则，还要考虑将来如何在下一代子孙里培养和挑选到最优秀的传承人，所以发出了"更赠何人与"的疑问。自豪的则是自家祖屋，那遍布着族人遗迹和承担过家族使命的阁楼，虽因饱经风霜而略显萧条，却栉风沐雨，千百年来依然稳如磐石屹然不动，这不就是笃行坚韧的家族精神与清白家风的最好证明吗？生在一个这样重视教育的家庭里，作者何其自豪，何其幸运，而父亲能在家族同辈的一众兄弟姐妹中选中我来作为这一代教育与文化的传承人，则更是深感任重道远，只能时刻警醒自己要不断努力且不忘初心。

旧报纸对作者家族的介绍

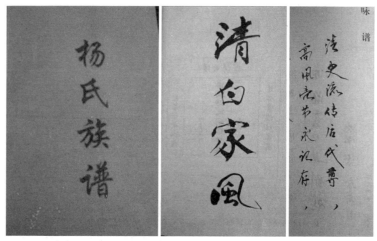

作者的家族族谱及家训家风

21

七言古风·怀古咏史之雨荷厅里忆雨荷

甲午年夏

（甲午年夏，吾赴山东访友，罢，独游大明湖，途经雨荷厅，闻厅内丝竹声起，遂进，见室内布置，方知此乃明珠格格之母夏氏雨荷旧居，遂作此诗以期勉众未婚女子者也。夏雨荷，山东济南人氏也，大明湖畔遇乾隆，两情相悦珠胎暗结，然乾隆因战事离去，后无奈大婚，娶他人为后，雨荷坚守磐石誓言，一生期夫婿归，望穿秋水，积郁成疾，终香消玉殒！）

> 袅晴思来绾青丝，
> 雨荷厅里筝长吟。
> 夏氏有女多薄命，
> 雨荷昔时初长成。
> 顾盼生姿倾国色，
> 一颦一笑舞怡情。
> 初见乾隆低眉去，
> 芳心暗许诺此生。
> 可怜天子忧国事，
> 为赴战场离佳人。

别在湖畔泪长流，
蒲苇磐石誓双笙。
一朝误恋君王影，
纵是多情亦无情。
紫薇花开八月迎，
民间格格始诞生。
可怜无父遭欺凌，
母弱病魔又入侵。
终日泣泪盼郎归，
杳无音信断肝肠。
酷暑严寒终不改，
山水迢迢多阻碍。
且将私愿付爱女，
琴棋书画悉授殆。
冬去春来十八载，
积郁成疾香消散。
命悬一线也待君，
呜呼哀哉明湖埋。
虽有紫薇寻父来，
还卿明珠也无奈。
今作古风暂抒怀，
女子一生须自爱。
凌露芙蓉蕾慢开，
静待良人勿急摘。
王孙公子多无赖，
雨荷悲剧甚心哀，
不蹈覆辙是英才。

1. 七言古风：即七言古诗。七言古诗，是中国古代诗歌体裁的一种，它起源于民谣，先秦时期除《诗经》《楚辞》已有七言句式以外，荀子的《成相篇》就是模仿民间歌谣写成的以七言为主的杂言体韵文。西汉时期除《汉书》所载的《楼护歌》《上郡歌》以外，还有司马相如的《凡将篇》、史游的《急就篇》等七言通俗韵文。七言古诗的诗体全篇每句七字或以七字句为主，也是对七古和七言歌行的统称。李中华、李会二位先生曾著文论述过这个问题，略曰：从形式上看，七古与七言歌行都是七言诗，又都不能算是七言律诗，故归为一体，日为七古，似亦理所当然。七古在古代诗歌中，是形式最活泼、体裁最多样、句法和韵脚的处理最自由，而且抒情叙事最富有表现力的一种诗歌形式，简单地说就是篇幅较长、容量较大、用韵灵活。如杜甫的七言古诗代表作《观公孙大娘弟子舞剑器行并序》《丹青引赠曹霸将军》等。

2. 雨荷厅：大明湖雨荷厅。济南天下第一泉风景区雨荷厅在大明湖风景名胜区东北岸的南丰祠院内南侧濒临湖岸处，有一厅，唤作"雨荷厅"，红柱雕窗，青瓦飞檐，四周环廊，东西北三面环水，内植荷莲，厅前有一画舫，曰"天憩舟"。上挂对联：高人喜桐树，君子爱莲花。横批：琴韵荷香。

3. 夏雨荷：出自琼瑶小说《还珠格格》中的人物。其历史原型为乾隆帝纯惠皇贵妃苏氏。夏雨荷琴棋书画样样精通，温柔典雅，优美动人，是乾隆的民间佳偶，与乾隆有过一段悲喜姻缘。夏明知这是一段没有结果的恋情，却依旧为乾隆生下了紫薇，终生未嫁，苦等了乾隆十八年，最终相思成疾而仙逝。

4. 袅晴思："袅晴丝"是《牡丹亭》"惊梦"里面杜丽娘的

一段著名的唱腔：〔步步娇〕"袅晴丝吹来闲庭院，摇漾春如线"。这是描述春天里院子的情景，春天里一条蜘蛛的丝被风吹下来袅袅地飘着，春光就像线那么细细一条，写景的深处是杜丽娘见景思情。这里是写作者见到大明湖景时想到了夏雨荷的故事。

5. 绾青丝：描述女子将长发盘绕起来的文雅古风式写法。通俗地说就是盘束头发，亦是古代女子梳理发型的主要操作步骤之一。唐·张祜《折杨柳枝二首》："伤心日暮烟霞起，无限春愁生翠眉。凝碧池边敛翠眉，景阳楼下绾青丝。"元·王冕《吴姬曲其一》："吴姬美，远山淡淡横秋水。玉纤软转绾青丝，金凤攒花摇翠尾。"

6. 初长成：指少男少女的成长，像清水刚出的芙蓉清新可爱。唐·白居易《长恨歌》："杨家有女初长成，养在深闺人未识。天生丽质难自弃，一朝选在君王侧。"

7. 顾盼生姿：意思是回首抬眼之间就有美妙的姿色。三国·魏·嵇康《赠秀才入军》："凌历中原，顾盼生姿。"晋·干宝《搜神记》卷十八："华见其总角风流，洁白如玉，举动容止，顾盼生姿，雅重之。"

8. 一颦一笑：意思指忧和喜的表情。《韩非子·内储上》："吾闻明主之爱，一颦一笑，颦有为颦，而笑有为笑。"宋·韩维《赠香严敷老慧照上人》："半死半生排俗世，一颦一笑是家珍。"清·孙原湘《新妆（其二）》："从来窈窕倾城色，定属聪明绝世人。三起三眠知柳重，一颦一笑比花真。"

9. 怡情：怡悦心情。《南齐书·孝义传·杜栖》："以父老归养，怡情垅亩。"明·刘基《述志赋》："列玄泉以莹心兮，坐素石以怡情。"清·曹雪芹《红楼梦》第十七回："如今上了年纪；且案牍劳烦；于这怡情悦性的文章更生疏了。"

10. 低眉：低着头。唐·白居易《琵琶行》："低眉信手续续弹，说尽心中无限事。"宋·曹勋《西江月（琵琶）》："弦泛龙香细拨，声回花底莺雏。低眉信手巧工夫。犹带巫烟楚雨。"宋·洪咨夔《又和》："风裹行云不自由，低眉重整玉搔头。桃根纵有飞花渡，燕子宁无接翅楼。"

11. 芳心：指女子的情怀。唐·李白《古风》之四九："美人出南国，灼灼芙蓉姿。皓齿终不发，芳心空自持。"宋·欧阳修《蝶恋花·越女采莲秋水畔》："越女采莲秋水畔。窄袖轻罗，暗露双金钏。照影摘花花似面。芳心只共丝争乱。"宋·柳永《受恩深·雅致装庭宇》："待宴赏重阳，恁时尽把芳心吐。陶令轻回顾。"

12. 蒲苇磐石：蒲草和苇子柔软结实得像丝一样，磐石不容易被转移。后人常以蒲苇和磐石来比喻爱情天长地久。出处汉乐府《孔雀东南飞》："君既若见录，不久望君来。君当作磐石，妾当作蒲苇，蒲苇纫如丝，磐石无转移。"

13. "纵是多情亦无情"化自唐·杜牧《赠别·其二》："多情却似总无情，唯觉樽前笑不成。蜡烛有心还惜别，替人垂泪到天明。"

14. 紫薇：在这里有两种含义。一是指紫薇花。紫薇花呈淡红色、紫色或白色，其中紫色居多。紫薇开花时"一枝数颖，一颖数花，每微风至，夭娇颤动，舞燕惊鸿"，从古到今都备受人们喜爱，还被古人称作"花圣"。二是指夏雨荷与乾隆的女儿——民间格格夏紫薇。

15. 杳无音信：指一点消息也没有，形容失去联系或没有办法联系。出自宋·黄孝迈《咏水仙》："惊鸿去后，轻抛素袜，杳无音信。"元·无名氏《桃花女》楔子："自春初收拾些资本，着孩儿贩南商做买卖去，至今杳无音信。"清·曹雪芹《红楼梦》第九十二回："就是甄家，从前一样功勋……一会儿抄了原籍的家财，至今杳无音信。"

16. 迢迢：意思是遥远的样子。晋·潘岳《内顾诗》之一："漫漫三千里，迢迢远行客"。汉·《迢迢牵牛星》："迢迢牵牛星，皎皎河汉女。"唐·李涉《六叹》诗之二："迢迢碧甃千余尺，竟日倚阑空叹息。"元·马致远《黄粱梦》第三折："云黯黯，水迢迢，风凛凛，雪飘飘。"

17. 殆：殆尽，全部。汉·孔融《论盛孝章书》："海内知识，零落殆尽。"

18. 香消：即香消玉殒，意思是像玉一样殒落，像花一样凋谢，比喻年轻女子死亡，出自明·许仲琳《封神演义》第三十回："香消玉碎佳人绝，粉骨残躯血染衣。"清·缪艮《沈秀英传》："秀英香消玉殒，已返方诸。"

19. 还卿明珠：还君明珠，化自唐·张籍《节妇吟·寄东平李司空师道》："知君用心如日月，事夫誓拟同生死。还君明珠双泪垂，恨不相逢未嫁时。"

20. 良人：古时夫妻互称为良人，后多用于妻子称丈夫。出自《诗经·大雅·桑柔》："维此良人，作为式谷。"《孟子·离娄下》："其妻归，告其妾曰：'良人者，所仰望而终身也，今若此！'"唐·白居易《对酒示行简》诗："昨日嫁娶毕，良人皆可依。"

21. 王孙公子：旧时贵族、官僚的子弟。出自《战国策·楚策四》："不知夫公子王孙左挟弹，右摄丸，将加己乎十仞之上，以其类为招。"这里特指纨绔子弟。

22. 无赖：游手好闲，刁滑强横的人。地痞无赖。《晋书·卞壶传》："峻拥强兵，多藏无赖。"《儒林外史》第二十四回："这人叫做石老鼠，是个有名的无赖。"

这是一首咏史怀古的七言古风，以叙事为主，抒发个人观点为辅，内容直白浅显，读者只需看完注释，便能了然于胸，故不做过多的分析。本诗中途有两次换韵，刻意做到不是"一韵到底"是缘于诗题的要求，故这里也把诗题附着如下：

红楼诗社第七社

社主：永隽
出题：七言古诗咏史
规则：读史、登临、怀古、咏事、怀人都可，要求至少换一次韵。

得诗十三首
截稿日期：2015年8月10日21时（乙未年荷月廿六日戌时）

作者在雨荷厅

明湖赏荷图

紫薇弄韵图

菩萨蛮·江南

甲午年八月十八

碧梧翠竹栖莺巧，诗篇多寄精神峭，饮马月溶溶，画桥飞乱红。

江南春信早，骚客争辉照，莫恨醉千钟，来生冰雪容。

译文

当象征着幸福、吉祥寓意的碧绿梧桐树和象征着坚韧、挺拔、不屈不挠寓意的翠绿修竹，这两种在中国传统文化中被视为最具吉兆的植物上面很巧妙地栖息着一只夜莺的时候，我们就很难不去想到江南那些历朝历代的文人骚客创作的诗篇也大多是因描写的人的精神宝贵、信念坚定、品质高尚、气节崇高这一类的内容而流芳百世的。当然，在中国诗歌领域占有宝贵的一席之地的还有一些描写疆场作战、饮马杀敌的边塞诗歌，以及游船听曲、赏月观花的雅趣诗词，等等。如同宋·陆游《梅花》诗"春信今年早，江头昨夜寒"的句子里描述的那样，江南春天的物候意向历来也都是早于全国各地。这不，为呈现"江南春早"美景的文人墨客尽管都满腹经纶、学富五车，却依然要争荣斗文、才华比拼，一试高下，他们或诗或画，所创作出来的一篇篇高质量的作品既精彩纷呈又交相辉映，真是美不胜收！除了斗文、斗容貌（一个一个都自比潘安，自诩冰雪容）。这些文人骚客在创作之前还酷爱斗酒，一醉千钟方可休，醉后诗意更是浓，如宋·苏轼《满庭芳》中说的那样："江南好，千钟美酒，一曲满庭芳。"

📖 **附 注** ▪▪

1. 碧梧翠竹：指的是梧桐树和翠竹这两种植物，在中国传统文化中常常作为一个整体出现，被视为吉祥的象征。梧桐树被认为是凤凰的栖息地，凤凰是一种象征着幸福和吉祥的神鸟，所以梧桐树也代表着幸福和吉祥。而翠竹则有着坚韧挺拔、不屈不挠的寓意，所以也代表着人的坚韧和不屈不挠的精神。被视为吉祥的象征的"碧梧翠竹"词组常常作为一个整体出现在古诗词中。例如宋·朱敦儒《杏花天》："挂帘等月阑干曲。厌永昼、劳烟倦局。单衣汗透鲛绡缩。脱帽梳犀枕玉。移床就、碧梧翠竹。寄语倩、姮娥伴宿。轻风淡露清凉足。云缀银河断续。"又如宋·谢逸《虞美人·碧梧翠竹交加影》："碧梧翠竹交加影。角簟纱厨冷。疏云淡月媚横塘。一阵荷花风起、隔帘香。雁横天末无消息。水阔吴山碧。刺桐花上蝶翩翩。唯有夜深清梦、到郎边。"

2. 精神峭：指意识、思维、神志等高度集中。宋·柳永《木兰花（四之四·林钟商）》："酥娘一搦腰肢袅。回雪萦尘皆尽妙。几多狎客看无厌，一辈舞童功不到。星眸顾指精神峭。罗袖迎风身段小。而今长大懒婆娑，只要千金酬一笑。"明·刘崧：《寄答夏仲寅》"宜春才子清时望，精神峭紧才疏放。野服不游城市间，扁舟祇在江湖上。"

3. 饮马：①给马喝水。《左传·襄公十七年》："卫孙蒯田于曹隧，饮马于重丘，毁其瓶。"②谓使战争临于某地，通过战争扩大疆土至某地。《左传·宣公十二年》："楚子北，师次于郔。

沉尹将中军，子重将左子反将右，将饮马于河而归。"唐·王建《饮马长城窟行》："征人饮马愁不回，长城变作望乡堆。"宋·郑起《饮马长城窟》"饮马长城窟，下见征人骨。长城窟虽深，见骨不见心。谁知征人心，怨杀秦至今。北边风打山，草地荒漫漫。五月方见青，七月霜便寒。古来无井饮，赍带粮尽乾。自从征人掘此窟，戍马饮之如飞翰。朝呷一口水，暮破千重关。秦皇极是无道理，长城万里谁能比。"

4. 乱红：凌乱的落花。宋·欧阳修《蝶恋花·庭院深深深几许》："庭院深深深几许，杨柳堆烟，帘幕无重数。玉勒雕鞍游冶处，楼高不见章台路。雨横风狂三月暮，门掩黄昏，无计留春住。泪眼问花花不语，乱红飞过秋千去。"宋·秦观《点绛唇》："醉漾轻舟，信流引到花深处。尘缘相误，无计花间住。烟水茫茫，千里斜阳暮。山无数，乱红如雨。不记来时路。"

5. 春信：春天的信息。唐·郑谷《梅》诗："江国正寒春信稳，岭头枝上雪飘飘。"宋·陆游《梅花》诗："春信今年早，江头昨夜寒。"宋·无名氏《好事近·春信到梅梢》："春信到梅梢，欲雪又还晴早。趁得绣衣初度，作霜天清晓。乡来事直有天知，行拜玉皇诏。"清·唐孙华《春日漫成》诗："天涯春信自如期，日暖莺啼又一时。"

6. 争辉：争夺光辉；萤火之光岂（焉）能与日月争辉。这句话是根据《三国演义》第九十三回《姜伯约归降孔明　武乡侯骂死王朗》中王朗劝诸葛"谅腐草之萤光，怎及天心之皓月"简化过来的。后来也指光彩互相辉映。《初刻拍案惊奇·卷一五》："两岸柳阴夹道，隔湖画阁争辉。"《红楼梦》第十七、第十八回："诸灯上下争辉，真系玻璃世界，珠宝乾坤。"这里是指满腹经纶、学富五车的文人骚客之间的争荣斗文与才华比拼。

7. 千钟：指千盅、千杯，言酒多或酒量大。宋·苏轼《满庭芳》："幸对清风皓月，苔茵展、云幕高张。江南好，千钟美酒，一曲满庭芳。"所以这里的"醉千钟"特指喝了很多酒后醉意浓浓。宋·辛弃疾《定风波·暮春漫兴》："少日春怀似酒浓，插花走马醉千钟。老去逢春如病酒，唯有，茶瓯香篆小帘栊。卷尽残花风未定，休恨，花开元自要春风。试问春归谁得见？飞燕，来时相遇夕阳中。"宋·郑刚中《芙蓉》："池边几簇木芙蓉，浥露栖烟花更浓。地有鲜鲜金菊对，赏时莫惜醉千钟。"

8. 冰雪容：冰雪容貌，形容容貌美丽，肤若冰雪。《庄子·逍遥游》："藐姑射之山，有神人居焉。肌肤若冰雪，淖约若处子；不食五谷，吸风饮露；乘云气，御飞龙，而游乎四海之外。"《庄子》载，姑射山居住的神仙肌肤若冰雪。唐诗中用作咏神仙的典故，也借以咏美女。唐·杜甫《丈人山》："扫除白发黄精在，君看他时冰雪容。"唐·元稹《和乐天赠吴丹》："独有冰雪容，纤华夺鲜缟。问人何能尔，吴实旷怀抱。弁冕徒挂身，身外非所宝。"

◇ 鉴 赏 ▪▪

　　这是一首写景抒情词，写的是江南的物华天宝与人杰地灵，抒发的是对美丽江南的自然风光与人文历史遗迹的热爱以及对那个百家争鸣交相辉映的古时江南的羡慕与向往之情。这首词的词牌名叫菩萨蛮。菩萨蛮，亦作"菩萨鬘"，又名"子夜歌""重叠金""花间意""梅花句""花溪碧""晚云烘日"等。本唐教坊曲，后用为词牌，也用作曲牌。此调为双调小令，以五七言组成，四十四字。用韵两句一换，凡四易韵，平仄递转，以繁音促节表现深沉而起伏的情感，历来名作极多。代表作有李白《菩萨蛮·平林漠漠烟如织》、温庭筠《菩萨蛮·小山重叠金明灭》等。

上阕"碧梧翠竹栖莺巧，诗篇多寄精神峭，饮马月溶溶，画桥飞乱红。"词作以"碧梧翠竹"这个在中国传统文化中被视为吉祥的象征且常常作为一个整体出现在古诗词中的经典元素来开头，很自然地就让人联想到了凤凰鸟（人才），因梧桐树被认为是凤凰的栖息地。凤凰是一种象征着幸福和吉祥的神鸟，也代表着出类拔萃的人中龙凤，所以开头便是以植物写人物，点明江南人杰地灵，人才辈出。翠竹有着坚韧、挺拔、不屈不挠的寓意，所以也代表着江南多义士，江南人自古就坚韧不屈，拥有很高的民族气节。进而也引出"诗篇多寄精神峭"：江南那些历朝历代的文人骚客创作的诗篇大多也是因描写能人异士的精神宝贵、信念坚定、品质高尚、气节崇高这一类的内容而流芳百世。这里是通过描写江南的"诗篇"来体现江南的人文风尚与历史底蕴。再有"饮马月溶溶，画桥飞乱红"来对之前的"诗篇"内容进行补充，说明在中国诗歌领域占有宝贵的一席之地的江南诗歌除了"多寄精神峭"这个主题，还有一些描写疆场作战、饮马杀敌的边塞诗歌，以及游船听曲、园林观花的江南雅趣诗词等。这就比较全面地概括了江南诗篇的丰富内涵。

　　紧接着下阕："江南春信早，骚客争辉照，莫恨醉千钟，来生冰雪容。"这写的则是古时江南百花齐放、百家争鸣、争奇斗艳、交相辉映、包罗万象和美不胜收的文坛盛景了。如同宋·陆游《梅花》诗"春信今年早，江头昨夜寒"的句子里描述的那样，江南春天的物候意向历来也都是早于北方各地。这不，为呈现"江南春早"美景的文人墨客尽管都满腹经纶、学富五车，却依然要争荣斗文、才华比拼，一试高下，他们或诗或画，创作出来的一篇篇高质量的作品既精彩纷呈、包罗万象，还熠熠生辉、交相辉映，真是美不胜收！除了斗文、斗容貌（一个一个都自比潘安，自诩冰雪容）。这些文人骚客在创作之前还酷爱斗酒，一醉千钟方可休，醉后诗意更是浓，如宋·苏轼《满庭芳》中说的那样："江南好，千钟美酒，一曲满庭芳。"而他们在"醉千钟"后所创出的名篇佳作又何止一曲《满庭芳》呢？

作者在江南

江南史籍

烟雨江南

36

喝火令·七夕

乙未年七月初七

守义何其幸，瑶池甚悦心。彩云机杼织仙音，凡世嫁郎情甚，痴恋祸濒临。

晓月繁星吟，葱根弄素琴，一鸣惊鹊爱妻擒，恨也沾襟，恨也泪涔涔，恨也泣声如喑，不复顾寻寻。

译文

牛郎孙守义何其幸运，居住在瑶池仙境的织女竟对他十分倾心。织女因有了心上人偷着乐，所以每天给天空织就彩色云霞时都会欢快地唱歌来表达自己的情愫，而身在凡间的牛郎则心有灵犀，每每都能听见天上传来的专属于他一个人的仙音。随着时间的推移，织女越来越爱慕牛郎了，以至私自下凡去嫁给了他为妻，两人婚姻幸福，感情甚笃，却殊不知，这样人仙殊途的痴恋早就埋下了祸患。一个月色溶溶、繁星点点的夜晚，织女一边唱歌一边用她那如葱根一般细嫩洁白的纤纤玉手弹着古琴，突然间，一阵电闪雷鸣，惊起无数喜鹊乱窜，而就在这个瞬间，牛郎的爱妻织女就被王母所派出的天兵天将生擒，抓回了天庭，从此以后牛郎就与织女天人永隔。恩爱夫妻被迫分离的相思之恨只化作彼此绵绵不断的泪水，日日夜夜不停，不仅浸湿了彼此的衣襟，还因痛哭过度而都泣不成声。牛郎更是为自己只是个凡夫俗子而自责，明知妻子在天庭，却屡次寻回无力，终于心灰意冷，既不再期盼能和织女再次团圆，也终其一生都不再寻觅其他女子为妻。

📖 **附注** ▪▪▪

1. 守义：即孙守义，是中国古代四大传说中牛郎织女的故事的男主人公牛郎的原名。牛郎织女的千古传说最早在《诗经·小雅·大东》中可见端倪。

2. 瑶池，是汉族神话中西王母等仙人所居住的地方。这里是以地名代人名，特指瑶池仙境里所居住着的王母娘娘的小女儿织女。

3. 机杼：机杼，指织布机。如《古诗十九首·迢迢牵牛星》："纤纤擢素手，札札弄机杼。"宋·张耒《七夕歌》："桥东美人天帝子，机杼年年劳玉指。织成云雾紫绡衣，辛苦无欢容不理。"

4. 仙音：是指仙人所奏美妙的音乐。宋·洪迈《夷坚乙志·九华天仙》："恒娥奏乐《箫韶》，有仙音异品，自然清脆。"明·屠隆《彩毫记·游玩月宫》："听宫娥《霓裳》调高，是仙音凡夫怎操？"

5. 凡世：指人世间。《敦煌变文集·维摩诘经讲经文》："菩萨身为七佛师，久证功圆三世佛，亲辞净土来凡世，助我宣扬转法轮。"元·吴昌龄《张天师》第一折："俺如今偷临凡世，私下天宫，这其间风弄竹声穿户牖，更那堪月移花影上帘栊。"

6. "情甚"即"甚情"。"甚情"是一个古代汉语词语，意思是"深厚的感情"。这个词语通常用来描写朋友、亲人、夫妻、恋人等之间非常深厚的感情，表达出情感的浓烈和深度。

7. 葱根：形容女子手指纤细洁白，像尖尖的洁白的葱根。出处：汉乐府长诗《孔雀东南飞》："足下蹑丝履，头上玳瑁光。腰若流纨素，耳著明月珰。指如削葱根，口如含朱丹。纤纤作细步，精妙世无双。"描写的是刘兰芝的外貌、神态和动作，形容刘兰芝的美。唐宋以后用葱来形容女子的纤纤玉手则不可胜数，如唐代诗人元稹的诗《春六十韵》："启齿呈编贝，弹丝动削葱"。而用得最多的是"春葱"，如白居易《筝》："双眸剪秋水，十指剥春葱。"赵鸾鸾《纤指》："纤纤软玉削春葱，长在香罗翠袖中。昨日琵琶弦索上，分明满甲染猩红。"另外，常用的还有"剥葱""嫩葱"，如欧阳修《减字木兰花·画堂雅宴》："画堂雅宴，一抹朱弦初入遍。慢拈轻笼，玉指纤纤嫩剥葱。"

8. 素琴：不加装饰的琴。《宋书·陶潜传》："潜不解音声，而畜素琴一张，无弦，每有酒适，辄抚弄以寄其意。"《陋室铭》中："可以调素琴，阅金经。"

9. 惊鹊：被惊动而飞走的喜鹊。唐·张鷟《游仙窟诗扬州青铜镜留与十娘》："月下时惊鹊，池边独舞鸾。"宋·辛弃疾《西江月·夜行黄沙道中》："明月别枝惊鹊，清风半夜鸣蝉。"

10. 沾襟：浸湿衣襟。多指伤心落泪。《庄子·应帝王》："列子入，泣涕沾襟以告壶子。"三国魏·阮籍《乐论》："昔季流子向风而鼓琴，听之者泣下沾襟。"唐·白居易《慈乌夜啼》诗："夜夜夜半啼，闻者为沾襟。"明·夏完淳《大哀赋》："瞻山而陨涕，抚草木而沾襟。"

11. 泪涔涔：泪多而向下滴落的样子。唐·李商隐《自桂林奉使江陵途中感怀寄献尚书》诗："江生魂黯黯，泉客泪涔涔。"宋·范仲淹《阅古堂诗》："王师生太平，苦战诚未禁。赤子馈犬彘，塞翁泪涔涔。"宋·杨亿《萤》："野磷宵争出，星榆晓共沉。长门秋漏永，偏照泪涔涔。"

12. 喑：是形声字，口为形，音为声。喑本意是小儿哭泣不止（见《说文解字》），也常形容嗓子哑，不能出声，失音。《后汉书·袁闳传》："遂称风疾，喑不能言。"《史记》："虽有舜禹之智，吟而不言，不如喑聋之指麾也。"这里的"泣声如喑"意思是泣不成声，就是特指嗓子哑，不能出声，已失音。

13. 寻寻：形容一个人反复寻找某物或某人、寻求答案或解决方案的过程。宋·李清照《声声慢·寻寻觅觅》："寻寻觅觅，冷冷清清，凄凄惨惨戚戚。乍暖还寒时候，最难将息。"宋·戴山隐《满江红·醉倚江楼》："谩寻寻觅觅，凝情如许。旧日山阳空有恨，杏花明月今谁赋。恐凭阑、人有爱梅心，空愁伫。"

◆ 鉴 赏 ■

这是一首借典抒情词，通过还原"牛郎织女"这个民间传说的典故，来抒发恋人之间被迫分离的无奈与思念之情。首先词牌名选用了罕见的"喝火令"，那什么是喝火令呢？喝火令，是宋词十七令（翻香令、倾杯令、珍珠令、鼓笛令、探春令、玉梅令、喝火令、解佩令、唐多令、破字令、折花令、留春令、风蝶令、折桂令、梁州令、惜春令、锯解令）之一。始见《山谷词》。令：唐宋杂曲的一种体制。它源自酒令，多以流行小曲充之。喝火：安徽庐江传说，南唐伍乔为追求心仪女子，按照女子的要求喝下带火的烧酒，成就终身良缘。喝火令调见《琴趣外篇》载北宋黄庭坚词（《山谷词》），以其词《喝火令·见晚情如旧》为正体，双调六十五字，前段五句三平韵，后段七句四平韵。代表作品有《喝火令·偶忆》等。

上阕："守义何其幸，瑶池甚悦心。彩云机杼织仙音，凡世嫁郎情甚，痴恋祸濒临。"以"守义何其幸，瑶池甚悦心"来作为词作的开头，既是在用讲故事一般的方式去还原"牛郎织女"

这个历史传说的客观面貌，同时也代入了作者的主观情感和评价。一个"幸"字不仅是在说能被心灵手巧、真挚专一的织女所爱慕是牛郎的幸运，同时也是说人的一生中能拥有一段纯粹的爱情是幸运的，以及作者认为男女之间自然而然的人格魅力吸引和不在意地位悬殊的相互爱慕是值得肯定和讴歌的。"彩云机杼织仙音"：这里既是心理描写，也是听觉描写。心理描写：一方面还原了天上织女更先暗恋上凡间牛郎这个传说的故事情节；另一方面也是作者自己发挥想象，通过唱歌这个虚构情节去还原了少女怀春的羞涩和喜悦。听觉描写：则是一方面给了读者以视觉享受和想象空间的同时，另一方面也通过织女唱情歌、牛郎闻仙音，这样一唱一听，传递出了情侣之间的灵魂契合与心心相印。"凡世嫁郎情甚，痴恋祸濒临。"则是在把织女与牛郎的甜蜜爱情推向顶点的同时，也把他们即将面临的悲惨境遇同样推到了命运的顶峰（接下来就是万丈深渊），一个"嫁郎情甚"充分体现出了织女与牛郎之间的恩爱和他们婚后生活的幸福甜蜜，而"祸濒临"则是急转直下，预示着噩运的"潘多拉魔盒"即将打开。

下阕："晓月繁星吟，葱根弄素琴，一鸣惊鹊爱妻擒，恨也沾襟，恨也泪涔涔，恨也泣声如喑，不复顾寻寻。"正如狂风暴雨到来之前的平静，织女在被天兵天将抓回天庭之前也度过了一个平静的书声琴韵的夜晚，如下阕首句所写："晓月繁星吟，葱根弄素琴"。然而这样的宁静是危在旦夕的，"一鸣惊鹊爱妻擒"，突然间，电闪雷鸣，惊鹊也惊人……牛郎的爱妻织女就被王母所派出的天兵天将生擒并抓回了天庭。从此以后牛郎就与织女天人永隔。恩爱夫妻被迫分离的相思之恨只化作彼此绵绵不断的泪水，日日夜夜不停，不仅浸湿了彼此的衣襟，还因痛哭过度而都泣不成声……词末这描写劳燕分飞之苦的句子："恨也沾襟，恨也泪涔涔，恨也泣声如喑"，连续用了三个"恨也"，既将恩爱夫妻被迫分离的相思之恨体现得淋漓尽致，同时这三个"恨也"后面所紧跟的宾语，更是将词作的抒情锤炼得炉火纯青。比如"沾襟""泪涔涔""泣声如喑"，这三个宾语词组，不仅分别是字数的递进，也是痛哭程度的递进，同时还是情感强烈度的递进！而最后一句的"不复顾寻寻"既是化用同样夫妻分离的宋代著名女词人李清照"寻寻觅觅，冷冷清清，凄凄惨惨戚戚……"的句子，再次将牛织夫妻分离的痛苦推向高潮，也是写终其一生都不再寻觅其他女子为妻的牛郎的自责与专一，还是第一次从正面印证了牛郎对织女的感情同样是坚如磐石、至死不渝（因词作的上阕更多描写的是织女对牛郎的爱慕）！

七律·缅雪芹

乙未年八月十八

开篇满纸梦中言，十载含悲石记编。

风月无怨花聚冢，芳英有恨魄随烟。

屋倾垣倒瓦当贱，房典地亏奸贼缠。

曹氏贵臣簪绂族，可怜锦缎换青毡。

译文

　　这首七律的名字叫《缅雪芹》，而纵观雪芹先生的一生，其最重要的经历就是创作出了一部长盛不衰的经典名著——《红楼梦》。雪芹先生在《红楼梦》的开篇就写道："满纸荒唐言，一把辛酸泪。"这令人心酸的不只是《红楼梦》中人的曲折经历与坎坷命运，也还有雪芹自己的人生经历和家族故事，其中之一便是：为编写这部千红一哭万艳同悲的《红楼梦》，他耗尽了整整十年的心血！众所周知《红楼梦》有很多的别名：比如《石头记》，又如《风月宝鉴》，据说曹雪芹早年写的《风月宝鉴》就是《红楼梦》的初稿。但无论叫什么名字，它都是一部以女性生活和风月情爱为中心的世俗人情小说，曹雪芹认为"女儿是水做的"，比那"泥做的"男儿要干净得多。其中最干净的当属"质本洁来还洁去"，和"莫怨东风当自嗟"的林黛玉。而在整个《红楼梦》中最经典的场面也是因不忍落花随波逐流到肮脏之处而惜花聚冢的"黛玉葬花"，最让人唏嘘不已的则是金陵十二钗正、副、再副及三四副等众多才貌双全的女子的结局，她们曾是芳英，出类拔萃，盛极一时，却最终死的死、散的散，都含恨怀憾地离开了人间天堂——大观园，尤其那风华绝代的绛珠仙草林黛玉更是如青烟般香魂一缕随风散！而书外的曹家也同书中的贾家一样"忽喇喇似大厦倾"，被革职、被抄家，以致败落到"屋倾垣倒瓦当贱，房典地亏奸贼缠"的地步，可怜可叹啊！像曹家这样的官宦世家与豪门望族最终也会褪去绫罗绸缎，换成褐衣青毡。

📖 **附 注** ▪■

1. 雪芹：曹雪芹。曹雪芹，名霑，字梦阮，号雪芹，又号芹圃、芹溪。祖籍辽阳。曹寅之孙，清朝小说家、诗人、画家。

2. 开篇满纸梦中言："满纸荒唐言，一把辛酸泪。都云作者痴，谁解其中味？"此诗见于《红楼梦》开篇第一回，是《红楼梦》的缘起诗，它道出了作者的思想与苦衷，表达了作者难以直言又生怕被世俗所不解的苦闷心情。

3. 十载：十年，曹雪芹从1750年前后开始创作万艳同悲的《红楼梦》一直写到去世，大概花了10年时间。

4. 石记：《石头记》。《红楼梦》，原名《石头记》。

5. 风月：《风月宝鉴》。曹雪芹早年写过《风月宝鉴》，就是《红楼梦》的初稿。裕瑞《枣窗闲笔》："《红楼梦》一书，曹雪芹虽有志于作一百二十回，书未成即逝矣。诸家所藏抄本八十回书及八十回书后之目录，率大同小异者，盖因雪芹改《风月宝鉴》数次，始成此书，抄家各于其所改前后第几次者，分得不同，故今所藏诸稿本未能画一耳。此书由来非世间完物也。"裕瑞还听他的"前辈姻亲"讲过曹雪芹的逸事，所以这部《红楼梦》由《风月宝鉴》删改而来的介绍，应该也是有根据的。

6. 花聚冢：这里是指黛玉葬花。《黛玉葬花》是《红楼梦》中的经典片段。林黛玉最怜惜花，觉得花落以后埋在土里（文中指出的是"花冢"）最干净。

7. 芳英："芳"的本义即指香草，引申义有花卉、美好的、美好的德行或名声、花草的香味等。"英"指花，蓓蕾，尚未绽放的花朵；好，美好；精华，事物最精粹的部分，如英华；才智杰出，才能出众的人，如精英。英同"瑛"，似玉的美石。芳英指《红楼梦》中那些才貌双全出类拔萃的年轻女子。本诗中特指绛珠仙草林黛玉。

8. 芳英有恨魄随烟：指"苦绛珠魂归离恨天"。《红楼梦》第九十八回写黛玉之死的章回题目是"苦绛珠魂归离恨天"。写黛玉之死的句子是："只见黛玉两眼一翻。呜呼！香魂一缕随风散，愁绪三更入梦遥！"

9. 屋倾垣倒：房屋切斜墙壁倒塌，如同忽喇喇似大厦倾。出自《红楼梦》第五回《聪明累》："忽喇喇似大厦倾，昏惨惨似灯将尽。"

10. 瓦当：是古代中国建筑中覆盖建筑檐头筒瓦前端的遮挡。特指东汉和西汉时期，用以装饰美化和蔽护建筑物檐头的建筑附件。瓦当上刻有文字、图案，瓦当的图案设计优美，字体行云流水，极富变化，有云头纹、几何形纹、饕餮纹、文字纹、动物纹等，为精致的艺术品，属于中国特有的文化艺术遗产。

11. 典：典当，一方把土地、房屋等押给另一方使用，换取一笔钱，不付利息，议定年限，到期还款，收回原物。房典，房子被典当。

12. 奸贼：暴徒、寇贼。《淮南子·主术训》："人主深居隐处，以避燥湿，闺门重袭，以避奸贼。"《后汉书·酷吏传·董宣》："朝廷以太守能禽奸贼，故辱斯任。今勒兵界首，檄到，幸思自安之宜。"

13. 贵臣：本指公卿大夫位高的家臣，后泛指显贵的大臣。《仪礼·丧服》："传曰：公聊大夫室老、士，贵臣；其余皆众臣也。"郑玄注："室老，家相也；士，邑宰也。"《韩非子·八说》："明主之国，有贵臣，无重臣。贵臣者，爵尊而官大也；重臣者，言听而力多者也。"

14. 簪绂：冠簪和缨带。古代官员服饰。亦用以喻显贵，仕宦。唐·李颀《裴尹东溪别业》："始知物外情，簪绂同刍狗。"五代王定保《唐摭言·好及第恶登科》："科第之设，草泽望之起家，簪绂望之继世。"宋·范仲淹《奏上时务书》："凡居近位，岁进子孙，簪绂盈门，冠盖塞路。"

15. 锦缎：亦作锦段。一种丝织品，表面有彩色花纹，可做服装和装饰品等。缎最初指的是丝绸，原意是精致的丝绸，有许多美丽的图案。锦缎是古代最贵的面料，因为制作工艺高，织造难度大。古人认为织锦等同于黄金。所以这里的锦缎也是用来形容富贵人家出生高贵、衣着华美，如《诗经》"锦衣狐裘"。清·曹雪芹《红楼梦》第二回：至次日早有雨村遣人送了两封银子、四匹锦缎，答谢甄家娘子。清·唐甄《潜书·七十》："非貂狐之温不以为裘，非锦段之华不以为茵。"

16. 青毡：青色毛毯，特指清寒贫困者，亦指清寒贫困的生活。南宋·李光《集诗述感》诗："门巷萧条酬应懒，英雄末路一青毡。"明·徐复祚《投梭记·闺叙》："卑人绿蚁一生，青毡半世。志存丘壑，梦断岩廊。"

这是一首为缅怀曹雪芹先生生平而创作的七言律诗。首联："开篇满纸梦中言，十载含悲石记编。"既点出了雪芹先生创作《红楼梦》过程的艰辛不易，又化用了《红楼梦》开篇绝句："满纸荒唐言，一把辛酸泪。都云作者痴，谁解其中味?"用"开篇满纸梦中言"七个字来总括性概括了《红楼梦》整部著作的核心，世事大梦一场，梦中言即是荒唐言，荒唐言即是梦中言。颔联："风月无怨花聚冢，芳英有恨魄随烟。"继续写雪芹先生构思《红楼梦》的精髓所在：写风月（情爱故事），写芳英（女性百态）。其中："风月"指的是曹雪芹早年写过《风月宝鉴》，也就是《红楼梦》的初稿；"无怨"则既是指"风月无怨"这描写痴男怨女的情爱故事的代称，也是点出了《红楼梦》第六十三回《寿怡红群芳开夜宴》中林黛玉掣的花签上的诗句："莫怨东风当自嗟"。它的原文是"红颜胜人多薄命，莫怨东风当自嗟"。出自宋代欧阳修的诗《和王介甫明妃曲二首》，则再次突出雪芹先生的创作是首联所说的"含悲"，写的都是万艳同悲的薄命女子。"花聚冢"写黛玉葬花，整个《红楼梦》中最经典的场面是因不忍落花随波逐流到肮脏之处而惜花聚冢的"黛玉葬花"，体现了黛玉的高洁品性。而"芳英有恨魄随烟"则写的是金陵十二钗正、副、再副及三四副等众多才貌双全的女子的悲剧结局，她们曾是芳英，出类拔萃，盛极一时，却最终死的死、散的散，都含恨怀憾地离开了人间天堂——大观园，尤其那风华绝代的绛珠仙草林黛玉更是如青烟般香魂一缕随风散！同样再次印证了首联所说的雪芹先生的"含悲"。颈联："屋倾垣倒瓦当贱，房典地亏奸贼缠。"一语双关，既是写书中的贾家的"忽喇喇似大厦倾"与"树倒猢狲散"，同时也是写书外的曹家：1727年雪芹先生的父亲曹𬘘，因事株连，以亏空款项等罪被革职、抄家，势遂败落，以致败落到"屋倾垣倒瓦当贱，房典地亏奸贼缠"的地步，这也是写"含悲"，它是雪芹先生人生悲剧的开始也是其人生经历的重大转折，更是《红楼梦》这部巨著的创作根基。尾联："曹氏贵臣簪绂族，可怜锦缎换青毡。"也是写"含悲"，这一联的"悲"，就是直观地将悲剧结果给读者呈现出来，"簪绂""青毡"这组词语的相互对应，是说曾经的清廷贵胄、簪缨之族当时已沦落为寒门褐衣之士，是巨大的落差；而"锦缎""青毡"这组词语的相互对比，则是说像曹家这样世代"江宁织造"的豪门望族最终也会褪去绫罗绸缎，换成粗布青毡，是鲜明的对比，通过两组词语的反衬，我们得出的结论就是今非昔比，落差强烈！悲从中来！可怜可叹！

后记：

这诗写于2015年，时值曹雪芹300周年诞辰，当时的诗题是由红楼诗社的前辈三生石老师所出：

红楼诗社第十社启

海棠吟社，原曹公之妙笔；微信诗盟，继芳园之遗规。追步于楚骚之情，应怜君癖；效颦于稗官之境，莫道我痴。冰雪奇文，料千秋犹炳耀；沧浪素志，虽十纪而彰弥。今岁恰逢曹公华诞三百载，举世咸庆，焉能不为之辞？故开坛征稿，启社应期。望诸贤不吝赐教，惠赐珠玑。

主题：纪念曹雪芹诞辰三百周年

诗题自拟，不宜过长。可有序，亦不宜过长。以文言为宜。体裁不限，可歌行古风绝句律诗排律，亦可填词。格律上要求符合所选体裁。亦可组诗。

诗限用平水韵，词限用词林正韵。

截稿日期：9月21日晚九时

　　那时的我是应社作了首《缅雪芹》，我当年的《缅雪芹》在格律上其实还有些小瑕疵，今天在为它写鉴赏稿的同时，也顺道把原来的格律和用词重新做了一些修改和调整，由此才得来了这首全新的《缅雪芹》。

五律·元宵

丙申年正月十五

何处元宵好？烟花印锦衾。
桥头红袖恼，月下俊贤寻。
万户空天望，纱灯如画歆。
相思连两岸，故里闻清音。

译文

　　是哪里的元宵节过得如此美好呢？天空中绽放的烟花闪亮耀眼，一朵一朵缓缓盛开，如同印在锦缎被子上的华美图案。那桥头上的妙龄少女，许是因和自己的恋人吵架而生气了，月光下的俊俏少年郎正打着灯笼一处一处，焦急地将她寻找。当家家户户的人们都抬头往天空望去的时候，也就是上元佳节，灯市里最热闹的时分了，不信你瞧：天空中那千千万万，越飞越高的纱灯美丽梦幻得就像一幅画一样。众所周知，元宵节才是我们中国人最传统的情人节，这天晚上不仅有赏灯猜谜、放灯许愿等丰富多彩的动态活动，更有全天下异地的恋人们，虽连绵不断静默无声却哪怕隔着山海湖泊，也要翻山越岭去抵达的无尽思念。不信你听：今晚，我的故乡四川，就有用月琴或琵琶伴奏的方言小调，

50

这小调声情并茂，柔肠百结，相思无尽。

附注

1. 元宵：元宵节，又称上元节、小正月、元夕或灯节，时间为每年农历正月十五。正月是农历的元月，古人称"夜"为"宵"，正月十五是一年中第一个月圆之夜，所以称正月十五为"元宵节"。根据道教"三元"的说法，正月十五又称为"上元节"。元宵节自古以来就以热烈喜庆的观灯习俗为主。元宵节的形成有一个较长的过程，根源于民间开灯祈福古俗。据一般的资料与民俗传说，正月十五在西汉已经受到重视，不过正月十五元宵节真正作为全国民俗节日是在汉魏之后。正月十五燃灯习俗的兴起也与佛教东传有关，唐朝时佛教大兴，仕官百姓普遍在正月十五这一天"燃灯供佛"，于是佛家灯火遍布民间，从唐代起，元宵张灯即成为法定之事。元宵节是中国的传统节日之一。元宵节主要有元宵灯节、赏花灯、吃汤圆、吃元宵、猜灯谜、放烟花等一系列传统民俗活动。此外，不少地方元宵节还增加了游龙灯、舞狮子、踩高跷、划旱船、扭秧歌、打太平鼓等传统民俗表演。2008年6月，元宵节被选入第二批国家级非物质文化遗产。

2. 锦衾：锦缎的被子。《诗经·唐风·葛生》："角枕粲兮，锦衾烂兮。"南朝梁·江淹《学梁王兔园赋》："美人不见紫锦衾，黄泉应至何所禁。"唐·温庭筠《更漏子》："山枕腻，锦衾寒，觉来更漏残。"唐·岑参《白雪歌送武判官归京》："忽如一夜春风来，千树万树梨花开。散入珠帘湿罗幕，狐裘不暖锦衾薄。将军角弓不得控，都护铁衣冷难着。瀚海阑干百丈冰，愁云惨淡万里凝。"明·刘基《楚妃叹》："锦衾一夕梦行云，万户千门冷如水。"

3. 红袖：是指古代女子的襦裙长袖，后来就成了女子的代名词。出自南朝齐·王俭《白纻辞》之二："情发金石媚笙簧，罗袿徐转红袖扬。"后蜀·欧阳炯《南乡子》："红袖女郎相引去，游南浦，笑倚春风相对语。"唐·元稹《遭风》："唤上驿亭还酩酊，两行红袖拂尊罍。"元·关汉卿《金线池》楔子："华省芳筵不待终，忙携红袖去匆匆。"清·孙枝蔚《记梦》："头上黄金双得胜，眼前红袖百殷勤。"鲁迅《且介亭杂文·忆刘半农君》："几乎有一年多，他没有消失掉从上海带来的才子必有'红袖添香夜读书'的艳福的思想，好容易才给我们骂掉了。"

4. 俊贤：指才德杰出的人。出自三国魏·阮籍《奏记诣蒋公》。三国魏·阮籍《奏记诣蒋公》："群英翘首，俊贤抗足。"唐·杜甫《承闻河北诸道节度入朝口号绝句》之九："紫气关临天地阔，黄金台贮俊贤多。"唐·韦应物《观早朝》："禁旅下成列，炉香起中天。辉辉睹明圣，济济行俊贤。"明·刘基《樵渔子对》："方今圣明在上，旁搜俊贤。"清·钱谦益《太仆寺添注少卿熊明遇授中宪大夫制》："制曰：朕眷顾疆宇，寤寐俊贤，愿得瑰材任重之人，以建经营告成之业。"

5. 万户：万家、万室。万，极言其多。汉·班固《西都赋》："张千门而立万户，顺阴阳以开阖。"唐·李白《子夜吴歌》之三："长安一片月，万户捣衣声。"

6. 空天望：向天空望去。唐·《山行遇雨》："骤雨昼氤氲，空天望不分。暗山唯觉电，穷海但生云。涉涧猜行潦，缘崖畏宿氛。夜来江月霁，棹唱此中闻。"

7. 纱灯：纱灯又称灯笼。汉族特色手工艺品，起源于2000多年前的西汉时期，每年的农历春节，正月十五元宵节前后，人们都挂起象征团圆意义的红灯笼，来营造一种吉利喜庆的氛围。后来灯笼就成了中国人喜庆的象征。经过历代灯彩艺人的继承和发展，形成了丰富多彩的品种和高超的工艺水平。唐·韦应物《寄璨师》："林院生夜色，西廊上纱灯。"唐·刘禹锡《和牛相公雨后》："晓看纨扇恩情薄，夜觉纱灯刻数长。"宋·贺铸《罗敷歌》词："半掩兰堂，惟有纱灯伴绣床。"元·张可久《清江引·秋思》曲："孤眠夜寒魂梦怯，月暗纱灯灭。"

8. 清音：这里特指四川清音。四川清音原名"唱小曲""唱小调"。因演唱时多用月琴或琵琶伴奏，又叫"唱月琴""唱琵琶"。是流行于重庆、四川的曲艺音乐品种之一。它来源于明清时期的俗曲及四川民歌，包含了山西、陕西、甘肃、河南、河北、浙江等地区的传统民间小调曲目。主要流传于四川自贡、宜宾、泸州、成都和重庆一带的城市及中小乡镇的商业地区。四川清音用四川方言演唱。曲调丰富，唱腔优美，有八个大调、一百余支小调，唱段两百多支。四川清音的伴奏乐器为琵琶、竹鼓、檀板等。早期表演时由女演员一人坐着独唱，右手击竹鼓，左手击檀板，自击自唱。代表作品有《昭君出塞》《尼姑下山》等。2008年6月7日，四川省成都艺术剧院申报的"四川清音"经国务院批准列入第二批国家级非物质文化遗产名录。2019年11月，《国家级非物质文化遗产代表性项目保护单位名单》公布，成都市非物质文化遗产保护中心（成都市非物质文化遗产艺术研究院）获得四川清音项目保护单位资格。

鉴赏

这是一首写景抒情的五言律诗，写的是上元佳节游人如织、灯市如昼的场景，抒发的是天下异地恋人之间的相思之情。首联："何处元宵好？烟花印锦衾。"诗作开头便发出了一个疑问句，是哪里的元宵节过得如此美好呢？这既是作者本人在发问，也是作者帮读者发问，而答案隐藏在诗作的最后一句"故里闻清音"中。从写作手法上看，这就很巧妙地设置了悬念来引人注目，句子读来，耐人寻味。前面以问句的方式肯定了元宵节的美好，紧接着就写元宵节美好的体现，比如天空中绽放的烟花闪亮耀眼，一朵一朵缓缓盛开，如同印在锦被上的华美图案。颔联："桥头红袖恼，月下俊贤寻。""桥头"对"月下"，"红袖"对"俊贤"，而桥头月下实则是花前月下，这里既写出了"月上柳梢头，人约黄昏后的浪漫"，又写出了年轻恋人之间吵架拌嘴、你藏我觅的轻快情趣，"恼"字和"寻"字的运用，则把女子生气的情态与男子焦急的心态写得生动活泼又淋漓尽致，给这首诗作增添了不少幽默风趣。颈联："万户空天望，纱灯如画歆。"是继续具体地写"何处元宵好"的"好"，那它到底怎么好了，好在哪里？好在家家户户的人们都出门抬头望向天空，只因夜空中那千千万万越飞越高还流光溢彩着的纱灯，美丽得就像画一样啊。尾联："相思连两岸，故里闻清音。"这一联绝对是画龙点睛的神来之笔，首先，从整体上看，这是作者写景完毕后水到渠成地抒情。其次，从单句上看，"故里闻清音"则刚好是呼应首联"何处元宵好"的答案之所以在。再次，从传递的情感上看，一个"连"字，连接了千千万万天南海北的情思与万水千山也无法阻隔的无尽相思。最后，作者选用了故里的清音（月琴或琵琶伴奏的四川方言小调）来结尾，则更是给中国传统情人节——元宵节，增添了听觉上的美感与灵魂上的共鸣，力求使整首诗能达到声情并茂、柔肠百结和相思无尽的境地。

蝶恋花·早春二月

丙申年二月十七

嫣透疏梅春破晓，数柳含青，凝露飘枝袅，暖日丽晴人笃好，笑依桑女羞颜俏。

往往曲终无雁到，又见雕栏，宿酒无人扫，莫叹画船归路遥，落红点点风言笑。

译文

稀疏的梅花透过它鲜明的色彩昭示着春晨的破晓，几棵杨柳的树叶已开始含有青绿色，柳枝与柳叶上都凝结着晶莹剔透的露珠，风起时，枝条随风飘扬，似贺知章所说的绿丝绦般袅袅婷婷、婀娜多姿，这场景甚是好看。春暖花开的日子总是风和日丽，受好天气的影响，人的心情也跟着美好起来，美貌的姑娘开心地依偎在她恋人的身旁，当恋人含情脉脉地注视着她时，她羞涩地笑了，那低眉颔首的羞答答的模样真是无比俏丽啊！往往一首曲子弹奏结束了，那能传递书信的鸿雁都还是没有到达，姑娘起身倚楼望穿秋水，低头又见雕花彩饰的华美栏杆，不禁想到了李煜。栏边那被风吹雨打了一整个晚上的树，花与叶都散落在地面上，却并没有人去打扫，不要感叹那载着归人的画船回家之路会很遥远，你看那风中的点点落红就是归人隔空在对着你载笑载言。

📖 附 注 ◼◼

1. 破晓：指天刚亮。宋·杨万里《浮石清晓放船遇雨》："破晓开船船正行，忽然头上片云生。秋江得雨茶鼎沸，怒点打蓬荷叶鸣。"宋·陆游《杏花》："徘徊跂马不忍去，只恐飘堕随车尘。念当载酒醉花下，破晓啼莺先唤人。"宋·程公许《晓月未没顺风泛太湖期以明日与悦斋会》："明月伴我酒家眠，五更顺风催放船。月波荡湖湖欲溢，扶桑夺染半天赤。湖山破晓郁青苍，坐觉山与船低昂。"宋·苏轼《减字木兰花·雪词》："云容皓白。破晓玉英纷似织。风力无端。欲学杨花更耐寒。相如未老。梁苑犹能陪俊少。莫惹闲愁。且折江梅上小楼。"

2. 柳含青：杨柳的枝叶含有青绿色。清·钱蘅生《寄梨花里吉卿三姊二首其一》："春雨丝丝润小庭，梅花初放柳含青。嫩寒天气添衣否，一度相思午梦醒。"清·爱新觉罗·弘历《团河行宫作》："庚子于斯一度经，兹来信宿跸应停。落成则已数年阅，题句那辞七字宁。何必盆头花弄紫，即看墙角柳含青。因疏泉遂辟行馆，知过论中早自铭。"

3. 凝露：凝结的露珠。汉·繁钦《蕙咏》："凝露不暇晞。百卉皆含荣。已独失时姿。比我英芳发。鹍鹉鸣且衰。葩叶永彤悴，凝露不暇晞。"晋·江逌《咏秋》："祝融解炎辔，蓐收起凉驾。高风催节变，凝露督物化。长林悲素秋，茂草思朱夏。"北魏·萧综《悲落叶》："悲落叶，联翩下重叠，重叠落且飞，从横去不归。长枝交荫昔何密，黄鸟关关动相失。夕蕊杂凝露，朝花翻乱日。"唐·冯宿《鲛人卖绡赋》："方雾縠而犹薄，拟冰纨而更轻。苟未知而不售，恒固执而潜行。皓如凝露，纷若游雾。"

4. 笃：最早见于小篆（《说文解字》中），其本义是马行走缓慢，即《说文解字》所谓"马行顿迟"，后延伸至忠实专一、深厚、厚重、加厚等。这里的意思是切实，确凿。如《论语·先进》："论笃是与，君子者乎？"

5. 桑女：这里指美貌的恋人。《诗经》中大量作品存在着"桑"意象，大部分透着热恋的氛围。例如《鄘风·桑中》："爰采唐矣，沬之乡矣。云谁之思，美孟姜矣。期我乎桑中，要我乎上宫，送我乎淇之上矣。"轻快活泼的诗句，淋漓尽致地表达出情人幽会时的激动，洋溢着青春和生命的活力，大胆自然而又热烈。而桑女也被描绘为"彼其之子，美如英"，"桑之未落，其叶沃若"表现了桑女年轻丰盈的状态。又如南北朝民歌《采桑度》："蚕生春三月，春桑正含绿。女儿采春桑，歌吹当春曲。冶游采桑女，尽有芳春色。姿容应春媚，粉黛不加饰。"

6. 雕栏：雕花彩饰的栏杆。南唐·李煜《虞美人》："春花秋月何时了？往事知多少。小楼昨夜又东风，故国不堪回首月明中。雕栏玉砌应犹在，只是朱颜改。问君能有几多愁？恰似一江春水向东流。"宋·苏轼《法惠寺横翠阁》："春来故国归无期，人言悲秋春更悲。已泛平湖思濯锦，更看横翠忆峨眉。雕栏能得几时好，不独凭栏人易老。百年兴废更堪哀，悬知草莽化池台。游人寻我旧游处，但觅吴山横处来。"清·陈维崧《探春令·咏窗外杏花》："崇仁宅靠善和坊，旧雕栏都坏。问玉楼、人醉今何处，只一树、花还在。红香笼帽归鞭快，更何人能戴。到如今和了，满城微雨，频上街头卖。"

7. 宿洒：整夜洒落在地面。清·顾太清《壶中天慢·和李清照〈漱玉词〉》："东风吹尽，便绣箔重重，春光难闭。柳悴花憔留不住，又早清和天气。梅子心酸，文无草长，尝遍断肠味。将离开矣，行人千里谁寄。帘卷四面青山，天涯望处，短屏风空倚。

57

宿洒新愁浑未醒，苦被鹦哥唤起。锦瑟调弦，金钗画字，说不了心中意。一江烟水，试问潮信来未。"

8．"往往曲终无雁到，又见雕栏，宿洒无人扫，莫叹画船归路遥"：化用了五代·李煜《清平乐·忆别》："别来春半，触目柔肠断。砌下落梅如雪乱，拂了一身还满。雁来音信无凭，路遥归梦难成。离恨恰如春草，更行更远还生。"

鉴赏

这是一首写景抒情词，通过描写与昔时恋人春游时的美好场景来表达与昔时恋人分离后的思念盼归之情。

上阕："嫣透疏梅春破晓，数柳含青，凝露飘枝袅，暖日丽晴人笃好，笑依桑女羞颜俏。"词的开篇便通过"疏梅""春破晓""柳含青""暖日丽晴"四个词组点了题，是"早春二月"。同时也完美地构造了一对热恋中的情侣所选择的春游场景，还通过对美好场景的描写既侧面又正面（例如"暖日丽晴""人笃好""笑依""羞颜俏"这些词组就是明显的正面描写）地烘托出了热恋情侣那快乐、喜悦、甜蜜的氛围，从而为下阕的分离与思念之情做铺垫。上阕欢快，下阕忧愁，词作的基调急转而下，这鲜明的对比则更增添了下阕所描写的主人翁的思念之苦与盼归之切。

下阕："往往曲终无雁到，又见雕栏，宿洒无人扫，莫叹画船归路遥，落红点点风言笑。"是分别化用了南唐·李煜《虞美人》词"雕栏玉砌应犹在，只是朱颜改"与清·顾太清《壶中天慢·和李清照〈漱玉词〉》词"宿洒新愁浑未醒，苦被鹦哥唤起。锦瑟调弦，金钗画字，说不了心中意。一江烟水，试问潮信来未"，以及五代·李煜《清平乐·忆别》词"别来春半，触目柔肠断。砌下落梅如雪乱，拂了一身还满。雁来音信无凭，路遥归梦难成。离恨恰如春草，更行更远还生"，化用这三位非常擅长写离愁别恨的婉约派词人的词句来表达与昔时恋人分离的相思之苦和盼归之情，则更起到了加强印证的效果。

清平乐·深秋

丙申年八月十八

秋风湖上，向晚孤花舫，一曲采莲微酝酿，清韵无边低唱。断壁古木昭阳，残霞零落纱窗，只有青山犹见，谁怜憔悴柔肠。

译文

天色渐晚，秋风徐徐的湖面上，一艘装饰华美的画舫在缓缓地划行着，此时此刻坐在船上的我，正酝酿着如何才能创作出一首新的亦诗亦曲的《采莲曲》。待到藕花深处时，我望着含黛的远山和天边的霞光，瞬间文思泉涌，于是我移步到船舱，把脑子里的新词曲，一边一筝一弦地静静弹奏，一边又一字一词地轻轻吟唱出来。这首受灵感激发所即兴创作出来的《采莲曲》中存有这样一种场景：曾经古木参天的汉宫昭阳殿如今已处处都是断壁残垣，暮色中残存的晚霞零落在妃嫔宫殿的纱窗上，给无聊枯燥的深宫生活增添了些许色彩的暖意，这些美丽的妃嫔在未入宫门之前，可能也像柳如是一般曾自信地对着青山说"我见青山多妩媚，料青山见我应如是。"可如今的她们，失去了至亲，也失去了自由，一入宫门深似海，又会有谁能去倾听她们的心声，怜惜她们坎坷的境遇和柔曲的心肠呢?

📖 **附 注** ▪▪▪•

1. 秋风湖上:秋风徐徐的湖上。宋·苏轼《菩萨蛮·西湖》:"秋风湖上萧萧雨。使君欲去还留住。今日漫留君。明朝愁杀人。"元·王恽《平湖乐·秋风湖上水增波》:"秋风湖上水增波,水底云阴过。憔悴湘累莫轻和,且高歌。"

2. 向晚:天色将晚,傍晚。唐·白居易《岁晚旅望》:"向晚苍苍南北望,穷阴旅思两无边。"唐·李商隐《乐游原》:"向晚意不适,驱车登古原。"宋·张元幹《兰陵王》词:"绮霞散,空碧留晴向晚。"元·关汉卿《四春园》第一折:"你可也莫因循,休迟慢,天色儿真然向晚。"清·阮元《小沧浪笔谈》卷一:"残霞雌霓,起于几席,斜日向晚,湖风生凉。"

3. 花舫:画舫。装饰华美的游船。唐·白居易《晚起》诗:"闲上篮舆乘兴出,醉回花舫信风行。"唐·朱庆余《泛溪》诗:"曲渚迴花舫,生衣卧向风。"《宋史·太祖纪三》:"吴越国进银装花舫、金香师子。"

4. 采莲:即《采莲曲》。《采莲曲》,乐府旧题,为《江南弄》七曲之一。内容多描写江南一带水国风光,采莲女子劳动生活情态,以及她们对纯洁爱情的追求等。描写采莲生活的诗歌很早就出现了,汉乐府中就有《采莲曲》《江南可采莲》"江南可采莲,莲叶何田田!"南北朝出现了不少写采莲生活的名作,如《西洲曲》"采莲南塘秋,莲花过人头。低头弄莲子,莲子清如水。"到了唐代,写采莲更是成为一种时尚,很多名家如李白、白居易、王昌龄、戎昱、崔国辅、皇甫松等都写过这类诗歌。白居易的《采莲曲》写得尤为细腻动人。这里的《采莲曲》既是指诗词也是指被谱成曲子后的乐曲。

5. 酝酿：比喻事情逐渐达到成熟的准备过程。《资治通鉴·汉宣帝地节四年》："岂徒霍氏之自祸哉？亦孝宣醖酿以成之也。"宋·严羽《沧浪诗话·诗辨》："然后博取盛唐名家，酝酿胸中，久之自然悟入。"宋·李石《送杨德源》："地灵生俊杰，酝酿成文章。墨池子云家，在蜀无他杨。君家好兄弟，接武游名场。"

6. 清韵：意思是①清雅和谐的声音或韵味。②喻指铿锵优美的诗文。这里的清韵无边低唱，是既指清雅和谐的声音，又指铿锵优美的诗文。①清雅和谐的声音或韵味。三国·魏·曹植《白鹤赋》："聆雅琴之清韵，记六翮之末流。"唐·白居易《官舍小亭闲望》诗："风竹散清韵，烟槐凝绿姿。"宋·贺铸《南歌子》词："傍水添清韵，横墙露粉颜。"②喻指铿锵优美的诗文。前蜀·韦庄《李氏小池亭》诗："客登高阁，题诗绕翠岩。家藏何所宝，清韵满琅函。"

7. 昭阳：汉宫殿名。后泛指后妃所住的宫殿。《三辅黄图·未央宫》："武帝时，后宫八区，有昭阳……等殿。"汉·班固《西都赋》："昭阳特盛，隆乎孝成。"唐·王昌龄《长信怨》："玉颜不及寒鸦色，犹带昭阳日影来。"唐·刘氏媛《相和歌辞·长门怨二首》："雨滴梧桐秋夜长，愁心和雨到昭阳。泪痕不学君恩断，拭却千行更万行。"

8. 纱窗：指蒙纱的窗户。唐·刘方平《春怨》："纱窗日落渐黄昏，金屋无人见泪痕。"宋柳永·《梁州令》："梦觉纱窗晓，残灯掩然空照。"元·张可久《一半儿·梅边》："枝横翠竹暮寒生，花淡纱窗残月明。"《红楼梦》第三回："〔黛玉〕从纱窗中瞧了一瞧，其街市之繁华，人烟之阜盛，自非别处可比。"

9. 只有青山犹见。化自"我见青山多妩媚，料青山见我应如是"。出自南宋·辛弃疾《贺新郎》："白发空垂三千丈，一笑人间万事。问何物、能令公喜？我见青山多妩媚，料青山见我应如是。情与貌，略相似。"

10. 柔肠：柔曲的心肠，喻指缠绵的情意。宋·柳永《清平乐》："翠减红稀莺似懒，特地柔肠欲断。"明·汤显祖《牡丹亭·寻梦》："几曲屏山展，残眉黛深浅。为甚衾儿里不住的柔肠转？"

鉴赏

这是一首写景抒情词，作者通过描写自己在秋天傍晚泛舟湖上时所看到的美好景致来抒发对古代身不由己的深宫女子的怜爱与疼惜之情。

首先，我们来看看它的词牌名"清平乐"：原为唐教坊曲名，后用作词牌名。唐·吕鹏《遏云集》载应制词四首（见《绝妙词选》）。《宋史·乐志》入"大石调"。《碧鸡漫志》云：此曲在越调，唐小令盛行，又有黄钟宫、黄钟商（俗名"大石调"）两音。《金奁集》《乐章集》并入"越调"。作为词牌，此调正体双调八句四十六字，前片四仄韵，后片三平韵。晏殊、晏几道、黄庭坚、辛弃疾等词人均用过此调，其中晏几道尤多。代表作有李煜《清平乐·别来春半》等。此调异名有四：《花庵词选》名"清平乐令"；张辑有"忆著故山萝月"句，故又名"忆萝月"；张翥词中有"明朝来醉东风"句，名"醉东风"；另亦有"破子清平乐"。

本首《清平乐·深秋》采用的是正体的格律。上阕："秋风湖上，向晚孤花舫，一曲采莲微酝酿，清韵无边低唱。""秋风"与"采莲"这两大秋日的经典元素的运用，直接呼应了《清平乐·深秋》这个词题。"向晚孤花舫"的"孤"字不仅是写秋风湖上的画舫独有一艘的冷清，也是在写秋日独自一人立黄昏的落寞，即所谓"寂寞沙洲冷"。"一曲采莲微酝酿"，"酝酿"二字用得甚妙，妙在既肯定了眼前景致的美丽，又肯定了古往今来历代文人骚客所创作的《采莲曲》的成功，是一箭双雕，为什么这么说呢？因为"酝酿"二字的意思是：比喻事情逐渐达到成熟的准备过程。它是一个过程，正在进行时，此处就是正在创作的过程中，正因为作者泛舟湖上时所见到的秋日景致有足够的吸引力，才会催生自己的创作（酝酿）欲，也正因为古往今来，历朝历代的文人骚客，已经创作了内容各异却都价值极高的《采莲曲》是珠玉在前，所以当作者想要创作新的《采莲曲》时，才会绞尽脑汁字斟句酌地去"酝酿"，而"清韵无边低唱"，则不仅是表达了作者在一气呵成完成词曲创作之后，想要展露歌喉的迫不及待，与此同时也是"景中有情""静中有动"，在前面美丽静景描写完毕后再给本首词增添一点声乐的动感和听觉的盛宴。下阕："断壁古木昭阳，残霞零落纱窗，只有青山犹见，谁怜憔悴柔肠。"下阕的开头便用断壁残垣、参天古木、残霞纱窗等元素来引出闺怨最甚的汉宫昭阳殿，唤起读者对受压迫宫女不幸遭遇的同情，具有很深的艺术感染力。"只有青山犹见"，这里既是化用了南宋著名词人辛弃疾《贺新郎》中"我见青山多妩媚，料青山见我应如是"的句子，也是大胆设想，这些美丽的妃嫔在未入宫门之前，是不是也如柳如是一般曾自信地对着青山说"我见青山多妩媚，料青山见我应如是"。可如今的她们，失去了至亲，也失去了自由，一入宫门深似海，又会有谁能去倾听她们柔曲的心声和怜惜她们坎坷的境遇呢？这里就是词末画龙点睛般的抒情了，主要表达的是作者对古代宫女寂寥清冷、命不由己的生存境遇的怜爱与疼惜之情。

蝶恋花·咏木芙蓉

丙申年十月初十

风动蒹葭人缥缈，静卧幽亭，三变羞颦笑，香暖蕊清珠翠绕，蜀都择号蓉城巧。

霜尽云收梳鬟好，犹忆姮娥，梦断离情恼，花隐叶藏身窈窕，盈盈临水倾城貌。

译文

十月的秋风吹动着柔美的芦苇叶，苇絮漫天飞舞，人也仿佛随风飘扬了起来，当我安静地躺卧在清幽的亭子里赏花时，发现亭子周围正盛放着的木芙蓉的颜色竟是一日三变，就像一个娇羞的少女，在不断地掩面偷笑。尽管已是秋天，闻着木芙蓉的花香时却让人心生暖意，它的花蕊在花瓣的包围中显得格外清透美好，仿佛被很多精美的珠翠首饰所缠绕，不得不说古蜀都选择蓉城这个称号来为成都命名，真是巧夺天工啊；当十月的晨霜散尽，云也跟着隐藏起来，此刻这株木芙蓉也似乎懂得了"秋收冬藏"的道理，突然就花隐叶藏，犹抱琵琶半遮面，这亭亭玉立的模样就仿佛花容月貌又身材窈窕的嫦娥仙子，此刻的她正娇花照水梳妆打扮，却也对水遗憾，顾影自怜：我每日的发型梳得再别致，也和花蕊夫人一样难掩爱人分离、鸳鸯梦断的烦恼啊！

📖 附 注 ■■▪

1. 蒹葭：蒹葭者，芦苇也，飘零之物，随风而荡，却止于其根，若飘若止，若有若无。如《国风·秦风·蒹葭》："蒹葭苍苍，白露为霜。所谓伊人，在水一方，溯洄从之，道阻且长。"唐·薛涛《送友人》："水国蒹葭夜有霜，月寒山色共苍苍。谁言千里自今夕，离梦杳如关塞长。"唐·柳宗元《得卢衡州书因以诗寄》："蒹葭淅沥含秋雾，橘柚玲珑透夕阳。非是白蘋洲畔客，还将远意问潇湘。"宋·柳永《安公子·远岸收残雨》："远岸收残雨。雨残稍觉江天暮。拾翠汀洲人寂静，立双双鸥鹭。望几点、渔灯隐映蒹葭浦。"宋·赵长卿《菩萨蛮·西风转棁蒹葭浦》："西风转棁蒹葭浦。客愁生怕秋阑雨。衾冷梦魂惊。声声滴到明。"

2. 缥缈，意思是随风飘扬，如唐·李白《愁阳春赋》："缥缈兮翩绵，见游丝之萦烟。魂与此兮俱断，醉一作对风光兮凄然。若乃陇水秦声，江猿巴吟。明妃玉塞，楚客枫林。试登高而望远，痛切一作咸痛骨而伤心。"宋·陈允平《垂杨》："任烟缕露条，碧纤青袅。恨隔天涯，几回惆怅苏堤晓。飞花满地谁为扫。甚薄幸、随波缥缈。纵啼鹃、不唤春归，人自老。"元·许有壬《太常引·池荷》之二："红衣缥缈，清风萧瑟，半醉岸乌巾。"

3. 三变：木芙蓉颜色一日三变，故别名三变花，除三变以外，它还叫拒霜花、木莲、地芙蓉、华木等。木芙蓉还是成都市市花，其花语为纤细之美、贞操、纯洁。

4. 珠翠：珍珠和翡翠，指古代女子华贵的饰物。汉·傅毅《舞赋》："珠翠的皪而炤耀兮，华袿飞髾而杂纤罗。"唐·姚思廉《陈书·皇后传·张贵妃》："并以沉檀香木为之，又饰以金玉，间以珠翠，外施珠帘，内有宝床、宝帐，其服玩之属，瑰奇珍丽，近古所未有。"唐·刘知幾《史通·杂说下》:"夫盛服饰者,以珠翠为先;工绘事者,以丹青为主。"唐·王昌龄《西宫秋怨》:"芙蓉不及美人妆,水殿风来珠翠香。谁分含啼掩秋扇,空悬明月待君王。"民国·赵尔巽(主编)《清史稿·后妃传·高宗孝贤纯皇后》:"后恭俭,平居以通草绒花为饰,不御珠翠。"

5. 蜀都:古代蜀国的都城,即今四川省成都市。西汉司马相如《难蜀父老》:"至于蜀都,耆老大夫搢绅先生之徒二十有七人,俨然造焉。"晋·左思《蜀都赋》:"夫蜀都者,盖兆基于上世,开国于中古。"元·虞集《张令鹿门图》:"老我不乐思蜀都,人言嵩阳好隐居。"

6. 蓉城:成都的别称,五代后蜀国蜀王妃花蕊夫人挚爱木芙蓉,身边的随从纷纷禀报给蜀王孟昶,孟昶大喜,遂命百姓在城苑上下遍植芙蓉树。于是待到来年花开时节,成都便四十里芙蓉如锦绣,从此也落得了芙蓉城的美誉。后来,后蜀国灭亡了,花蕊夫人被宋朝皇帝赵匡胤掠入了后宫。花蕊夫人常常思念着孟昶,偷偷珍藏着他的画像,以述思念之情。赵匡胤知道后,逼迫她交出画像,但是花蕊夫人坚决不从,赵匡胤一怒之下便杀了她。后人敬仰花蕊夫人对爱情的忠贞不渝,尊她为芙蓉花神,称芙蓉花为"爱情花"。

7. 姮娥:即嫦娥,原称姮娥、常娥,又有称其姓纯狐,名嫄娥,江苏人。神话中的人物,是后羿的妻子。唐·陆畅《扇》:"宝扇持来入禁宫,本教花下动香风。姮娥须逐彩云降,不可通宵在月中。"唐·罗隐《秋夕对月》:"背冷金蟾滑,毛寒玉兔顽。姮娥谩偷药,长寡老中闲。"宋·张耒《岁暮书事十二首》:"云土暮天迥,雁飞寒夜长。姮娥守狐月,青女恨连霜。"宋·陆游《月夕》:"素璧行其间,草木尽光彩。姮娥顾我笑,手抚玉兔儿。莫怪世人生白发,秋风桂老欲无枝。"宋·杨万里《晴后弃雪四首其一》："幸自晴光雪半开，谁将泥脚涴琼瑰。水仙上诉姮娥泣，弃遣天花散一回。"

鉴　赏 ■ ■

这是一首写景抒情的托物言志诗，既是咏木芙蓉也是写成都叫蓉城这个称号的由来，又是表达对花蕊夫人这类忠于爱情的女子的钦佩，其中还借用了花蕊夫人与嫦娥两个历史人物的典故来点睛。

上阕："风动蒹葭人缥缈，静卧幽亭，三变羞靥笑，香暖蕊清珠翠绕，蜀都择号蓉城巧。"首先，"风动""静卧"，同时描写了风之动与人之静这两种对立的美，使整篇词作动中有静、静中有动，充满了艺术的美感。其次，"三变羞靥笑"，采用了拟人的手法把木芙蓉拟人化为一个娇羞的少女，在不断地掩面偷笑。最后，"香暖蕊清珠翠绕，蜀都择号蓉城巧"，自然而然地引入了后蜀国蜀王妃花蕊夫人的典故以及成都被称为"蓉城"这个称号的历史渊源。

下阕："霜尽云收梳鬓好，犹忆姮娥，梦断离情恼，花隐叶藏身窈窕，盈盈临水倾城貌。""霜尽云收"点明了词作的季节是在十月，这正是木芙蓉盛放的时节，起到了点题的效果。"犹忆姮娥，梦断离情恼"，则是引用了嫦娥与后羿夫妻分离的典故，也再次佐证了发生在成都的花蕊夫人与孟昶的爱情故事的凄美，以及作者对花蕊夫人忠于爱情的钦佩。从芙蓉花神花蕊夫人过渡到成都市市花芙蓉花，再到"爱情花"（木芙蓉的别名），则是再次首尾呼应，画龙点睛。

68

蓉城木芙蓉壁画

画堂春·弹平沙落雁有感

丁酉年六月廿一

明妃绝世美容颜，草堂长画春妍，绿杨枝上赏婵娟，几片云笺。

落絮风微弄碧，晚来明月空山，佳人拾翠不堪怜，未见花繁。

译文

与貂蝉、西施、杨玉环（杨贵妃）并称中国古代四大美女的明妃王昭君，她有着举世无双的美丽容颜，历朝历代那些倾慕她的文人总在书房悬挂着她的画像，画中的她永远定格在汉宫时期，是那样的青春年少，明媚动人，娴静又活泼，端庄又可爱。在百花争妍的春日里，画中的她赏花；在流光皎皎的春夜里，画中的她赏月。可现实又如何呢？现实是，汉宫上空的月亮透过春生杨柳的绿芽碧叶，将月光轻轻地洒落了下来，微风吹动着柳絮，几片旧叶从天而落，就仿佛鸿雁传书，家中有人遥寄锦书来。夜晚总是月明星更稀，山空人愈静，深居汉宫思念着家人的王嫱一定在想，若是此身未入宫门，这个时节的自己一定是和家人在游春吧，可一入宫门深似海，现在的自己是看不到宫墙之外那繁花似锦的广阔天地了。

📖 **附　注** ▪▪

1. 明妃即王昭君，名嫱，字昭君，乳名皓月，西汉南郡秭归（今湖北省宜昌市兴山县）人，与貂蝉、西施、杨玉环并称中国古代四大美女，是中国古代四大美女之一的"落雁"。成语中"沉鱼落雁""画工弃市"记载她的生平典故。晋朝时为避司马昭讳，又称明妃、王明君。唐·杨凌《琴曲歌辞·明妃怨》："汉国明妃去不还，马驼弦管向阴山。匣中纵有菱花镜，羞对单于照旧颜。"宋·王安石《明妃曲》："明妃初出汉宫时，泪湿春风鬓脚垂。低徊顾影无颜色，尚得君王不自持。"宋·欧阳修《明妃曲和王介甫作》："汉宫有佳人，天子初未识，一朝随汉使，远嫁单于国。"

2. 草堂：草庐，原指茅草盖的堂屋。旧时文人常以"草堂"名其所居，以标风操之高雅。后来文化人也常谦称自己的书斋楼堂为草堂。唐·杜甫《狂夫》："万里桥西一草堂，百花潭水即沧浪。风含翠筱娟娟静，雨裛红蕖冉冉香。"唐·高适《人日寄杜二拾遗》："人日题诗寄草堂，遥怜故人思故乡。柳条弄色不忍见，梅花满枝空断肠。"宋·苏轼《临江仙·尊酒何人怀李白》："尊酒何人怀李白，草堂遥指江东。珠帘十里卷香风。"

3. 婵娟：指明月或月光。唐·刘长卿《湘妃》："帝子不可见，秋风来暮思。婵娟湘江月，千载空蛾眉。"宋·张孝祥《虞美人·清宫初入韶华管》："清宫初入韶华管。宫叶秋声满。满庭芳草月婵娟。想见明朝喜色、动天颜。持杯满劝龙头客。荣遇时难得。词源三峡泻瞿塘。便是醉中空去、也无妨。"宋·苏轼《水调歌头》："转朱阁，低绮户，照无眠。不应有恨，何事长向别时圆？人有悲欢离合，月有阴晴圆缺，此事古难全。但愿人长久，千里共婵娟。"清·孔尚任《桃花扇·草檄》："长空万里，见婵娟可爱，全无一点纤凝。十二阑干光满处，凉浸珠箔银屏。偏称，身在瑶台，笑斟玉斝，人生几见此佳景。惟愿取年年此夜，人月双清。"

4. 云笺：有云状花纹的纸。宋·周邦彦《蕙兰芳引》词："寒莹晚空，点清镜、断霞孤鹜。对客馆深扃，霜草未衰更绿。倦游厌旅，但梦绕、阿娇金屋。想故人别后，尽日空疑风竹。塞北氍毹，江南图障，是处温燠。更花管云笺，犹写寄情旧曲。音尘迢递，但劳远目。今夜长，争奈枕单人独。"明·张景《一江风·晚江天》："且上：晚江天。澹白拖长练。玉碧涵秋片。取水科：挹流泉。彻底澄清。照面科：掩映芙蓉面想起。心事寄云笺。相思一线悬。怀人何日重相见负水行科。"清·巢震林《如梦令·春闺》："艳曲背人偷和，小叠云笺粉浣。"

5. 拾翠：原指拾取翠鸟羽毛以为首饰。后多指女子游春。三国魏·曹植《洛神赋》："或采明珠，或拾翠羽。"南朝梁·纪少瑜《游建兴苑》："水流冠盖影，风扬歌吹音。踟蹰怜拾翠，顾步惜遗簪。"唐·吴融《闲居有作》："踏青堤上烟多绿，拾翠江边月更明。只此超然长往是，几人能遂铸金成。"元·赵善庆《落梅春·暮春》："暮春寻芳宴，拾翠游，杏花寒禁烟时候。叫春山杜鹃何太愁，直啼得绿肥红瘦。"清·纳兰性德《踏莎美人·清明》："拾翠归迟，踏春期近，香笺小迭邻姬讯。樱桃花谢已清明，何事绿鬟斜亸、宝钗横。"

◆ **鉴 赏** ▪▪

"画堂春"，最初见于《淮海居士长短句》。因为秦观词中有"画屏"字样，所以有了画堂春这样的词牌。唐时豪贵之家雕梁画栋、富丽堂皇的厅堂都叫画堂。从白居易《三月三日诗》中有诗句"堂三月初三日，絮扑窗纱燕拂檐"，到薛能《赠韦氏歌人》中诗句"一曲新声惨画堂，可能心事忆周郎"，"画堂"似乎已经是一种曲调了。唐代时富贵之家，将装饰华丽的房子都称为画堂，该曲调的名称可能即由此来。"画堂春"，调见《淮海集》，咏画堂春色，取以为名（《钦定词谱》载）。清沈谦词有"万峰攒翠"句，故又名"万峰攒翠"。王诜词名"画堂春令"。

　　这是一首写景抒情词，通过描写汉宫中的昭君日常来表达她思乡情切的感情。上阕："明妃绝世美容颜，草堂长画春妍，绿杨枝上赏婵娟，几片云笺。"开篇便点出了明妃的容貌倾城倾国举世无双，历朝历代那些倾慕她的文人总在书房悬挂着她的画像，画中的她青春年少，明媚动人。因后来的这些画家再也没有谁敢像"曾闻汉主斩画师，何由画师定妍媸？宫中多少如花女，不嫁单于君不知"的毛延寿那样故意丑化昭君了。这里不仅是正面写昭君之美同时还通过"画中她"引入了"画工弃市"的典故，则再次从侧面烘托出了她的美。"绿杨枝上赏婵娟，几片云笺"是进一步通过对"画中她"的日常的想象：比如在百花争妍的春日里，画中的她赏花；在流光皎皎的春夜里，画中的她赏月，这样一个活泼、欢快、自由的景象来反衬现实生活中常年被幽困在深宫之中毫无自由且无人问津的她的孤寂和无奈。

　　下阕："落絮风微弄碧，晚来明月空山，佳人拾翠不堪怜，未见花繁。"就是直接描写现实境况中的昭君了，汉宫上空的月亮透过春生杨柳的绿芽碧叶，将月光轻轻地洒落了下来，微风吹动着柳絮，几片旧叶从天而落，就仿佛鸿雁传书，家中有人遥寄锦书来。夜晚总是月明星更稀，山空人愈静，深居汉宫思念着家人的王嫱一定在想，若是此身未入宫门，这个时节的自己一定是和家人在游春吧，可一入宫门深似海，现在的自己是看不到宫墙之外那繁花似锦的广阔天地了。

值得一提的是"晚来明月空山"化自唐代诗人王维的《山居秋暝》："空山新雨后，天气晚来秋。明月松间照，清泉石上流。"这里单单提取了"晚来""明月""空山"六个字来体现汉宫深夜月明星更稀，山空人愈静，人静思念甚的真切场景，进而引发读者与词中主人公的双重想象，读者想象着王嫱对平行时空里那个未入汉宫的自己正与家人游春的想象。

七律·故乡

丁酉年六月初六

净土钟惊雁影过，五峰邻眺绕清河。

孤山遇雪眉微扫，远水逢春面淡酡。

酿酒临风狂客醉，烹茶对月美人歌。

竹园闻笛催今夏，弄玉烟岚散绮罗。

译文

我的故乡在四川省达州市大竹县，那里有一座闻名遐迩的寺庙名叫净土寺，每当净土寺的钟声敲响并惊动了天空中飞行的大雁时，我就知道新的一天又来临了。大雁的影子总是带给人一种雁过留痕的感觉，而我虽远在他乡却依然时常忆起幼时和小伙伴们一起在五峰山国家森林公园游玩时的场景。那时候的夏天，公园里面的竹子又大又繁，绿荫成片。我们常常在森林公园的顶峰一边乘凉一边远远地眺望着哈儿司令（爱国将领范绍增）的故乡清河古镇，也常常在大冬天跑到云雾山上泡温泉。冬天万木枯残，远远地望去这云雾山就好像一座孤山，而当遇到大雪纷飞，整个山峰都白雪皑皑时，山尖存有积雪的它，就仿佛一个银装素裹的姑娘，轻轻浅浅地给自己画了眉和增添了一些冰清玉洁的头饰。到了春季，我们又习惯性地去铜钵河玩水或写生，那些写生的画作上总是记录着铜钵河的河水及河水沿岸那些美丽的植物，一遇春暖便姹紫嫣红和繁花似锦的场面。家乡有一种传统土特产叫作东汉醪糟，它酿造历史悠久，源于汉，盛于清，已被载入《中国土特名产辞典》，虽产地只在大竹东柳镇这样一个小小的镇上，却因远销海内外而闻名遐迩，但它实际上是一种酒酿，是米、麦、高粱等酿酒后剩余的残渣。在某些地方，人们把酒渣叫作酒酿，也叫作甜酒，或者米酒，而在大竹它就叫醪糟。每当匠人们迎风酿酒时，整个镇上的空气中都弥漫着甜甜的酒香，闻着酒香泼墨挥毫的书法家们就像是草圣张旭一样的狂客，与此同时，家乡还有一种香茗（云雾山上所特产的云雾茶）是竹城姑娘们的最爱，那些年轻貌美的姑娘特别喜欢一边烹煮着茶，一边在月下组织雅集，吟诗作赋、唱歌跳舞。儿时的玩伴告诉我今年这个夏天又可以在竹海公园里吹笛跳舞了，问我回不回老家。"我"无奈地摇了摇头，便回想起了多年前的她，曾像秦穆公的女儿弄玉那样在竹林深处吹着笛、箫为我伴舞，那竹林深处云烟缭绕，仿佛仙境，穿着丝织汉服的我随着她的伴奏翩翩起舞，当风拂过，发丝轻扬，绸带轻漾，裙裾飘飘……那场景真是永生难忘。

附 注

1. 净土：四川省大竹县净土寺，净土寺位于大竹县城东郊，距县城竹阳镇5公里，其前身为唐武则天天授二年（691）兴建的复兴寺，后复兴寺因年久失修及"文革"时期的严重损毁，已荡然无存。2002年9月，高僧释德道云游至此，看到此处地势独特，山清水秀，实为难得的一方净土，便在此重建庙宇，取名净土寺。全寺占地面积100余亩，山门全长达116米，也是亚洲最长的山门，整个山门气势恢宏，古朴典雅，展示了"仰望晴空无际，俯瞰万物有容"的雄伟气度，它象征着佛教文化的博大精深与佛法无边的神奇。寺中12.6米高的阿弥陀佛是川东地区最高的站立式佛像。净土寺以其建筑气势宏大、流光溢彩，佛教文化广博精深而著称，已成为川东地区最大的佛教中心，在川东地区的宗教界中具有举足轻重的地位和影响。

2. 五峰与竹园：指大竹县著名风景名胜旅游区——五峰山国家森林公园（又名"竹海公园"）。位于大竹县月华乡五峰山。距县城18公里，乃川东新辟一处旅游胜地。因其竹区辽阔，竹类繁多而得名。园区所辖竹山6000余亩，有楠竹、斑竹、慈竹、白夹竹、苦竹、黑竹等10多个品种。利用竹类生产的各种档次的工艺品达100多个品种，深受群众喜爱。还有楠木、紫檀、槲杉、桂树、香樟等珍稀林木，条生其内；有刺猬、金鸡、竹鸡、山羊、野鸡、野兔等珍禽异兽，栖息繁衍其间；以及自然形成的大片石林，数处溶洞。还有名闻遐迩的明代巨松，极富神话色彩的七姐妹树、合欢树等。竹海公园纵横30余公里，可供游玩最佳景点20余处。尤以小石林、通天洞、月宫桂、观景台、楠竹林等为佳中之优。

3. 清河：指大竹县著名古镇清河镇，是爱国将领范绍增的故乡，2000年7月被列为省级试点镇。位于大竹县北部，距县城23公里。范将军1932年筹划出资在其故乡四川省大竹县清河场修建的故居"哈儿街"更是独具特色，举世闻名。此街全长385米，占地3.3万平方米。两旁房屋西高东低，呈主宾之势、主显宾躬之态。整个建筑群均为砖木结构，瓦顶悬山式，天架椽屋、前后乳伏牵住三柱建筑。一律采用外廊式穿榫结构，一楼一底两层楼房。街道两旁各有通廊和108根仿希腊式圆形廊柱，柱身均有人物、动物及花鸟等浅浮雕图案。整个街面，格局统一，风貌独特，排列齐整，典雅堂皇，颇为壮观，气宇非凡，是西南难寻的仿古建筑群，专家鉴定为"国内少有，国外没有"独具特色的大型建群，具有极强的观赏价值和研究及使用价值。街内设有"哈儿将军陈列馆"，收藏有大量范将军及其亲友各个时期的珍贵照片和其他实物；并有"哈儿茶楼""哈儿餐饮"等。街旁东柳河流水潺潺，永平桥、双龙桥装点美景。

4. 孤山：这里指大竹县云雾山，云雾山是四川省华蓥山脉的主要山峰，位于大竹县城西乡，距县城10公里，因山势雄伟，风光宜人，常有云雾缭绕而得名。云雾山常绿阔叶林茂盛，原始性高，马尾松苍翠葱茏，景观优美。云雾山上还有大片的茶山，所产云雾茶远近闻名。景区内有森林、峡谷、古道、温泉、寺庙、溶洞等自然景观和人文景观，是集森林生态观光、古道文化观光、宗教文化观光、温泉度假等旅游产品于一体的综合性旅游区，是夏避暑、冬赏雪、四季观光休闲的理想处所。

5. 远水：这里指大竹县铜钵河，它是四川省大竹县与重庆市梁平区跨省河流，河流绕城而过，连接两地。

6. 酡：泛指脸红。《楚辞·招魂》："美人既醉，朱颜酡些。"谢惠连《雪赋》："朱颜酡兮思自亲。"柳亚子《奇泪》："修名未立身将老，青史当前面易酡。"

7. 弄玉：即秦穆公的女儿弄玉，汉典传说《列仙传》卷上《萧史》："萧史者，秦穆公时人也，善吹箫，能致孔雀白鹤于庭。穆公有女字弄玉，好之。公遂以女妻焉，日教弄玉作凤鸣，居数年，吹似凤声，凤凰来止其屋。公为作凤台。夫妇止其上，不下数年，一旦皆随凤凰飞去。故秦人留作凤女祠于雍，宫中时有箫声而已"。

8. 烟岚：山林间蒸腾的雾气。唐·宋之问《江亭晚望》："浩渺浸云根，烟岚出远村。"宋·秦观《宁浦书事》诗之二："自是迁臣多病，非干此地烟岚。"明·顾起元《客座赘语·金陵南唐画手》："江宁沙门巨然画烟岚晚景，当时称绝。"清·王士禛《池北偶谈·谈异七·山市》："县令张其协经山南麓，始见之，烟岚郁丽。"

9. 绮罗：泛指华贵的丝织品或丝绸衣服。《东周列国志》第八十一回："勾践命范蠡各以百金聘之。服以绮罗之衣，乘以重帷之车，国人慕美人之名，争欲识认，都出郊外迎候，道路为之壅塞。"唐·徐彦伯《登长城赋》："桃李夕兮有所思，绮罗春兮遥相望，登毁垣以擗摽，坐颓隅以惆怅。"宋·贺铸《小重山》："回想夹城中。彩山箫鼓沸，绮罗丛。钿轮珠网玉花骢。香陌上，谁与斗春风。"

鉴赏

这是一首写景抒情的七言律诗。作者通过对故乡景物的充分描写，抒发了自己对故乡亲友的思念之情。首联："净土钟惊雁影过，五峰邻眺绕清河。"开篇便用"净土""五峰""清河"三个词组点出了净土寺、五峰山国家森林公园、清河古镇这三个既充满了历史人文底蕴又最具代表性的地理标志，而"雁影过"则用"雁过留痕"的比喻从侧面点明了大竹县曾经留有作者的很多生活痕迹。颔联："孤山遇雪眉微扫，远水逢春面淡酡。"作者回忆与儿时玩伴在大竹县那些著名景点或嬉戏玩闹或画画写生时的一些场景，其中的"孤山""远水"是再次描写大竹县的游玩景点，值得一提的是这里的"孤"字不仅是写冬日万木枯残后的山形显得孤寂，同时也是写独在异乡为异客的作者作为一名思乡游子的孤独，而"遇雪"与"逢春"则切换了不同的季节，很巧妙地让大竹县一年四季的不同风光只在寥寥数语间便活灵活现地跃然纸上。颈联："酿酒临风狂客醉，烹茶对月美人歌。"

"酿酒"与"烹茶"既是分别点出了家乡的两种特产：东汉醪糟与云雾茶；又分别列举出了家乡的两种文化活动：临风酿酒与对月雅集。尾联："竹园闻笛催今夏，弄玉烟岚散绮罗。""竹园闻笛""弄玉烟岚""散绮罗"都是在回忆与儿时的玩伴吹着乐器翩翩起舞时的场景，其中"竹园闻笛"与"弄玉烟岚"描绘的是儿时为我伴奏的闺蜜，这里把儿时闺蜜比作秦穆公的女儿弄玉，在那云烟缭绕仿佛仙境的竹林深处吹着笛、箫为我伴舞，既是充分肯定闺蜜的才貌出众也是极力说明曾经的场景美如画卷，深入我心，而"散绮罗"则是描绘那个发丝轻扬、绸带轻漾、裙裾飘飘、翩翩起舞的自己。"催今夏"的"催"字是画龙点睛之笔，一是通过闺蜜的口吻来催促作者回乡相聚，充分体现了闺蜜之间的深情厚谊；二是通过催而不能、催而不应，来再次反衬出了作者如今孤身一人独在异乡的无奈与失落之情。

哈儿街建筑

大竹竹海

竹海公园

七律·桂影——步韵枕霞旧友

丁酉年七月廿三

西风卷入几帘重，辗转芳菲一梦中。
才遣木樨堆锦绣，又移琴案砌玲珑。
红妆添酒叮还在，皓雪裁衣嘱未空。
更有婵娟梁上愿，不妨常任月朦胧。

译文

　　当西风层层穿越，卷入几重珠帘，辗转之间就仿佛在梦中闻到了芬芳馥郁的花香，于是词中的女主人公一醒来就立刻把窗外的桂花聚集起来，堆积成了锦绣的"小山堆"；又把古琴移到琴几上并摆放好玲珑剔透的古琴摆件，摆件与堆积成锦绣的桂花山堆是那么的契合和相得益彰。那盛装打扮出来的美女添酒时的叮咛还言犹在耳。临近婚期前一个月，天寒地冻，白雪皑皑，但男方并没有忘记他的承诺，他托人备了酒、蓝布和金银钗环送到女方家里，践行了婚前的"裁衣"仪式。女方也满怀期待，像唐·冯延巳《长命女》的诗句"春日宴，绿酒一杯歌一遍。"再拜陈三愿："一愿郎君千岁，二愿妾身常健，三愿如同梁上燕，岁岁长相见"里面所描述的那样，去祈愿她能拥有美满的姻缘；像宋代词人朱淑真在《元夜》里的祈愿一样："但愿暂成人缱绻，不妨常任月朦胧。"

附 注

1. 首句化用了"莫道不销魂，帘卷西风，人比黄花瘦"。南宋·李清照《醉花阴》："薄雾浓云愁永昼，瑞脑销金兽。佳节又重阳，玉枕纱厨，半夜凉初透。东篱把酒黄昏后，有暗香盈袖。莫道不销魂，帘卷西风，人比黄花瘦。"

2. 木樨：桂花别名。宋·张镃《眼儿媚·山矾风味木樨魂》："山矾风味木樨魂。高树绿堆云。水光殿侧，月华楼畔，晴雪纷纷。何如且向南湖住，深映竹边门。月儿照著，风儿吹动，香了黄昏。"宋·郑刚中《小饮木樨花下》："东山有佳处，修竹临沧浪。上下秀色中，木樨寄孤芳。玉露后丛菊。先作寓蕾黄。置之婆娑杪，金钉澹荧煌。"

3. 琴案：琴几。安放古琴的小桌。唐·王昌龄《谒焦炼师》："中峰青苔壁，一点云生时。岂意石堂里，得逢焦炼师。炉香净琴案，松影闲瑶墀。拜受长年药，翻翻西海期。"宋·赵希鹄《洞天清禄集·古琴辩》："琴案须作维摩样，庶案脚不碍人膝，连面高二尺八寸，可入膝于案下。"

4. 红妆：借代盛装的美女。宋·柳永《长寿乐·繁红嫩绿》："少年时，忍把韶光轻弃。况有红妆，楚腰越艳，一笑千金何啻。向尊前、舞袖飘雪，歌响行云止。"清·洪升《长生殿·传概》："长生乞巧，永订盟香。妙舞新成，清歌未了，鼙鼓喧阗起范阳。马嵬驿、六军不发，断送红妆。"

5. 裁衣：临近婚期前一个月，男方还要备酒、蓝布和金银钗环交给媒人送到女方家，谓之"裁衣"。

6. 婵娟：指美貌女子。唐·方干《赠赵崇侍御（一作赠赵常六韵)》: "却教鹦鹉呼桃叶, 便遣婵娟唱竹枝。闲话篇章停烛久, 醉迷歌舞出花迟。云鸿别有回翔便, 应笑喁啾燕雀卑。"宋·王安石《送春》: "万家笑语横青天, 绮窗罗暮舞婵娟。小鬟折花叩船舷, 玉瑑写酒酬金钱。朱梦飞动浮云巘, 天外笻箫来宛转。"清·孔尚任《桃花扇·传歌》"将筝弦紧系, 把笙囊巧制。梨花似雪草如烟, 春在秦淮两岸边; 一带妆楼临水盖, 家家分影照婵娟。"

7. 梁上愿: 出自唐·冯延巳《长命女》"春日宴, 绿酒一杯歌一遍。再拜陈三愿: 一愿郎君千岁, 二愿妾身常健, 三愿如同梁上燕, 岁岁长相见"。

8. 不妨常任月朦胧: 宋·朱淑真的《元夜》诗原句: "但愿暂成人缱绻, 不妨常任月朦胧。"

附:

《红楼梦》中海棠诗社菊花诗, 史湘云 (枕霞旧友) 原作:

菊　影
枕霞旧友

秋光叠叠复重重, 潜度偷移三径中。
窗隔疏灯描远近, 篱筛破月锁玲珑。
寒芳留照魂应驻, 霜印传神梦也空。
珍重暗香休踏碎, 凭谁醉眼认朦胧。

◇ 鉴　赏 ■■

这是一首步韵了《红楼梦》中海棠诗社菊花诗, 史湘云 (枕霞旧友) 原作《菊影》的七言律诗。

首先阐释一下什么是七律。顾名思义, 七律就是七言律诗,

84

是中国传统诗歌的一种体裁，属于近体诗范畴。它起源于南朝齐永明时沈约等讲究声律、对偶的新体诗，至初唐沈佺期、宋之问等进一步发展定型，至盛唐杜甫手中成熟。七言律诗格律严密，要求诗句字数整齐划一，由八句组成，每句七个字，每两句为一联，共四联，分首联、颔联、颈联和尾联，中间两联要求对仗。代表作品有崔颢的《黄鹤楼》、杜甫的《登高》、李商隐的《安定城楼》等。其次说一下什么叫作"步韵"。"步韵"意思是用他人诗作韵脚的原字及其先后次第来写诗唱和。始于唐代白居易同元稹的互相唱和，至宋代而大盛，也称次韵。这里步韵枕霞旧友，则是用的与枕霞旧友《菊影》诗里的韵脚原字"重""中""珑""空""胧"一模一样的先后次序来创作的七律和诗《桂影》。首联："西风卷入几帘重，辗转芳菲一梦中。"写的是风卷珠帘，芳菲入梦，花香唤醒睡美人，一开篇便化用了宋·李清照的《醉花阴》里的句子，来增添诗句的历史底蕴与名人效应；颔联："才遣木樨堆锦绣，又移琴案砌玲珑。"才遣与又移、木樨与琴案、堆锦绣与砌玲珑都分别对仗，通过三组一一对仗的词组来描写诗中女子午睡醒来后的生活日常：堆积桂花、移琴摆件，以及还要使两者互相适配和相得益彰。透过这些细节描写，我们可以看到主人翁热爱生活、秀外慧中、志趣高雅且充满了闲情逸致。颈联："红妆添酒叮还在，皓雪裁衣嘱未空。"描写相隔两地却婚期在即的一对恋人，彼此都在深深地思念着对方，男子觉得美丽的恋人曾经给他添酒时的那些关心的话语与叮咛还言犹在耳（这里字面上虽然只描写了男方，但其实透过对男方认为"言犹在耳"的描述已经侧面描写了他们恋人之间的信任、默契与情比金坚），所以尽管临近婚期前的一个月，天寒地冻，白雪皑皑，但男子并没有忘记他的承诺，他托人备了酒、蓝布和金银钗环送到女方家里，去践行婚前的"裁衣"仪式。在古代完整的婚礼习俗有纳采、问名、纳吉、纳征、请期、亲迎六礼。其中纳采是古时婚礼之首，属意女方时，男方延请媒人作媒，谓之纳采，今称"提亲"；问名是男方探问女方之姓名及生曰时辰，今称"合八字"；纳吉是指问名若属吉兆，就遣媒人致赠薄礼，谓之纳吉，今称"过文定"或"小定"；纳征是指奉送礼金、礼饼、礼物及祭品等，即正式送聘礼，谓纳征，今称"过大礼"；请期是指由男家请算命先生择日，谓之请期，又称"乞日"，今称"择日"；亲迎：新郎乘礼车，赴女家迎接新娘，谓之亲迎。本首诗里的"裁衣"则相当于六礼中的"纳征"也就是现在所说的订婚。另外在写作手法上"红妆添酒"对应的是"皓雪裁衣"，"叮还在"对应的是"嘱未空"，其中，"红"与"皓"是色彩对应，"添酒"与"裁衣"是仪式对应，"叮"与"嘱"是动作对应，"还在"与"未空"则是事件结果的对应。尾联："更有婵娟梁上愿，不妨常任月朦胧。"是写收到聘礼后的待嫁女的祈愿，"更有婵娟梁上愿"化用了唐·冯延巳《长命女》诗中的典故，她就像长命女那样去祈愿自己能够拥有美满的姻缘；也和宋代词人朱淑真在《元夜》里所祈祷的愿望一模一样："但愿暂成人缱绻，不妨常任月朦胧。"

绝句·古琴曲《半山听雨》有感

丁酉年冬月十七

青竹觅丝雨，沉吟醉晚风。

泠泠初弄影，渐进卷舒珑。

译文

古琴曲《半山听雨》一开始演奏，我就仿佛置身在了幽静空旷又烟雾缭绕的杭州半山之巅，而琴弦所发出的柔曼之声就仿佛山上那片葱茏青翠的竹海遇见了像轻丝一样漫天飘飞的无边细雨，当音符在演奏者指尖不断跳跃之时又像被风包裹着的雨珠滴答落地；当悠扬音止，转为平缓之音时，就又像吹来了一阵绸缎般轻软柔滑的晚风，而那陶醉在习习晚风之中的人儿正在低声吟诵着所有关于丝竹之音的名篇诗句，及至弦音再次婉转激越，跌宕起伏，弹拨之间就仿佛垂珠碎玉空中落，飞泉激石金玉鸣，其声泠泠，其音珑珑；又似窗外新篁参差弄影，其篁菁菁，其影静静，而金鸣玉碎之声也渐入佳境和愈加悦耳动听，直至演奏结束，这美妙的音乐所带来的心旷神怡就如同漫看微云自舒卷和闲敲棋子落灯花。

1.《半山听雨》是由著名作曲家苏一老师作曲，著名古琴家、音乐教育家杨青老师编配古琴谱并弹奏的一首古琴曲。丁酉年冬月十七，雨夜，静听此曲，如闻檐下涓滴，如见半山空寂，如听风摇疏竹，如盈满眼澄碧，故作此绝句。

2. 绝句：又称截句、断句、短句、绝诗，属于近体诗的一种形式。绝句来源于汉及魏晋南北朝的歌谣，名称大约起于南朝。各家对其解释并不一致，有人以为"截取律之半"以便入乐传唱。绝句由四句组成，分为律绝和古绝，其中律绝有严格的格律要求。常见的绝句有五言绝句和七言绝句，六言绝句较为少见。

3. 丝雨：像丝一样的细雨。唐·周彦晖《晦日宴高氏林亭》诗："云低上天晚，丝雨带风斜。"宋·张榘《水龙吟·暮天丝雨轻寒》："暮天丝雨轻寒，二分春色看看过。"明·俞国贤《展先子墓晚归即事》诗："罢扫春山归路迟，东风丝雨带寒吹。"清·纳兰性德《临江仙·丝雨如尘云著水》："丝雨如尘云著水，嫣香碎拾吴宫。"

4. 沉吟：沉思低吟，低声吟诵。东汉·曹操《短歌行》："青青子衿，悠悠我心，但为君故，沉吟至今。"唐·白居易《琵琶行(并序)》："沉吟放拨插弦中，顿起衣裳起敛容。"唐·李白《咏苎萝山》："浣纱弄碧水，自与清波闲。皓齿信难开，沉吟碧云间。"明·邓云霄《解语花》："彼美窥墙欲探春，翻疑宋玉在西邻。沉吟似惜韶光晚，幽叹应愁夜雨频。"

5. 醉晚风：沉醉在晚风之中。宋·吴文英《霜花腴·重阳前一日泛石湖》："翠微路窄，醉晚风、凭谁为整敧冠。霜饱花腴，烛消人瘦，秋光作也都难。"宋·杜范《七月二十七午到钓滩登其台偶成二绝》："忆昔斯堂醉晚风，壁间岁月已无踪。谁知千古留名字，只在当年把钓中。"明·李时行《旅思》："寒月下疏桐，清霜醉晚风。客心元自冷，不是为秋风。"

6. 泠泠：本指流水声。后借指清幽的声音，多形容声音清越、悠扬，如弦音。唐·刘长卿《听弹琴》："泠泠七弦上，静听松风寒。"唐·顾况《李供奉弹箜篌歌》："大弦似秋雁，联联度陇关；小弦似春燕，喃喃向人语。手头疾，腕头软，来来去去如风卷。声清泠泠鸣索索，垂珠碎玉空中落。"南宋·楼钥《风琴》："或疑凤咮叫霄汉，又恐仙佩云中行。使其似曲无别调，安得自在声泠泠。"明·李东阳《沈刑部所藏墨竹歌》："贪愁吟鬓洒霜雪，已觉纱帽随风偏。道湘灵解鼓瑟，此中似有泠泠弦。"

7. 弄影：谓物动使影子也随着摇晃或移动。唐·王勃《江曲孤凫赋》："尔乃忘机绝虑，怀声弄影。"宋·鲍照《舞鹤赋》："迭霜毛而弄影，振玉羽而临霞。"宋·张先《天仙子》："沙上并禽池上暝，云破月来花弄影。"元·马致远《落梅风》："人初静，月正明。纱窗外玉梅斜映。梅花笑人偏弄影，月沉时一般孤零。"

8. 渐进：逐渐进展，循序渐进。宋·张耒《夏至》："几微物所忽，渐进理必然。魋哉观化子，默坐付忘言。"南宋·朱熹《读书之要》："读书之法，在循序而渐进，熟读而精思。字得其训，句索其旨，未得乎前则不敢求其后，未通乎此则不敢志乎彼。先须熟读，伤感语录，使其言皆若出于吾之口，继以精思，使其意皆若出于吾之心。"

9. 卷舒：卷起和展开；卷缩和伸展。南朝·梁刘勰《文心雕龙·神思》："吟咏之间，吐纳珠玉之声；眉睫之前，卷舒风云之色。"唐·李商隐《赠荷花》："唯有绿荷红菡萏，卷舒开和人天真。"宋·陆游《东窗》："俗事纷纷意不摅，兀如头垢念爬梳。东窗且复焚香坐，闲看微云自卷舒。"宋·张炎《风入松·卷舒无意入虚玄》："卷舒无意入虚玄。丘壑伴云烟。"宋·汪应辰《题表上人卷舒轩》："高轩聊自娱，俯仰称幽居。世道有兴废，人心随卷舒。"元·胡祗通《沉醉东风·赠妓朱帘秀》："锦织江边翠竹，绒穿海上明珠。月淡时风清处，都隔断落红尘土。一片闲云任卷舒，挂尽朝云暮雨。"

10. 珑：金玉碰击声、振玉之声。《玉篇》：玲珑，玉声。《前汉·扬雄传》："前殿崔巍兮，和氏珑玲。"《注》孟康曰：以和氏璧为梁璧带，其声珑玲也。西晋·左思《吴都赋》："珊瑚幽茂而玲珑。"晋灼曰："以黄金为璧带，合蓝田璧。珑玲，明见貌也。"《扬子·太玄经》："唐素不贞，亡彼珑玲。《注》珑玲，金玉声。"唐·白居易《霓裳羽衣歌》："移领钱塘第二年，始有心情问丝竹。玲珑箜篌谢好筝，陈宠觱栗沈平笙。清弦脆管纤纤手，教得霓裳一曲成。"宋·陆游《忆秦娥》："玉花骢。晚街金辔声璁珑。声璁珑。闲敲乌帽，又过城东。"

◇ 鉴赏 ▪

这是一首描写乐曲听后感的五言绝句，构思独特，用字考究，颇具美感，内容也比较简单，读者朋友只需要认真阅读注释和大致了解一下律诗的写法，便可一目了然，故不再对此绝句作过多拆解。

作者弹古琴

作者的古琴

以旦为首字作七言绝句一首

丁酉年冬月廿三

旦起风凉寒露浓，江河白帆旷然空。
不知流水当年意，梅落溪亭忆放翁。

译文

　　破晓时分起床，风很凉，露很重，江河大地白帆往来，既川流不息又开阔空旷。作为个人，在大气磅礴、空旷无垠的大江大河面前又会显得何其渺小无名和寂然孤单呢？此情此景这鲜明的对比，会不会让人想起明代冯梦龙的《醒世恒言》里面那描写暗恋的句子："落花有意，流水无情"，人的一生是不是其实也总会有那么一次不知被人暗恋着的经历呢？当梅花飘落在溪亭时，你又会不会想起青年时期的陆游呢？

附注

　　1. 旦：旦字始见于商代甲骨文，其古字形像太阳从地面升起，本义是天亮，亦即"早晨""破晓"之义，作为清晨的标志，旦与朝同义。例如《尚书·太甲上》所说的："先王昧爽丕显，坐以待旦。""待旦"，即等待天亮、等待太阳升起。太阳升

92

起，大地通明，并由此引申出"光明""白昼""一日之始"等意义，《尚书大传·虞夏传》载《卿云歌》云："日月光华，旦复旦兮。"意即明明相代，光华永存。又如两汉乐府·《孔雀东南飞·古诗为焦仲卿妻作》："蒲苇一时韧，便作旦夕间。"汉·蔡文姬《悲愤诗》："旦则号泣行，夜则悲吟坐。"宋·陆游《岁暮杂感》："呻吟编简中，彻旦或未卧。尔来愈自励，日读易一过，勉终大学功，吾道要负荷。"宋·许月卿《起来》："旦公待旦霜如雪，时夜如诗月似钩。明日人来问寄字，一天霜月倚西楼。"明·归子慕《戊戌秋夜郡邸不寐》："昨日同游人，各各归偃息。宵旦送往事，古今坐超忽。风吹殿角铃，不寐到明发。"

2. 寒露：深秋的节令，是二十四节气之第十七个节气，秋季的第五个节气，在每年公历10月7—9日交节，是一个反映气候变化特征的节气。从气候特点上看，寒露时节，南方秋意渐浓，气爽风凉，少雨干燥；北方广大地区已呈现冬天景象。唐·张九龄《晨坐斋中偶而成咏》："寒露洁秋空，遥山纷在瞩。孤顶乍修耸，微云复相续。"唐·元稹《咏廿四气诗寒露九月节》："寒露惊秋晚，朝看菊渐黄。千家风扫叶，万里雁随阳。化蛤悲群鸟，收田畏早霜。因知松柏志，冬夏色苍苍。"寒露浓：特指寒露时节，天冷露重。唐·柳宗元《巽公院五咏·芙蓉亭》："新亭俯朱槛，嘉木开芙蓉。清香晨风远，溽彩寒露浓。潇洒出人世，低昂多异容。尝闻色空喻，造物谁为工。留连秋月晏，迢递来山钟。"

3. 旷然：豁达。三国魏·嵇康《养生论》："旷然无忧患，寂然无思虑。"唐·王维《杂曲歌辞·苦热行》："思出宇宙外，旷然在寥廓。长风万里来，江海荡烦浊。却顾身为患，始知心未觉。忽入甘露门，宛然清凉乐。"唐·王武陵《宿慧山寺》："石门吐明月，竹木涵清光。中夜河沈沈，但闻松桂香。旷然出尘境，忧虑澹已忘。"唐·白居易《负冬日》："杲杲冬日出，照我屋南隅。

负暄闭目坐，和气生肌肤。初似饮醇醪，又如蛰者苏。外融百骸畅，中适一念无。旷然忘所在，心与虚空俱。"唐·护国《题王班水亭》："湖上见秋色，旷然如尔怀。岂惟欢陇亩，兼亦外形骸。"宋·韩琦《北塘避暑》："尽室林塘涤暑烦，旷然如不在尘寰。谁人敢议清风价？无乐能过百日闲。水鸟得鱼长自足，岭云含雨只空还。"

4. 流水：这里的流水化自"落花有意随流水，流水无情恋落花"，这个句子最早出现在明代冯梦龙的《喻世明言·第十三卷张道陵七试赵升》，之后出现在明代冯梦龙的《警世通言·第二十一卷赵太祖千里送京娘》之中，再往后，则又见于明代凌濛初的《二刻拍案惊奇·卷十五韩侍郎婢作夫人　顾提控掾居郎署》。又如：明·陈霆《满庭芳·写怀》："叹落花有意，流水无情。好事从来易阻，御沟里、红叶难凭。空惆怅，夜深人静，辜负月华明。"

5. 溪亭：溪亭，指临溪水的亭子。唐·张祜《题上饶亭》诗："溪亭拂一琴，促轸坐披衿。"唐·许浑《溪亭二首》："溪亭四面山，横柳半溪湾。蝉响螳螂急，鱼深翡翠闲。"宋·李清照《如梦令》词："常记溪亭日暮，沉醉不知归路。兴尽晚回舟，误入藕花深处。争渡，争渡，惊起一滩鸥鹭。"宋·林景熙《溪亭》："清秋有馀思，日暮尚溪亭。高树月初白，微风酒半醒。独行穿落叶，闲坐数流萤。何处渔歌起？孤灯隔远汀。"明·文徵明《念奴娇·中秋对月》："记得去年今夕，酾酒溪亭，淡月云来去。千里江山昨梦非，转眼秋光如许。"

6. 放翁：即南宋著名诗人陆游。陆游，字务观，号放翁，南宋文学家、史学家、爱国诗人。陆游一生笔耕不辍，诗、词、文具有很高成就。其诗语言平易晓畅、章法整饬谨严，兼具李白的雄奇奔放与杜甫的沉郁悲凉，尤以饱含爱国热情对后世影响深

94

远。陆游曾在蜀中仕宦八年，其间自号放翁，也曾作过《梅花绝句》："闻道梅花坼晓风，雪堆遍满四山中；何方可化身千亿，一树梅花一放翁。"

鉴赏

这是一首七言绝句，是我在丁酉年应红楼诗社第22社要求所作，社题原文为："旦"是个象形字：上面一个圆圈中间打一个点，是代表太阳；下面一根横线，是代表地平线。意指太阳从地平线上冉冉升起。本社要求以"旦"字作为某句的首字或末字作一首七绝。题目自拟，遵"平水韵"。而当时的我就选了以"旦"字为首来作此诗。

首句："旦起风凉寒露浓，江河白帆旷然空"。破晓时分起床，风很凉，露很重，江河大地白帆往来，既川流不息又开阔空旷，点睛之笔在于"凉风"与"寒露"、"江河"与"空"的相互对应以及"旷然"与"空"的对应统一。首先"凉风"与"寒露"的呼应突出了晨起破晓时分的清寒、冰凉之感，而"江河"与"空"的呼应，则突出了大江大河那既开阔无垠的大气磅礴又空旷浩渺的寂然孤单，而"旷然"与"空"本身就是统一的，其呈现的就是大江大河既川流不息大气磅礴又烟雾空濛的孤单寂寥。末句："不知流水当年意，梅落溪亭忆放翁。"当江河的大气磅礴、空旷无垠与个人的渺小无名、寂然孤单形成了鲜明对比，此情此景就让人想起了明代冯梦龙《醒世恒言》里面那个描写暗恋的句子"落花有意，流水无情"。人的一生是不是其实总会有那么一次不知被人暗恋着的经历呢？当梅花飘落在溪亭时，你又会想起谁？是青年时期的陆游吗？

采桑子·蜀中望月

丁酉年腊月二十

万里凝空星河满，一寸红笺，东静西贤，落絮风微夜不眠。
银缸盼顾风情减，依旧古圆，又照巴山，遥寄归人入梦牵。

译文

　　相隔万里的一对恋人啊，当你们都同时凝望着夜空的时候会不会发现全球的夜空和银河都被星星填满了呢？在东半球等待着西半球的恋人归来的那个姑娘啊，她用薛涛笺给自己的恋人写了一首词，她就像《诗经》中的"静女其姝，俟我于城隅"所描述的那个安静女子，而她那在西半球的恋人则是一个博学儒雅又温润如玉的俊秀男子。夜深了，思念袭来，她看着那纷纷飘落的柳絮，整夜整夜地睡不着觉，夜空中那轮明月的月全食随着光影不断地变化，顾盼生辉，就如同银白色烛台的光芒。月亮从古至今都一样有着规律不定的圆缺，而今日这皎洁的月色清辉不仅洒落在东半球的成都和巴山，也同样洒落在西半球古巴共和国的大地上，那就让这月光把姑娘的思念与希望都寄给她那魂牵梦萦的心上人吧。

1. 红笺：红笺，又名浣花笺、松花笺、减样笺、薛涛笺等，产自四川成都，中国传统手工艺品，是多用以题写诗词或作名片等，好比现在的便笺纸。唐·薛涛《十离诗·笔离手》："越管宣毫始称情，红笺纸上撒花琼。都缘用久锋头尽，不得羲之手里擎。"唐朝·鱼玄机《和友人次韵》："何事能消旅馆愁，红笺开处见银钩。"宋·晏几道《思远人·红叶黄花秋意晚》："渐写到别来，此情深处，红笺为无色。"宋·欧阳修《千秋岁·罗衫满袖》："去不断，来无际。红笺著意写，不尽相思意。为个甚，相思只在心儿里。"清·纳兰容若《采桑子·拨灯书尽红笺也》："拨灯书尽红笺也，依旧无聊。玉漏迢迢，梦里寒花隔玉箫。"

2. 落絮风微：夜间的柳絮随着微风纷纷飘落。出自清代·曹慎仪《凤凰台上忆吹箫》："落絮风微，湿花露重，暗香飞上钗头。正凉阴小步，眉月如钩。叶底听残杜宇，芳魂冷、好梦都休。"清·姚燮《少年游·兰江吟眺》："四山眉爽入横漪。画色满江扉。夕日明来，水烟散去，风絮落微微。碧遥青远知何极，坐对息尘机。北淑鸥群，西湾渔桨，来往总相依。"

3. 银缸：银白色的灯盏、烛台。南朝·梁元帝《草名》："胡王迎娉主，涂经蒯北游。金钱买含笑，银缸影梳头。初控游龙马，仍移卷柏舟。中江离思切，蓬鬓不堪秋。况度菖蒲海，落月似悬钩。"唐·白居易《卧听法曲霓裳》："金磬玉笙调已久，牙床角枕睡常迟。朦胧闲梦初成后，宛转柔声入破时。乐可理心应不谬，酒能陶性信无疑。起尝残酌听馀曲，斜背银缸半下帷。"宋·晏几道《鹧鸪天》："彩袖殷勤捧玉钟，当年拼却醉颜红。舞低杨柳楼心月，歌尽桃花扇底风。从别后，忆相逢，几回魂梦与君同。""银缸盼顾风情减"，这里形容月亮的月全食的变化过程

97

中有光影的变化，顾盼生辉，如同银白色烛台的光芒。

4. 古圆：形容月亮如同古时一般，总有阴晴圆缺，且长向别时圆。唐·白居易《八月十五日夜湓亭望月》："昔西北望乡何处是，东南见月几回圆。昨风一吹无人会，今夜清光似往年。"宋·苏轼《水调歌头》："不应有恨，何事长向别时圆？人有悲欢离合，月有阴晴圆缺，此事古难全。"宋·辛弃疾《满江红·中秋寄远》："叹十常八九，欲磨还缺。若得长圆如此夜，人情未必看承别。把从前、离恨总成欢，归时说。"

5. 巴山：出自唐·李商隐《夜雨寄北》："君问归期未有期，巴山夜雨涨秋池。何当共剪西窗烛，却话巴山夜雨时。"这里特指四川省达州市大巴山。唐·刘禹锡《酬乐天扬州初逢席上见赠》："巴山楚水凄凉地，二十三年弃置身。怀旧空吟闻笛赋，到乡翻似烂柯人。沉舟侧畔千帆过，病树前头万木春。今日听君歌一曲，暂凭杯酒长精神。"宋·张先《渔家傲·和程公辟赠》："巴子城头青草暮。巴山重叠相逢处。燕子占巢花脱树。杯且举。瞿塘水阔舟难渡。天外吴门清霅路。君家正在吴门住。赠我柳枝情几许。春满缕。为君将入江南去。"

◇◇◇ 鉴　赏 ■▪—

这是一首写景抒情诗，其排版也可以竖序，竖序则可见另一番玄机：

　　万里凝空星河满，

　　一寸红笺，

　　东静西贤，

　　落絮风微夜不眠。

　　银缸盼顾风情减，

　　依旧古圆，

又照巴山，

遥寄归人入梦牵。

竖序从第五句开始，每句左起第三个字，依次排列下来，里面藏有一句"盼古巴归人"。

作者在这首词的创作伊始，便虚构了一对异国的恋人，并以他们之间的爱情故事为背景，代入自己，身临其境地来写景抒情。其中提到的"东静"是一位在东半球的待嫁姑娘，"西贤"则是一位在西半球出差的青年才俊。"东静"的恋人"西贤"因为工作需要在丁酉年年底离开成都去了古巴和加拿大出差，无论是古巴还是加拿大，相对于成都来说都是相隔万里的西半球。前面说到这是一首写景抒情词。上阕写景："万里凝空星河满"词的开篇便是一个生动的画面：在地球两端相隔万里的一对恋人，他们都心系彼此，也因思念满怀而同时凝望着那被月亮和星河所填满的夜空，这里的"凝"字相对于"望"字在选词上略胜一筹，中国人历来喜欢用"望"字，比如"望月""望穿秋水"，但个人觉得"望"字，过于普遍大众化，"凝"字则更传神，且"凝"字是平声，而"望"字是仄声，"凝"比"望"字也更遵格律。"一寸红笺"，红笺，又名浣花笺、松花笺、减样笺、薛涛笺等，产自四川成都，中国传统手工艺品，是多用以题写诗词或作名片等，好比现在的便笺纸。因词名是《采桑子·蜀中望月》，写的是成都望月，所以用成都产的"红笺"则恰到好处。"东静西贤，落絮风微夜不眠"。在东半球等待着西半球的恋人归来的那个姑娘啊，她就像《诗经》中的"静女其姝，俟我于城隅"所描述的那个安静女子，而她那在西半球的恋人则是一个博学儒雅又温润如玉的俊秀男子。夜深了，思念袭来，她看着那纷纷飘落的柳絮，整夜整夜地睡不着觉。这里也顺带附上《诗经·邶风·静女》的原文：

邶风·静女

静女其姝，俟我于城隅。

爱而不见，搔首踟蹰。

静女其娈，贻我彤管。

彤管有炜，说怿女美。

自牧归荑，洵美且异。

匪女之为美，美人之贻。

下阕抒情："银缸盼顾风情减"，夜空中那轮明月的月全食随着光影不断地变化，顾盼生辉，就如同银白色烛台的光芒。"依旧古圆，又照巴山，遥寄归人入梦牵。"月亮从古至今都一样有着规律不定的圆缺，而今日这皎洁的月色清辉不仅洒落在东半球的成都和巴山，也同样洒落在西半球古巴共和国的大地上，那就让这月光把姑娘的思念与希望都寄给她那遥远的魂牵梦萦的恋人的心上吧。

蝶恋花·清明祭父

戊戌年二月廿一

孤雁哀声惊不已，满目烟凄，寒食拎花祭，石径青苔幽夜洗，诗书一札生平喜。

半阕新词怀旧意，冷雨斜归，遗愿经年记，轻捧黄泥泥带泪，茫茫大野风前醉。

译文

孤雁哀鸣的声音惊颤不休，满目的烟雾缭绕更加滋生了凄凉的氛围，寒食节我带着父亲生前在阳台上种的花去他墓前祭祀。在那通往墓地的小石板路上长满了郁郁葱葱的青苔，今年被夜雨冲刷后的它们显得越发幽绿了，此情此景让我想到了生前的父亲是那么地喜爱诗词，若是他还在，应该会是要赋诗一首了吧，可如今他不了了，所以此次祭祀我既带上了他最爱的花，也带上了一扎他生前最爱的诗书，也在他的墓前即兴地吟咏出了半阕自己刚刚所作的新词，每字每句都蕴含着旧时他所教导我的那些成长与珍惜的意义。祭祀完毕，准备回家，又遇倾盆大雨，雨淋着身体让人感到冰寒刺骨的冷。狂风则吹乱了我的头发，甚至把我瘦小的身躯也吹得歪歪斜斜、踉踉跄跄。尽管身体歪斜，我的内心却无比坚定，因为我深深地记得父亲的遗愿和对我的期许，哪怕已经过了很多年，虽已祭祀完毕，我却有点舍不得离开，于是只好轻轻地捧起父亲墓前的黄泥，捧泥的时候又再次控制不住地掉下了眼泪。在这深远空旷的大野，狂风不停地呼啸，泪眼迷离的我好像已经迷失在这风雨里。

📖 附 注 ▪■

1. 烟凄：烟雾缭绕凄凉寒冷。宋·刘克庄《长相思·烟凄凄》："烟凄凄。草凄凄。野火原头烧断碑。不知名姓谁。印累累。冢累累。千万人中几个归。荣华朝露晞。"宋·邓深《木芙蓉》："露冷烟凄草树荒，木芙蓉好试平章。蒲萄晚叶尤宜日，芍药秋花正耐霜。蜀锦卷帏妆院落，秦宫开镜照池塘。写容安得剑南老，聊复殷勤酹一觞。"明·沈宜修《三字令·春暮》："花落尽，柳阴低。雨丝飞。香雾湿，彩云迷。带愁飞，飞去也，武陵西。新梦短，漏依依。剩相思。残月冷，晓烟凄。蝶香浓，莺语碎，断肠时。"清·杜文澜《庆清朝·消夏第二集咏秋露》："烟凄蔓草，铜仙清梦迟醒。翠盘又倾碎玉，藕花香杳泪珠零。休分付，一枝湘管，写怨秋屏。"

2. 寒食节：中国传统节日，清明节前一两日。是日初为节时，禁烟火，只吃冷食。并在后世的发展中逐渐增加了祭扫、踏青、秋千、蹴鞠、牵勾、斗鸡等风俗，寒食节前后绵延两千余年，曾被称为中国民间第一大祭日。寒食节是汉族传统节日中唯一以饮食习俗来命名的节日。寒食节起源，据史籍记载：春秋时期，晋国公子重耳为躲避祸乱而流亡他国长达十九年，大臣介子推始终追随左右、不离不弃；甚至"割股啖君"。重耳励精图治，成为一代名君"晋文公"。但介子推不求利禄，与母亲归隐绵山，晋文公为了迫其出山相见而下令放火烧山，介子推坚决不出山，最终被火焚而死。晋文公感念忠臣之志，将其葬于绵山，修祠立庙，并下令在介子推死难之日禁火寒食，以寄哀思，这就是"寒食节"的由来。唐·卢象《寒食》："子推言避世，山火遂焚身。四海同寒食，千秋为一人。"

3. 茫茫：渺茫，模糊不清。汉·扬雄《法言·重黎》："神怪茫茫，若存若亡，圣人曼云。"唐·高适《苦雨寄房四昆季》："独坐见多雨，况兹兼索居。茫茫十月交，穷阴千里馀。弥望无端倪，北风击林䈀。"宋·苏轼《江城子·乙卯正月二十日夜记梦》："十年生死两茫茫，不思量，自难忘。千里孤坟，无处话凄凉。纵使相逢应不识，尘满面，鬓如霜。夜来幽梦忽还乡，小轩窗，正梳妆。相顾无言，惟有泪千行。料得年年肠断处，明月夜，短松冈。"宋·王安石《吴任道说应举时事》："县瓠城南陂水深，春泥满眼路岖嵚。独骑瘦马冲残雨，前伴茫茫不可寻。"清·杜濬《登金山塔》："极目非无岸，沧波接大荒。人烟沙鸟白，春色岭云黄。出世登初地，思家傍战场。咄哉天咫尺，消息转茫茫。"

◆ 鉴 赏 ■ ■

"蝶恋花"，唐教坊曲。本名"鹊踏枝"，宋晏殊词改今名。《乐章集》注"小石调"，赵令畤词注"商调"，《太平乐府》注"双调"。冯延巳词有"杨柳风轻，展尽黄金缕"句，名"黄金缕"。赵令畤词有"不卷珠帘，人在深深院"句，名"卷珠帘"。司马槱词有"夜凉明月生南浦"句，名"明月生南浦"。韩淲词有"细雨吹池沼"句，名"细雨吹池沼"。贺铸词名"凤栖梧"，李石词名"一箩金"，衷元吉词名"鱼水同欢"，沈会宗词名"转调蝶恋花"。

上阕："孤雁哀声惊不已，满目烟凄，寒食拎花祭，石径青苔幽夜洗，诗书一札生平喜。"孤雁哀鸣的声音惊颤不休，满目的烟雾缭绕更加滋生了凄凉的氛围。寒食节，我带着父亲生前在阳台上种的花去他墓前祭祀，那通往墓地的小石板路上长满了郁郁葱葱的青苔，被夜雨冲刷后的它们显得越发幽绿了，此情此景让"我"想到了生前的父亲是那么地喜爱诗词，若是他还在，应该会是要赋诗一首了吧。

首句"孤雁哀声惊不已"，孤、哀、惊三个形容词的排列运用与相互印证，加强了凄清、孤寂、悲伤的氛围感，也是以景托情，用景物的描写来烘托主人公内心的悲伤，"满目烟凄"，是一箭三雕，既是说清明节，人们烧纸祭祀而产生的烟灰满目飞扬倍感凄凉；也是说夜雨洗礼后的山湖烟雾缭绕，在奔赴父亲墓地的路上，烟笼湖水雾笼山，更增添了晨起赶路人的惆怅；还是说路上的自己回顾起童年时期，每逢"我"的生日或者节日，父亲总会买好蛋糕、彩烛、烟花棒等好玩的东西让我呼朋唤友，带上小伙伴们一起玩闹，而他也在一旁挥舞着烟花棒给我们助兴，那时候满目的烟花焰火是幸福是快乐。今非昔比，父亲不在，如今思来，彼时的满目欣喜则变成了"满目烟凄"。

下阕："半阕新词怀旧意，冷雨斜归，遗愿经年记，轻捧黄泥泥带泪，茫茫大野风前醉"。如今父亲不在了，所以此次祭祀我既带上了他最爱的花也带上了一札他生前最爱的诗书，还在他的墓前即兴地吟咏出了半阕自己刚刚所作的新词，每字每句都蕴含着旧时他所教导我的那些成长与珍惜的意义。祭祀完毕，准备回家，又遇倾盆大雨，雨淋着身体让人感到冰寒刺骨的冷，狂风则吹乱了我的头发，甚至把我瘦小的身躯也吹得歪歪斜斜、踉踉跄跄。尽管身体歪斜，我的内心却无比坚定，因为我深深地记得父亲的遗愿和对我的期许，哪怕已经过了很多年，虽已祭祀完毕，我却有点儿舍不得离开，于是只好轻轻地捧起父亲墓前的黄泥，捧泥的时候又再次控制不住地掉下了眼泪。在这深远空旷的大野，狂风不停地呼啸，泪眼迷离的我好像已经迷失在这风雨里。关于"冷雨斜归"，宋代诗人张元幹曾在《次友人寒食书怀韵》之二里这样写道："冷雨吹花作寒食，三杯软饱且眠休。"这里的"冷雨"和一千多年前的张元幹所经历的"冷雨"不是同一场雨，也恰是同一场雨。人们常说书中有一个无限的世界，书籍是伟大思想的宝贵血液，徜徉在良书的海洋中，可以与先贤对话，与先贤交流，受到他们的影响和浸润。与这些伟大的灵魂对话，进行自我反省，因而顺应万物，不为心所扰，不为情所困，不为物所纠缠，能闻万物之声，心清则见万物之本质，当你能体验到千百年前的先贤和你有着同样的悲伤、同样的克制、同样的静默，你就可以慢慢放下执念，厘清思绪，逐渐找到属于你自己的世界。而那些跨越时空的对话，也让我们更能感知世界的丰富与广博，也更加懂得感恩、珍惜和满足。

作者父亲的遗物

作者父亲生前最后一张照片

作者和父亲

采桑子·春水

戊戌年三月初十

陶陶自得春知否？润物无言。堤柳垂烟。瑶岛琼湖印影娴。
绿杨枝上凝珠钿。轻绕眉边。却伴花眠。解愠熏风到碧湾。

译文

如此悠然自得的心情，春天它知道吗？春雨滋润万物而静默
无声，连堤岸边的柳树都仿佛垂静在绿烟之中，更何况那美丽小
岛的身影正倒映在娴静的湖泊之中呢。还有春生杨柳的新绿，那
枝叶上凝结着如珠钿翠盖一样晶莹的露珠，它们随着枝叶一起被
春风柔抚，轻轻地环绕在我的眉边，和花儿一同入眠。那和煦的
春风啊，总是可以消除心头的烦恼，使人豁然开朗，仿佛置身于
辽阔无垠又碧波万顷的海湾之中。

附注

1. 陶陶自得：自己觉得快意，同"陶然自得"。宋·林正夫
《括沁园春》："但无思无虑，陶陶自得，任兀然而醉，恍然而
醒。静听无闻，熟视无睹，以醉为乡乐性真。"

2. 润物：滋润万物。唐·杜甫《春夜喜雨》："好雨知时节，

当春乃发生。随风潜入夜，润物细无声。"宋·杨万里《立春日舟前细雨》："近山如雾复如烟，远山失却只余天。今朝春日得春雨，润物无声非浪语。"宋·朱淑真《膏雨》："润物有情如著意，催花无语自施工。一梨膏脉分春陇，只慰农桑望眼中。"元·舒頔《雨中适兴》："天阔云横野，春深水绕村。折花攒粉蝶，投果唤青猿。润物丝丝雨，伤春片片云。"

3. 堤柳：即堤岸边的柳树。唐代·岑参《敷水歌送窦渐入京》："罗敷昔时秦氏女，千载无人空处所。昔时流水至今流，万事皆逐东流去。此水东流无尽期，水声还似旧来时。岸花仍自羞红脸，堤柳犹能学翠眉。"宋·曹勋《玉蹀躞》："雨过池台秋静，桂影凉清昼。槁叶喧空，疏黄满堤柳。风外残菊枯荷，凭阑一饷，犹喜冷香襟袖。"元·张弘范《木兰花慢·题亳州武津关》："忆谯都风物，飞一梦，过千年。羡百里溪程，两行堤柳，数万人烟。伤心旧家遗迹，谩斜阳，流水接长天。"明代·商景兰《钗头凤·春游》："东风厚。花如剖。满园芳气长堤柳。莺身弱。浮云薄。韶光易老，春容零落。莫。莫。莫。"

4. 垂烟：形容垂柳含烟的美态。唐·李端《韦员外东斋看花》："入花凡几步，此树独相留。发艳红枝合，垂烟绿水幽。"宋·张元幹《西楼月·即春晓曲》："瑶轩倚槛春风度。柳垂烟，花带露。半闲鸳被怯馀寒，燕子时来窥绣户。"元·方行《杨柳词（二首）》："曲江南陌乱垂烟，勾引春风入管弦。惆怅几株憔悴尽，与人长系别离船。"明·沈愚《吴娃曲》："海棠含愁泣春雨，弱柳垂烟锁金缕。东风袅袅吹晴丝，双燕飞来向人语。"

5. 珠钿：嵌珠的花钿。古时候中国女子的头饰。宋·秦观《满庭芳·咏茶》之三："行乐处，珠钿翠盖，玉辔红缨。渐酒空金榼，花困蓬瀛。豆蔻梢头旧恨，十年梦、屈指堪惊。愁阑久，疏烟淡日，寂寞下芜城。"宋·蒋捷《浪淘沙》："人爱晓妆鲜。

我爱妆残。翠钗扶住欲欹鬟。印了夜香无事也，月上凉天。新谱学筝难。愁涌蛾弯。一床衾浪未红翻。听得人催伴不眠，去洗珠钿。"

6. 解愠薰风：同"薰风解愠"。薰风：和煦的风；愠：怨恨。温和的风可消除心头的烦恼。《孔子家语·辩乐》："昔日舜弹五弦之琴，造《南风》之诗，其诗曰：'南风之薰兮，可以解吾民之愠兮。'"宋·柳永《永遇乐》："薰风解愠，昼景清和，新霁时候。"宋·苏轼《木兰花令》："经旬未识东君信。一夕薰风来解愠。红绡衣薄麦秋寒，绿绮韵低梅雨润。"清·乔远炳《夏日》："薰风愠解引新凉，小暑神清夏日长。断续蝉声传远树，呢喃燕语倚雕梁。"

鉴赏

这是一首写景抒情诗，写的是阳春三月之景，抒的是薰风解愠之情。

"采桑子"，词牌名，又名"丑奴儿令""丑奴儿""罗敷媚歌""罗敷媚"等。唐代教坊曲有《杨下采桑》，调名本此。汉代乐府诗《陌上桑》："秦氏有好女，自名为罗敷。罗敷喜蚕桑，采桑城南隅。"此曲应是乐府旧曲《采桑》而入燕乐者。晚唐和凝词为创调之作。南唐李煜词名"丑奴儿令"。冯延巳词名"罗敷媚歌"。贺铸词名"丑奴儿"。陈师道词名"罗敷媚"。冯延巳词十三首，皆抒写春愁与离情。宋人用此调者甚众，晏殊此词为宋词名篇。欧阳修晚年用此调作咏颍州西湖词十首，描写西湖风景。他又赠老友用此调："十年前是尊前客，月白风清。忧患凋零。老去光阴速可惊。鬓华虽改心无改，试把金觥。旧曲重听。犹是当年醉里声。"这使此调风格趋于刚健。它的正体是双调，四十四字，前后段各四句，三平韵，以和凝《采桑子·蝤蛴领上词梨子》为代表；变体一是双调，四十八字，前后段各四句，两平韵，一叠韵，以李清照《添字采桑子·窗前谁种芭蕉树》为代表，此词前后段第三句即叠上句，两结句较和凝词各添二字，或名"添字采桑子"；变体二是双调，五十四字，前段五句，四平韵，后段五句，三平韵，以朱淑贞《采桑子·王孙去后无芳草》为代表，此词见《花草粹编》选本，皆集唐宋女郎诗句也，较和凝词，前后段各添五字一结句，采入以备一体。我的这首《采桑子·春水》采用的是正体的格律。

首句：陶陶自得春知否？以拟人手法和疑问句来开端，颇有些俏皮趣味又设置了悬念，惠风和畅、天朗气清，这悠然自得的心情，春天它知道吗？春天当然知道呀，不然又怎么有"随风潜入夜，润物细无声"的美好景象呢？"堤柳垂烟"，则参照了杭州的苏堤和白堤，我曾去过西湖多次，每逢春天，西湖的堤岸边就有很多垂绦的绿柳，轻风拂过，摇曳多姿，仿佛一缕缕流动着的薄雾烟岚，"瑶岛琼湖印影娴"，同样，想象一下"三潭印月"呢。三潭印月是浙江杭州西湖十景之一，被誉为"西湖第一胜境"。它是西湖中最大的岛屿，风景秀丽、景色清幽，春风拂过，桃红柳绿，倒影湖面，与雕栏画栋的建筑相映成趣。而在这首词作中，也是湖中有岛，岛中有湖，园中有园，曲回多变，好一番步移景新的江南春景啊。

下阕着重在于抒情："绿杨枝上凝珠钿，轻绕眉边，却伴花眠，解愠熏风到碧湾。""凝"字的选用，最初考虑了朱自清《荷塘月色》里的一个句子："叶子本是肩并肩密密地挨着，这便宛然有了一道凝碧的波痕。"凝碧二字用得甚妙，但在这首词里，凝字却是一个动词，春生杨柳的新绿，那枝叶上凝结着如珠钿翠盖一样晶莹的露珠，它们随着枝叶一起，被春风柔抚，轻轻地环绕在我的眉边，和花儿一同入眠。（这个景象我曾穿着汉服拍照，哈哈，让我想一想要不要把自己的古装照片附在下面。）
那和煦的春风啊，总是可以消除心头的烦恼，使人豁然开朗，仿
佛置身于辽阔无垠又碧波万顷的海湾之中。

清华大学荷塘

作者在清华大学荷塘

却伴花眠，轻绕眉边
（作者照片）

112

相见欢·立夏

戊戌年三月二十七

昼长渐进增延，绿荫繁，日照绮窗焰，芍药暄妍。

梅雨显，展图卷，弄筝弦，春尽锦城林苑，倍森然。

译文

立夏后，昼渐长夜渐短，绿树成荫繁盛茂密，日光照耀着窗户折射出炫丽多彩的光焰，窗边的芍药盛开，明媚又美好，仿佛一个娇俏女子在镜中端详着自己的花容月貌。这时窗外的梅雨也渐渐沥沥地开始显现，有这样柔曼的时光供人清享是何等的幸运，我们可以徐徐地打开画卷作画，也可以拨弄琴弦弹弹古筝。锦城的立夏日是如此的惬意，树木繁茂，翠竹成荫！

附注

1. 首句："昼长渐进增延"意指立夏后昼渐长夜渐短。唐·韦应物《夏至避暑北池》："昼晷已云极，宵漏自此长。未及施政教，所忧变炎凉。"宋·秦观《沁园春·宿霭迷空》："宿霭迷空，腻云笼日，昼景渐长。正兰皋泥润，谁家燕喜，蜜脾香少，触处蜂忙。"宋·蔡伸《风流子》："风暖昼长，柳绵吹尽，淡烟微雨，梅子初黄。洛浦音容远，书空漫惆怅，往事悲凉。"明·刘基《浣溪沙·语燕鸣鸠白昼长》："语燕鸣鸠白昼长，黄蜂紫蝶草花香。苍江依旧绕斜阳。泛水浮萍随处满，舞风轻絮霎时狂。清和院宇麦秋凉。"

2. 绮窗：雕刻或绘饰得很精美的窗户。唐·韦应物《月夜》：皓月流春城，华露积芳草。坐念绮窗空，翻伤清景好。清景终若斯，伤多人自老。宋·晏几道《临江仙》："旖旎仙花解语，轻盈春柳能眠。玉楼深处绮窗前。"宋·刘子翚《闻筝作》："月高夜鸣筝，声从绮窗来。随风更迢递，萦云暂徘徊。余音若可玩，繁弦互相催。"宋·朱淑真《旧愁其二》："花影重重叠绮窗，篆烟飞上枕屏香。无情莺舌惊春梦，唤起愁人对夕阳。"元·李献能《江梅引》："璧月浮香。摇玉浪，拂春帘，莹绮窗。冰肌夜冷滑，无粟影，转斜廊。冉冉孤鸿，烟水渺三湘。青鸟不来天也老，断魂些，清霜静楚江。"

3. 暄妍：美好，明媚。唐·刘禹锡《和乐天宴李周美中丞宅池上赏樱桃花》："樱桃千万枝，照耀如雪天。王孙宴其下，隔水疑神仙。宿露发清香，初阳动暄妍。"北宋·林逋《山园小梅》："众芳摇落独暄妍，占尽风情向小园。疏影横斜水清浅，暗香浮动月黄昏。"宋·曹冠《宴桃源》："廉纤小雨养花天。池光映远山。蕙兰风暖正暄妍。归梁燕翼偏。芳草碧，绿波涟。良辰近禁烟。"元·许有壬《木兰花慢·和陈彦章暮春即事韵》："问东君何意，来几日，便言归。怅衰病襟怀，暄妍景物，正欲相依。"

4. 梅雨显：立夏后，梅雨天气开始显现。宋·周邦彦《鹤冲天·梅雨霁》："梅雨霁，暑风和，高柳乱蝉多。小园台榭远池波，鱼戏动新荷。薄纱厨，轻羽扇，枕冷簟凉深院。此时情绪此时天，无事小神仙。"宋·赵师秀《约客》："黄梅时节家家雨，青草池塘处处蛙，有约不来过夜半，闲敲棋子落灯花。"宋·晏幾

114

道《鹧鸪天·陌上蒙蒙残絮飞》："陌上濛濛残絮飞。杜娟花里杜娟啼。年年底事不归去，怨月愁烟长为谁。梅雨细，晓风微。倚楼人听欲沾衣。故园三度群花谢，曼倩天涯犹未归。"

5. 春尽：立夏这一天，古时也称春尽日。故春尽即立夏，立夏即春尽。唐·李商隐《夜出西溪》："东府忧春尽，西溪许日曛。月澄新涨水，星见欲销云。柳好休伤别，松高莫出群。军书虽倚马，犹未当能文。"宋·梅尧臣《孟夏二日通判太博惠庭花二十枝云是手植因以》："前日已春尽，夏卉抽嫩青。唯君所植花，余红犹满庭。"宋·杨万里《和张倅子仪送鞓红、魏紫、崇宁红醉、西施四》："朱墨勾添眼底尘，今年春尽不知春。鞓红魏紫能相访，西子崇宁更可人。"明·程嘉燧《春尽感怀》："一年春尽送春时，万事伤心独咏诗。梦里楚江昏似墨，画中湖雨白于丝。"

6. 森然：茂密修长。南朝·王琰《冥祥记》："道路修平，而两边棘刺森然，略不容足。"唐·陈鸿《东城父老传》："颍川陈鸿祖携友人出春明门，见竹柏森然。"宋·张栻《初夏偶书》："江潭四月熟梅天，顷刻阴晴递变迁。扫地焚香清画水，一窗修竹正森然。"宋·陆游《入蜀记》："古木森然，往往二三百年物。"

鉴赏

"相见欢"，原为唐教坊曲名，后用为词牌名，又名"乌夜啼""秋夜月""上西楼"等。正体是双调，三十六字，前段三句，三平韵，后段四句，两仄韵，两平韵，以薛昭蕴《相见欢·罗襦绣袂香红》为代表；变体一是双调，三十六字，前段三句，三平韵，后段四句，一叶韵，一叠韵，两平韵，以杨无咎《乌夜啼·不禁枕簟新凉》为代表；变体二是双调，三十六字，前段三

115

句，三平韵，后段四句，两平韵，以蔡伸《西楼子·楼前流水悠悠》为代表；变体三是双调，三十六字，前段三句，三平韵，后段三句，两平韵，以张镃《相见欢·晓来闲立回塘》为代表；变体四是双调，三十六字，前段三句，三平韵，后段四句，三平韵，以吴文英《相见欢·西风先到岩扃》为代表。

　　我的这首《相见欢·立夏》采用的是正体的格律。上阕首句便点出时间节点为立夏，"昼长渐进增延"，立夏节气最显著的特征就是立夏后昼渐长夜渐短，"绿荫繁，日照绮窗焰，芍药暄妍。"绿树成荫繁盛茂密，日光照耀着雕刻精美的窗户折射出炫丽多彩的光焰，窗边的芍药盛开，明媚又美好，仿佛一个娇俏女子在镜中端详着自己的花月容颜。下阕："梅雨显，展图卷，弄筝弦，春尽锦城林苑，倍森然。"这时窗外的梅雨也淅淅沥沥地开始显现，有这样柔曼的时光供人清享是何等的幸运，我们可以徐徐地打开画卷作画，也可以拨弄琴弦弹弹古筝，锦城的立夏日是如此的惬意，树木繁茂，翠竹成荫！

　　这是一首写景抒情诗，表面上看是用了白描的手法纯乎写景写物，不言世事人情，但其实透过平淡的言景言事已将蓉城立夏时节的欣喜愉悦与安静怡然之情抒发于无痕之中。这一点是参照金朝词人蔡松年的《相见欢·云闲晚溜琅琅》的写法，它最大的特点也是在于抒情不露痕迹。值得一提的是我最初所写下阕的最后一句是"锦城春尽，林木倍森然。"从我个人的角度，我真的是更喜欢这句的表达，但为了遵词格的正体合律而非变体，最后才改成"春尽锦城林苑，倍森然"。

红芍与工笔

著名书法家韦明升老师为作者的词作所绘制的扇面

鹧鸪天·斗转星移

戊戌年七月廿四

云影横斜载梦船，一星灯火水连天，光浮绿藻风前转，俯仰溪山月半弯。

斟北斗、越秦川，江山如画雁盘旋，愁心一寸江南驿，不信人间有清欢。

译文

当云朵的影子错落有致地倒映在平静的湖泊中，那满载着希望与梦想的船只在湖面缓缓地行进着，仿佛被云朵载着推着在前行。湖面船只上的灯火，星星点点地倒映在水面，放眼望去，静影沉璧、浮光跃金、水天相接、浩渺无垠。湖面漂浮着的成片成片的绿色水藻，在灯火的照耀下，在微风的吹拂下，时而旋转，时而游晃，则更显出了"浮光跃萍"之美，如此良辰美景，让船上的人，时而俯下腰，时而仰着头，都只为观赏溪岸旁边的月亮慢慢地爬上山来，呀！原来是一轮弯弯的月亮。望着天上的北斗七星，突然就想到了张孝祥《念奴娇·洞庭青草》词里的句子："尽挹西江，细斟北斗，万象为宾客"。他在月夜发挥浪漫的想象，设想以滔滔西来的长江水为酒浆，用北斗星作为酒斗，自己做主人，以宇宙间万象为宾客，斟酒以款待之。今日的作者同样身处月夜，同样在望着北斗七星，瞬间就有了与先贤同等豪迈的感受。越过秦岭以北的关中平原地带，我们会看到山河似锦绣，江山美如画，那些雄姿英发的大雁成群结队地在祖国的大江大河上飞舞盘旋……突如其来的一寸愁心把作者唤回现实，唤回秦川以南、长江以南的故乡，原来"我"是如此地思念故乡的亲人。多年以来独自一人背井离乡在异地工作和漂泊，"我"怕是早已不相信所处的现实人间里，会有轻快欢愉的味道了吧。

📖 **附 注** ■■

1. 溪山：明·蓝瑛有一幅自己创作的名画《溪山雪霁图》，画中运用石青、赭石、白粉等不同的颜料，让色彩交织在一起，表现雪后放晴，山景瑰丽的景象。画中央有一条小河延伸到右下方的溪岸。红衣的文人坐在船上，望着一片美景陶醉其中。这里的溪山并不特指某个地名，如同此画构建的意象一般。宋·朱淑真《点绛唇·黄鸟嘤嘤》："黄鸟嘤嘤，晓来却听丁丁木。芳心已逐。泪眼倾珠斛。见自无心，更调离情曲。鸳帏独。望休穷目。回首溪山绿。"宋·赵长卿《菩萨蛮·霜风飒飒溪山碧》："霜风飒飒溪山碧。寒波一望伤行色。落日淡荒村。人家半掩门。孤舟移野渡。古林栖鸦聚。著雨晚风酸。貂裘不奈寒。"

2. 斟北斗：北斗星因七颗星排列成斗形而得名，于是古人常将天上的北斗星想象为人间的酒斗，来进行描写和抒情。例如南宋·张孝祥《念奴娇·洞庭青草》词："尽挹西江，细斟北斗，万象为宾客"。作者在月夜发挥浪漫的想象，设想以滔滔西来的长江水为酒浆，用北斗星作酒斗，自己做主人，以宇宙间万象为宾客，斟酒以款待之。又如宋·杨炎正《浣溪沙·三迳闲情傲落霞》词："自斟北斗浸丹砂。"这里用假想的以北斗斟酒来服食

119

丹砂的情景，赞颂自己隐居学道的自在生涯。宋·吴潜《贺新郎·玩月》："且吸琼浆斟北斗，尽今来、古往俱休说。"这里以吸琼浆斟北斗的愉快想象，来渲染自己玩月时超然物外的旷达精神状态。

3. 秦川：泛指今陕西、秦岭以北的关中平原地带。因春秋、战国时地属秦国而得名。三国·诸葛亮《草庐对》："将军身率益州之众出于秦川，百姓孰敢不箪食壶浆以迎将军者乎？"北朝民歌《陇头歌辞》："朝发欣城，暮宿陇头。寒不能语，舌卷入喉。陇头流水，鸣声呜咽。遥望秦川，心肝断绝。"唐·李颀《望秦川》："秦川朝望迥，日出正东峰。远近山河净，逶迤城阙重。秋声万户竹，寒色五陵松。客有归欤叹，凄其霜露浓。"宋·邵雍《秦川吟二首》："当时马上过秦川，倏忽于今二十年。因见夫君话家住，依稀记得旧风烟。"元·马钰《万年春·秦川胜景果非常》："秦川胜景果非常。最好终南珍藏乡。竹径梅溪生秀气，凤巢龙窟吐祥光。云庵处处成云集，道友多多论道长。刘蒋村名今改变，人人传说会仙。"

4. 驿：在古诗词中通常表示对亲友的问候及思念。如唐·牟融《送范启东还京》诗："官桥杨柳和愁折，驿路梅花带雪看。"又如南朝宋·盛弘之《荆州记》："陆凯与范晔相善，自江南寄梅花一枝，诣长安与晔，并赠花诗曰：'折花逢驿使，寄与陇头人。江南无所有，聊寄一枝春。'""江南驿"则出自清·谭嗣同《寄唐绂丞诗》："虞衡桂海志，风露洞庭波。梅满江南驿，钦迟一见过。"又如清·冯煦《摸鱼子憩园探梅柬次泉》诗："忘不得。是初渌轻烟，孤艇江南驿。东归甚日。去七里溪光，画眉啼处，与子弄寒碧。"

5. 不信人间有清欢，化典于宋·苏轼《浣溪沙·细雨斜风作晓寒》原句"人间有味是清欢"。

这是一首写景抒情诗，写的是如画江山之景，抒发的是游子思乡之情。对这首词，我们红楼诗社的刘德平老师在2018年的"名师点评特辑"里，曾做过这样的点评："这首词的前三句从词中主人公载着梦船去仙游落笔，勾勒出大自然的美好景观。然而，面对如画的江山，不仅没有欣慰之感，反而生出了'愁心一寸'，'不信人间有清欢'了。这一正一反的对照，反映了人们由于世事的沧桑而带来的伤感之情，其构思独具匠心。"我认为他所作的点评是贴近我写作的初始意图的，但我自己也觉得有必要更进一步地来剖析一下我的这首词。

首先，"鹧鸪天"这个词牌名又名"思佳客""思越人""醉梅花""半死梧""剪朝霞"等。定格为晏几道《鹧鸪天·彩袖殷勤捧玉钟》，此调双调五十五字，前段四句三平韵，后段五句三平韵。代表作有苏轼《鹧鸪天·林断山明竹隐墙》等。其次，这首词之所以选择"鹧鸪天"来作为词牌名，则是受了辛弃疾的影响。我自小十分欣赏辛弃疾，他也写过很多以鹧鸪天为词牌的词，感兴趣的朋友可以自行去查阅，这里就不再赘言。词的上阕："云影横斜载梦船，一星灯火水连天，光浮绿藻风前转，俯仰溪山月半弯。"通过"云影""灯火""水连天""光浮绿藻""溪山""月半弯"这几个优美的词组勾勒出了一幕静影沉璧、浮光跃金、水天相接、浩渺无垠的美丽景象，尤其是"水连天"的运用顿时让人拥有了"潮平两岸阔，风正一帆悬"的开阔旷达之感，也为紧接着的下阕"斟北斗、越秦川，江山如画雁盘旋"的豪迈基调埋下铺垫，并引入南宋·词人张孝祥在《念奴娇·洞庭青草》中，设想以滔滔西来的长江水为酒浆，用北斗星作为酒斗，自己做主人，以宇宙间万象为宾客，斟酒以款待之的浪漫想象。此刻达到了作者与张孝祥的高度共情，也同时引发了读者与作者的高度共情。接下来最后一句："愁心一寸江南驿，不信人间有清欢。"则基调急转直下，如刘老师点评的那样，这一正一反的对照，其构思独具匠心。只不过，我抒发的并非世事沧桑之情，而是独在异乡为异客的漂泊之情和思乡情切的念家之情。

钗头凤·茶

戊戌年九月初九

云汤绮，芳芽碧，玉荷舒盖清漪里。纤白蕊，山泉味，细烹琼浆，寄词融意，叙叙叙。

秋无语，添寒意，一川烟雨频梳洗。新晴矣，赌书趣，云鬓花颜，盏前香积，予予予。

译文

茶盏里那醇厚透亮的茶汤上轻盈地漂浮着薄如蝉翼的茶叶，仿佛柔软的云影倒映在平静的湖水中一般宁静又美丽。茶叶的嫩芽既芳香四溢又透着青翠碧绿，而那被夏荷荷瓣包裹起来的茶叶则更是大有乾坤、不同寻常了。当热水冲入茶盏，那层层包裹的荷瓣就逐渐以一个完整绽放的姿态缓缓散开，那瞬间就仿佛一朵冰清玉洁的荷花轻轻地在清澈见底的水池涟漪中舒展开了它的翠盖。无论是那纤细白嫩的莲花蕊，还是那甘甜可口的山泉味，都让人唇齿留香，回味无穷，仿佛在炎热的夏天里细心烹煮了一壶清心解暑的玉液琼浆。而作者就姑且把所有美好的情感与寓意全都寄托在了这首词中，想是要与友人一起叙旧以诉衷肠！

时光荏苒，不过转瞬，人间忽晚，山河已秋。秋天的到来既是悄无声息、无迹可寻的，又是凉风习习、寒意频添的。连绵不断的烟雨，五次三番地下着，淅淅沥沥、淋淋漓漓，就仿佛是要给世间万物都来一次彻底的换妆梳理与换季清洗。终于，新的节气来了，天也放晴，作者就和闺蜜在这秋日煦暖的午后，玩起了赌书泼茶的游戏。她们虽然只是友人，却也像极了李清照在《〈金石录〉后序》中所记录的她与赵明诚品茶行令助学的趣事佳话那样，每天午饭后，都坐在书房，烹茶，喝茶，然后指着堆积的书史，一人说一个句子、一件史事，然后让另一个人猜，自己方才所说的那句、那事是在哪本书第几卷上的第几页、第几行……想来与昔日的闺蜜有过这样的回忆，也是万般美好的（谁说赌书泼茶这样的趣事只能发生在恋人之间呢）。至今思来，都还是能够清晰地想起来我们那时候所穿的汉服款式、所梳的发髻样式以及所化的仿古梅花妆的妆式，还有茶盏前、茶几上所点的熏香香炉……此时脑海中的每一个物件、每一个器皿、每一幅画面，都仿佛在述说着回忆中的那个我、我、我。

📖 附 注 ■▪

1. 芳芽：指香茗。元·徐世隆《送天倪子还泰山》诗："牛膝药灵斟美醴，兔豪盏净啜芳芽。"

2. 玉荷舒盖：化自"新荷舒盖，翠色映波光"。出自宋代曹冠《满庭芳》词："榴艳喷红，槐阴凝绿，薰风初扇微凉。新荷舒盖，翠色映波光。时见金鳞戏跃，听莺声、巧啭垂杨。谁知我，身闲无累，对景自襄羊。南堂。清昼永，瑶琴横膝，芸帙披香。负气冲牛斗，操凛冰霜。吟笔通神掣电，乘高兴、鲸吸飞觞。情何憾，君新未报，功业志难忘。"

3. 清漪：水清澈而有波纹。《诗经·魏风·伐檀》："河水清且涟猗。"南朝齐·谢朓《泛水曲》："日晚厌遵渚，采菱赠清漪。"唐·元结《招孟武昌》："风霜枯万物，退谷如春时。穷冬涸江海，杯湖澄清漪。"宋·文同《翡翠》："忽然投清漪，得食如针铓。"宋·苏轼《渚宫》："台中绛帷谁复见，台下野水浮清漪。"宋·秦观《寄题赵侯澄碧轩》："风流公子四难并，更引清漪作小亭。"清·孙枝蔚《吊迷楼故址和彭骏孙》："琪树经年开锦绣，珠帘入夏映清漪。"

4. 一川烟雨：化自"一川烟草，满城风絮，梅子黄时雨。"出自宋代贺铸《青玉案·凌波不过横塘路》词："凌波不过横塘路。但目送、芳尘去。锦瑟华所谁与度。月桥花院，琐窗朱户。只有春知处。飞云冉冉蘅皋暮。彩笔新题断肠句。若问闲情都几许。一川烟草，满城风絮。梅子黄时雨。"

5. 新晴：刚放晴的天气。晋·潘岳《闲居赋》："微雨新晴，六合清朗。"宋·秦观《望海潮·洛阳怀古》："金谷俊游，铜驼巷陌，新晴细履平沙。"宋·陆游《村居书喜》："红桥梅市晓山横，年度语录，白塔樊江春水生。花气袭人知骤暖，鹊声穿树喜新晴。"清·黄遵宪《养疴杂诗》之十："竹外斜阳半灭明，卷帘欹枕看新晴。"

6. 赌书趣：赌书即赌书泼茶，典出李清照《〈金石录〉后序》记叙了她与赵明诚品茶行令助学的趣事佳话："余性偶强记，每饭罢，坐归来堂，烹茶，指堆积书史，言某事在某书、某卷、第几页第几行……"后更有清·纳兰容若有感于赵氏夫妇的伉俪情深，写下了"赌书消得泼茶香，当时只道是寻常"的千古名句。

7. 云髻：古代妇女的一种发髻。高如云，属高髻一类。以金银丝或头发围成高髻，状或与云鬟相类。《文选·曹植〈洛神赋〉》："云髻峨峨，修眉联娟。"云髻花颜：鬓发如云脸似花。唐·白居易《长恨歌》诗："云鬓花颜金步摇，芙蓉帐暖度春宵。"

8. 盏：茶盏，饮茶器皿，种类繁盛。其中瓷盏在东晋时已有制作，南北朝时饮茶之风逐渐流行起来。唐及五代时期的茶盏以南方越窑和北方邢窑最富盛名，并且茶盏开始配有盏托。宋代时斗茶之风大盛，极为崇尚茶具的精美。除建窑以外，宋代的官窑、哥窑、定窑，钧窑、龙泉窑、吉州窑都普遍烧制盏。明清以后的茶盏又配以盏盖，形成了一盏、一盖、一碟的三合一茶盏，现在又称盖碗。

◈ 鉴赏 ▪▪

"钗头凤"，本名"撷芳词"，北宋徽宗政和间宫中有撷芳园，故名，据宋人杨湜《古今词话》载："政和间，京都妓之姥曾嫁伶官，常入内教舞，传禁中《撷芳词》以教其妓……人皆爱其声，又爱其词，类唐人所作也。张尚书帅成都，蜀中传此词竟唱之。"南宋陆游因此词中有"可怜孤似钗头凤"句改题"钗头凤"，其曾在沈园以此题作词。后人多以此调。凤钗为古代妇女首饰，钗头作凤形。五代马缟《中华古今注》卷中："钗子，盖古笄之遗象也……始皇又以金银作凤头，以玳瑁为脚，号曰凤钗。"另外，"钗头凤"又名"摘红英"（《古今词话》载），按程垓词名"折红英"，曾觌词名"清商怨"，吕渭老词名"惜分钗"，《能改斋漫录》无名氏词名"玉珑璁"。该词牌的词作格律总共有一种正体，四种变体。正体为：双调五十四字，前后段各七句、六仄韵。以《古今词话》无名氏《撷芳词·风摇动》为代表。此词每段六仄韵，上三句一韵，下四句又换一韵，后段即同前段押法。但上三韵用上、去声，下三韵必用入声。如此词上三韵，前段用上声之一董、二肿，后段即用去声之一送、二宋，下三韵则用入声之十一陌、十三职。

我的这首《钗头凤·茶》写法采用的格律为变体三。变体三：双调六十字，前后段各十句，七仄韵、两叠韵。以程垓《折红

126

英·桃花暖》为代表。此亦"风摇动"词体，唯两结各添三字叠韵异。《钗头凤·茶》依然是一首写景抒情词，上阕："云汤绮，芳芽碧，玉荷舒盖清漪里。纤白蕊，山泉味，细烹琼浆，寄词融意，叙叙叙。"无论是描写茶与茶汤颜色时所选用的绮、碧、玉、清、白字，还是描写沏茶形态、冲泡姿态、品茶情态时，所选用的舒、烹、寄、融、叙字，都把从"净手、赏具""烫杯、温壶""马龙入宫""洗茶""冲泡""春风拂面""封壶""分杯""玉液回壶""分壶""奉茶""闻香"到"品茗"这茶道十三式的完整流程极其具体步骤，描写得入木三分了。值得一提的是上阕的写景抒情写的是夏景，是在炎热的夏天里细心烹煮了一壶清心解暑的玉荷香茗并想要与当下的友人一起品茗叙旧以诉衷肠的美好的友情，而紧接着的下阕所描写的就是秋季了。

下阕："秋无语，添寒意，一川烟雨频梳洗。新晴矣，赌书趣，云髻花颜，盏前香积，予予予。"无论是"一川烟草，满城风絮，梅子黄时雨"这化自贺铸的典故，还是"赌书泼茶"这出自李清照《〈金石录〉后序》所记录的她与赵明诚品茶行令助学之趣的典故，抑或是纳兰容若悼念亡妻卢氏时所写下的"赌书消得泼茶香，当时只道是寻常"这样的千古名句，都是以物寄情和以景托情。作者在这里也采用了同样的手法把与昔日闺中密友之间的美好回忆，通过一次次对话、一道道品茶、一个个物件、一件件器皿以及一幅幅画面，生动地呈现在读者面前，抒发的也是对昔日美好友情的肯定与怀念之情。

三杯两盏淡酒　怎敌它武汉病急　　　　　　　　午后春风撩纱窗　哎玛我娘子呀
　它家吃肉吃酒　待大地无疫　　　　　　　　黄花已是过去时　她人比玉环瘦一厘

好友三三为作者的《钗头凤·茶》所做的画

作者的日常茶饮

作者与闺蜜们的茶叙

画堂春·梅

戊戌年腊月初四

盈盈不渡雪阑斑，一枝带雨留寒，法华舒卷度虚闲，月下灯前。

空巷夜幽未语，香罗绾尽嫣然，秦王有女浣花轩，梦落谁边？

译文

绚丽多彩又错落有致的各色梅花，像极了那些仪态万千的舞姬，在雪中弱不禁风，却又笑意盈盈、摇曳多姿，其中一枝白梅还残留着冬日黄昏的雨滴，隐隐透出丝丝轻寒的韵味。想象一下，在这样的场景里，有一个身着汉服踏雪寻梅的女子，在梅林、在月下、在灯前，她娴静地轻拂着《法华经》的书卷，随风任其舒卷以打发这清闲美好的时光。梅林的尽头是一条清幽的巷子，万籁俱寂，空无一人，夜里不仅没有人声甚至连鸟语也没有。仪态美好的姑娘身着罗绮缓缓走来，她把轻软的汉服飘带系挂在梅树枝上，打成了漂亮的如意结，并向上天默默祈愿："传闻秦穆公有个名叫弄玉的女儿，极其的貌美有才还富有智慧，她是不是就住在浣花轩畔呢？如此稀世罕有的姑娘，祈求上天告诉我，她的梦最后会落在谁的枕边呢？"

📖 **附　注** ■▪

1. 盈盈：形容仪态美好。《玉台新咏·古乐府〈日出东南隅行〉》："为人洁白皙，鬑鬑颇有须。盈盈公府步，冉冉府中趋。"《文选·古诗〈青青河畔草〉》："青青河畔草，郁郁园中柳。盈盈楼上女，皎皎当窗牖。"宋·周邦彦《瑞龙吟》："侵晨浅约宫黄，障风映袖，盈盈笑语。前度刘郎重到，访邻寻里，同时歌舞。"

2. 阑斑：色彩错杂鲜明。宋·苏辙《学士院端午帖子二十七首皇太后阁六首其三》："蚕宫罢采撷，暴室献朱黄。翕呷霜纨动，阑班彩缕长。"宋·吴泳《沁园春·春事阑斑》："春事阑斑，桐花烂漫，不堪凤栖。"宋·胡翼龙《少年游》："断云压损溪桥柳，花迳雪阑斑。深倚屏根，间敲诗字，酒醒倍春寒。"宋·赵鼎《行香子》："草色芊绵。雨点阑斑。糁飞花、还是春残。天涯万里，海上三年。"

3. 法华即《法华经》，是妙法莲华经的简称，在古印度、尼泊尔等地长期流行。是释迦牟尼佛晚年在王舍城灵鹫山所说，为大乘佛教初期经典之一。明·张萱《匡云僧以诗见访用来韵却答其二》："莫问法华转，何须转法华。为僧原有发，舍俗不离家。共吃肉边菜，时餐海上霞。津梁犹未息，为尔一拈花。"

4. 虚闲：即清闲。唐·白居易《睡起晏坐》："澹寂归一性，虚闲遣万虑。了然此时心，无物可譬喻。"唐·薛能《春雨》："迸湿消尘虑，吹风触疾颜。谁知草茅径，沾此尚虚闲。"宋·苏辙《子瞻和陶公读山海经诗欲同作而未成梦中得数》："此心淡无著，与物常欣然。虚闲偶有见，白云在空间。"

5. 香罗：轻软有稀孔的丝织品。唐·杜甫《端午日赐衣》："宫衣亦有名，端午被恩荣。细葛含风软，香罗叠雪轻。"唐·李商隐《无题二首》其一："凤尾香罗薄几重，碧文圆顶夜深缝。扇裁月魄羞难掩，车走雷声语未通。"宋·仇远《木兰花慢》："风疏画扇，雪透香罗。惺松未成楚梦，看玲珑、清影罩平坡。"宋·苏轼《菩萨蛮·玉环坠耳黄金饰》："玉钚坠耳黄金饰。轻衫罩体香罗碧。"

6. 嫣然：容貌美好娇媚。南朝梁·沉约《四时白纻歌五首其二夏白纻》："朱光灼烁照佳人，含情送意遥相亲。嫣然一转乱心神，菲子之故欲谁因。"明·王錂《春芜记·瞥见》："生：看他霞绡雾縠胜飞仙。步翩跹新妆娇艳。纤腰束素更嫣然。并香肩瑶阶踏遍。"宋·贺铸《行路难·缚虎手》："笑嫣然，舞翩然，当垆秦女十五语如弦。"《红楼梦》："回头又看宝琴等也都是淡素妆饰，丰韵嫣然。"

7. 秦王有女：秦王女，即秦穆公的女儿弄玉，汉典传说《列仙传》卷上《萧史》："萧史者，秦穆公时人也，善吹箫，能致孔雀白鹤于庭。穆公有女字弄玉，好之。公遂以女妻焉，日数弄玉作凤鸣，居数年，吹似凤声，凤凰来止其屋。公为作凤台。夫归止其上，不下数年，一旦皆偕随凤凰飞去。故秦人留作凤女祠于雍，宫中时有箫声而已。"

8. 梦落谁边：清·邓瑜《柳梢青同谱赵莲卿姊将有越行，以二词留别，依调和之》："秋到云天。今宵别梦，梦落谁边。蛟水留人，鉴湖约客，离绪丝牵。"清·张祥河《木兰花慢》："爱青萍作屬，风半约、小池圆。著一个诗舲，两枝画桨，几折桥偏。采莲。五湖晚唱，唤鸬鹚、清梦落谁边？"

◆ 鉴 赏

这是一首写景抒情词，通过对梅花与梅下读书女子（秦王有

132

女）场景的描写来表达"少女怀春"和"冯驩弹铗"的感情。上阕："盈盈不渡雪阑斑，一枝带雨留寒，法华舒卷度虚闲，月下灯前。"词作开篇便把梅花比作在雪中弱不禁风，却又笑意盈盈、婀娜多姿的舞姬，既是以梅喻人，也是以人喻梅，两者相互加强印证，既写出了冬梅之美，又写出了"秦王女"的美。"一枝带雨留寒"，则既写出了梅开的季节是词作的季节即冬季，也是通过描写其中一枝白梅还残留着冬日黄昏的雨滴，隐隐透出丝丝轻寒的韵味，来侧面隐喻那位才貌双全的"秦王女"的清冷孤高与不染尘俗。"法华舒卷度虚闲，月下灯前"则再次印证了"秦王女"宠辱不惊、书香度日、清闲自得，和慢看云卷云舒的淡然心境。下阕："空巷夜幽未语，香罗绾尽嫣然，秦王有女浣花轩，梦落谁边？""空""夜""幽""未语"四个修饰语的排列运用，也是再次烘托出夜幽空巷万籁俱寂的氛围，夜里不仅没有人声甚至连鸟语也没有。这里同样是以静衬动，在极其安静的场景里，仪态美好的姑娘身着罗绮出场了（这里开始便是动态描写了，与之前的"万籁俱寂"形成一静一动、相得益彰的生动画面），她把轻软的汉服飘带系挂在梅树枝上，打成了漂亮的如意结，并向上天默默祈愿："传闻秦穆公有个名叫弄玉的女儿，极其貌美有才还富有智慧，她是不是就住在浣花轩畔呢？如此稀世罕有的姑娘，祈求上天告诉我，她最后会梦落谁的枕边呢？"

"梦落谁边"，是一语双关，既是表达"少女怀春"不知良人何处的期许，又是显明"冯驩弹铗"不知伯乐何处的期待。明代剧作家汤显祖的《牡丹亭》第十四出写道："他年得傍蟾宫客，不在梅边在柳边。"说的是杜丽娘梦见在大梅树下有一位书生手执柳枝而来，所以她隐约觉得这个书生会高中（蟾宫折桂），而且和柳或者梅有关。这里对应的是"冯驩弹铗"怀才求遇的第一层次意思；《红楼梦》中也写道，薛宝琴所创作的《梅花观怀古》里有"不在梅边在柳边，个中谁拾画婵娟？团圆莫忆春香到，一别西风又一年"的句子，宝琴最终或嫁给梅翰林或嫁给柳湘莲，这里则对应的是"少女怀春"期待良人的第二层意思。

环复回文诗《文史荟萃》

己亥年八月十八

史记诗经南渡北归论语
春秋尚书说文解字礼记
论衡茶经资治通鉴元曲
心经素书千字文红楼梦

拆：

（一）

史记诗经南渡北，经南渡北归论语。
语论归北渡南经，北渡南经诗记史。

（二）

春秋尚书说文解，书说文解字礼记。
记礼字解文说书，解文说书尚秋春。

（三）

论衡茶经资治通，经资治通鉴元曲。
曲元鉴通治资经，通治资经茶衡论。

（四）

心经素书千字文，书千字文红楼梦。

135

梦楼红文字千书，文字千书素经心。

1. 本首古风体回文诗一拆为四，每首的朗读节奏都是在第四个字处划分。诗的整体涉及的文史典籍共十六部，分别是：《史记》《诗经》《南渡北归》《论语》《春秋》《尚书》《说文解字》《礼记》《论衡》《茶经》《资治通鉴》《元曲》《心经》《素书》《千字文》《红楼梦》。

2. 回文诗：回文诗，是汉语特有的一种使用词序回环往复的修辞方法，文体上称之为"回文体"。唐代上官仪说，"诗有八对"，其七曰"回文对"，"情新因意得，意得逐情新"，用的就是这种措词方法。充分展示并利用了汉语以单音节语素为主和以语序为重要语法手段这两大特点，读来回环往复，绵延无尽，给人以荡气回肠、意兴盎然的美感。回文的形式在晋代以后就很盛行，而且在多种文体中被采用。人们用这种手法造句、写诗、填词、度曲，便分别称为回文诗、回文词和回文曲。虽然不乏游戏之作，却也颇见遣词造句的功力。回文诗是我国古典诗歌中一种较为独特的体裁。回文诗据唐代吴兢《乐府古题要解》的释义是："回文诗，回复读之，皆歌而成文也。"回文诗在创作手法上，突出地继承了诗反复咏叹的艺术特色，来达到其"言志述事"的目的，产生强烈的回环叠咏的艺术效果。有人曾把回文诗当成一种文字游戏，实际上，这是对回文诗的误解。刘坡公《学诗百法》言："回文诗反复成章，钩心斗角，不得以小道而轻之。"回文诗有很多种形式，如"通体回文""就句回文""双句回文""本篇回文""环复回文"等。"通体回文"是指一首诗从末尾一字读至开头一字另成一首新诗。"就句回文"是指一句内完成回复的过程，每句的前半句与后半句互为回文。"双句回文"是指下一句为上一句的回读。"本篇回文"是指一首诗词本身完成一个回复，即后半篇是前半篇的回复。"环复回文"是指先连续至尾，再从尾连续至开头。本首回文诗《文史荟萃》采用的形式就是环复回文。

3.《史记》：二十四史之一，最初称为《太史公书》或《太史公记》《太史记》，是西汉史学家司马迁撰写的纪传体史书，是中国历史上第一部纪传体通史。作品中撰写了上至上古传说中的黄帝时代，下至汉武帝太初四年间共3000多年的历史。太初元年（前104年），司马迁开始了该书创作，前后经历了14年，才得以完成。《史记》全书包括十二本纪（记历代帝王政绩）、三十世家（记诸侯国和汉代诸侯、勋贵兴亡）、七十列传（记重要人物的言行事迹，主要叙人臣，其中最后一篇为自序）、十表(大事年表)、八书（记各种典章制度记礼、乐、音律、历法、天文、封禅、水利、财用）。《史记》共一百三十篇，五十二万六千五百余字，比《淮南子》多三十九万五千余字，比《吕氏春秋》多二十八万八千余字。《史记》规模巨大，体系完备，而且对此后的纪传体史书影响很深，历朝正史皆采用这种体裁撰写。《史记》被列为"二十四史"之首，与《汉书》《后汉书》《三国志》合称"前四史"，对后世史学和文学的发展都产生了深远影响。其首创的纪传体编史方法为后来历代"正史"所传承。《史记》还被认为是一部优秀的文学著作，在中国文学史上有重要地位，被鲁迅誉为"史家之绝唱，无韵之《离骚》"，有很高的文学价值。刘向等人认为此书"善序事理，辩而不华，质而不俚"。

4.《诗经》：是中国古代诗歌的开端，最早的一部诗歌总集，收集了西周初年至春秋中叶（前11世纪至前6世纪）的诗歌，共311篇，其中6篇为笙诗，即只有标题，没有内容，称为笙诗六篇（《南陔》《白华》《华黍》《由庚》《崇丘》《由仪》)，反映了周初至周晚期约五百年间的社会面貌。《诗经》的作者佚名，绝大部分已经无法考证，传为尹吉甫采集、孔子编订。《诗经》在先秦时期称为《诗》，或取其整数称《诗三百》。西汉时被尊为儒家经典，始称《诗经》，并沿用至今。《诗经》在内容上分为《风》《雅》《颂》三个部分。手法上分为《赋》《比》《兴》。《风》是周代各地的歌谣；《雅》是周人的正声雅乐，又分《小雅》和《大雅》；《颂》是周王庭和贵族宗庙祭祀的乐歌，又分为《周颂》《鲁颂》和《商颂》。《诗经》内容丰富，反映了劳动与爱情、战争与徭役、压迫与反抗、风俗与婚姻、祭祖与宴会，甚至天象、地貌、动物、植物等方方面面，是周代社会生活的一面镜子。孔子曾概括《诗经》宗旨为"无邪"，并教育弟子读《诗经》以作为立言、立行的标准。先秦诸子中引用《诗经》者颇多，如孟子、荀子、墨子、庄子、韩非子等人在说理论证时，多引述《诗经》中的句子以增强说服力。至汉武帝时，《诗经》被儒家奉为经典，成为《六经》及《五经》之一。《诗经》是中国现实主义文学的起点，对中国的文学传统和民族特色的形成起到了重要作用。《诗经》英译对中国文学及中国文化走向世界作出较大的贡献。

5. 《南渡北归》为作家岳南2011年出版的最新力作，该作品自出版后便不断加印，并引起了社会的广泛关注，《南渡北归》三部曲，是首部全景描述20世纪中国最后一批大师命运的史诗巨著。《南渡北归》三部曲全景描绘了抗日战争时期流亡西南的知识分子与民族精英多样的命运和学术追求，系首部全景再现中国最后一批大师群体命运剧烈变迁的史诗巨著。所谓"南渡北归"，即作品中的大批知识分子冒着抗战的炮火由中原迁往西南之地，尔后再回归中原的故事。整部作品的时间跨度近一个世纪，所涉人物囊括了20世纪人文科学领域的大部分大师级人物，如蔡元培、王国维、梁启超、梅贻琦、陈寅恪、傅斯年等。作品对这些知识分子群体命运作了细致的探查与披露，对各种因缘际会和埋藏于历史深处的人事纠葛、爱恨情仇进行了有理有据的释解，读来令人心胸豁然开朗的同时，又不胜唏嘘，扼腕浩叹。

6.《论语》：《论语》是春秋时期思想家、教育家孔子的弟子及再传弟子记录孔子及其弟子言行而编成的语录文集，成书于战国前期。全书共20篇492章，以语录体为主、叙事体为辅，较为集中地体现了孔子及儒家学派的政治主张、伦理思想、道德观念、教育原则等。作品多为语录，但辞约义富，有些语句、篇章形象生动，其主要特点是语言简练，浅近易懂，而用意深远，有一种雍容和顺、纡徐含蓄的风格，能在简单的对话和行动中展示人物形象。《论语》自宋代以后，被列为"四书"之一，成为古代学校官定教科书和科举考试必读书。

7.《春秋》又称《春秋经》《麟经》《麟史》等，是中国春秋时期的编年体史书，记录了鲁隐公元年到鲁哀公十四年鲁国的重要史实。后来出现了很多对《春秋》所记载的历史进行补充、解释、阐发的作品，被称为"传"。代表作品是称为"春秋三传"的《左传》《公羊传》《穀梁传》。《春秋》用于记事的语言极为简练，然而几乎每个句子都暗含褒贬之意，被后人称为"春秋笔法""微言大义"。它是中国古代儒家典籍"六经"之一，是中国第一部编年体史书，也是周朝时期鲁国的国史，现存版本据传是由孔子修订而成。从海昏侯墓出土的5200余枚简牍，专家释读后也发现包括《春秋》在内的儒家经典及其训传。

8.《尚书》：最早书名为《书》，是一部追述古代事迹著作的汇编。因是儒家五经之一，又称《书经》。通行的《十三经注疏》本《尚书》，就是《今文尚书》和伪《古文尚书》的合编本。现存版本中真伪参半。西汉学者伏生口述的二十八篇《尚书》为今文

《尚书》，西汉鲁恭王刘馀在拆除孔子故宅一段墙壁时，发现的另一部《尚书》，为古文《尚书》。西晋永嘉年间战乱，今、古文《尚书》全都散失了。东晋初，豫章内史梅赜给朝廷献上了一部《尚书》，包括《今文尚书》33篇，以及伪《古文尚书》25篇。《尚书》即上古之书，亦称"书经"，是一部记言的古史。其内容大多是有关政治的一些言论和史事。今存《尚书》共58篇，分为《商书》《周书》《虞书》《夏书》，其中《古文尚书》25篇，为东晋梅赜所献，后儒以为是伪作。今人也有不同看法。《尚书》（今文）记录了距今约四千年到二千六百年间虞、夏、商、周时期，即中国古代原始社会末期和奴隶制社会时期的历史状况。涉及政治、宗教、思想、哲学、艺术、法令、天文、地理、军事等诸多领域。《尚书》被列为重要核心儒家经典之一，历代儒家研习之基本书籍。"尚"即"上"，《尚书》就是上古时代的书，它是中国最早的一部历史文献汇编。传统《尚书》（又称《今文尚书》）由伏生传下来。传说是上古文化《三坟五典》遗留著作。

9.《说文解字》，简称《说文》，是由东汉经学家、文字学家许慎编著的语文工具书著作，是中国最早的系统分析汉字字形和考究字源的语文辞书，也是世界上最早的字典之一，被誉为"天下第一种书"。《说文解字》原书作于汉和帝永元年间，成书于汉安帝建光元年。北宋雍熙三年（986）进行校勘并雕版流布，后代研究《说文》多以此版为蓝本。内容上共十五卷，前十四卷为文字解说，第十五卷为叙目；结构上按部首编排，共分540个部首，收字9353个，另有"重文"（异体字）1163个，共10516字。《说文解字》作为中国最早的字典，为汉字建立了理论体系，开创了部首检字法的先河，对后世影响深远，是科学文字学和文献语言学的奠基之作，在中国语言学史上有重要的地位。历代对于《说文解字》都有许多学者研究，清朝时研究最为兴盛。

段玉裁、朱骏声、桂馥、王筠的注解尤备推崇，四人也获尊称为"说文四大家"。

10.《礼记》：《礼记》又名《小戴礼记》《小戴记》，成书于汉代，相传为西汉礼学家戴圣所编。《礼记》是中国古代一部重要的典章制度选集，共二十卷四十九篇，书中内容主要写先秦的礼制，体现了先秦儒家的哲学思想（如天道观、宇宙观、人生观）、教育思想（如个人修身、教育制度、教学方法、学校管理）、政治思想（如以教化政、大同社会、礼制与刑律）、美学思想（如物动心感说、礼乐中和说），是研究先秦社会的重要资料，是一部儒家思想的资料汇编。《礼记》章法谨严，映带生姿，文辞婉转，前后呼应，语言整饬而多变，是"三礼"之一、"五经"之一、"十三经"之一。自东汉郑玄作"注"后，《礼记》地位日升，至唐代时尊为"经"，宋代以后，位居"三礼"之首。《礼记》中记载的古代文化史知识及思想学说，对儒家文化传承、当代文化教育和德性教养及社会主义和谐社会建设有重要影响。

11.《论衡》：《论衡》是东汉王充所著的作品，始作于永平二年（公元59），至永元二年（公元90）完成，历时30余年。《论衡》是中国历史上一部不朽的无神论著作，建立了完整的无神论思想体系，同时还讨论了宇宙运作、传染病起源、农业虫害起源等科学问题，并为英国科技史专家李约瑟所看重。

12.《茶经》：《茶经》是中国乃至世界现存最早、最完整、最全面介绍茶的第一部专著，被誉为茶叶百科全书，唐代陆羽所著。《茶经》全书7000余字，分为上中下3卷，共10章节。《茶经》系统地总结了唐代中期以前茶叶发展、生产、加工、品饮等方面的情形，并深入发掘饮茶的文化内涵，从而将饮茶从日常生活习惯提升到了艺术和审美的层次。具体来说，上卷三节分为"一之源""二之具""三之造"。中卷一节，为"四之器"。下卷六节，分别为"五之煮""六之饮""七之事""八之出""九之略""十之图"。《茶经》是中国也是世界上第一部关于茶的学术著作。在书中，陆羽还设计和制造了一套专用于烹茶和饮茶的茶具。《茶经》出现后推动了茶道的盛行，并影响到其后政治、经济、文化与生活的方方面面，成为世界三大茶书之一。

13.《资治通鉴》：简称《通鉴》，是司马光奉宋英宗和宋神宗之命编撰的一部编年体通史。由司马光本人担任主编，在刘放、刘恕和范祖禹的协助下，历时19年而编撰完成。宋神宗认为此书"鉴于往事，有资于治道"，遂赐名《资治通鉴》。全书分为294卷，有三百多万字，记事上起周威烈王二十三年（公元前403年），截至后周世宗显德六年（959），按照时间顺序记载了共16朝1362年的历史。《资治通鉴》中引用的史料极为丰富，除了十七史，还有各种杂史、私人撰述等。据《四库提要》记载，《资治通鉴》引用前人著作322种，可见其取材广泛，具有极高的史料价值。司马光的《资治通鉴》与司马迁的《史记》并列为中国史学的不朽巨著。《资治通鉴》自成书以来，一直受到历代帝王将相、文人骚客的追捧，点评批注它的人数不胜数。《资治通鉴》保存了很多现在已经看不到的史料，更重要的是，它对之后的史官创作、中国的历史编撰、文献学的发展等产生了深远的影响。

14.《元曲》：元曲是盛行于元代的一种文艺形式，为元代儒客文人智慧精髓，包括杂剧和散曲，有时专指杂剧。杂剧，宋代以滑稽搞笑为特点的一种表演形式，元代发展成戏曲形式。每本以四折为主，在开头或折间另加楔子，每折用同宫调同韵的北曲套曲和宾白组成。如关汉卿的《窦娥冤》等。流行于大都（今北京）一带。明清两代也有杂剧，但每本不限四折。散曲，盛行于元、明、清三代的没有宾白的曲子形式。内容以抒情为主，有小令和套数两种。

15. 佛教经典，简称《般若心经》或《心经》，唐玄奘译，知仁笔受，共一卷，是般若经类的精要之作。由于经文短小精粹，便于持诵，此经在中国内地和西藏均甚流行。近代又被译为多种文字在世界各地流传。

16.《素书》：《素书》类似语录体，"素"意为"朴素、简单"，就是说成就功名的大原则无非道、德、仁、义、礼而已，难在实践中须依据具体情况，随机应变。全文共1360字，分6章。《素书》相传为秦末黄石公作。民间视其为奇书、天书。《素书》以道家思想为宗旨，集儒、法、兵的思想发挥道的作用及功能，同时以道、德、仁、义、礼为立身治国的根本、揆度宇宙万物自然运化的理数，以此认识事物、对应事物、处理事物的智能之作。传说黄石公三试张良，而后把此书授予张良。张良凭借此书，助刘邦定江山。

17.《千字文》：千字文，由南北朝时期梁朝散骑侍郎、给事中周兴嗣编纂、一千个汉字组成的韵文（在隋唐之前，不押韵、不对仗的文字，被称为"笔"，而非"文"）。梁武帝（502—549年）命人从王羲之书法作品中选取1000个不重复汉字，命员外散骑侍郎周兴嗣编纂成文。全文为四字句，对仗工整，条理清晰，文采斐然。《千字文》语句平白如话，易诵易记，并译有英文版、法文版、拉丁文版、意大利文版，是中国影响很大的儿童启蒙读物。中国大陆实行简化字、归并异体字后，其简体中文版本剩下九百九十余个相异汉字。

18.《红楼梦》：《红楼梦》，原名《石头记》，是中国古代章回体长篇虚构小说，中国古典四大名著之首。其通行本共120回，一般认为前80回是清代作家曹雪芹所著，后40回作者为无名氏，由高鹗、程伟元整理。小说以贾、史、王、薛四大家族的兴衰为背景，以大荒山青埂峰下顽石幻化的通灵宝玉为视角，以贾宝玉与林黛玉、薛宝钗的爱情婚姻悲剧为主线，描绘了一些闺阁佳人的人生百态，展现了真正的人性美和悲剧美，是一部从各个角度展现女性美以及中国古代社会百态的史诗性著作。《红楼梦》版本有120回"程本"和80回"脂本"两大系统。程本为程伟元排印的印刷本，脂本为脂砚斋在不同时期抄评的早期手抄本。脂本是程本的底本。《红楼梦》是一部具有世界影响力的人情小说、中国封建社会的百科全书、传统文化的集大成者。其作者以"大旨谈情，实录其事"自勉，只按自己的事体情理，按迹循踪，摆脱旧套，新鲜别致，取得了非凡的艺术成就。"真事隐去，假语存焉"的特殊笔法更是令后世读者脑洞大开，揣测之说久而遂多。20世纪以来，《红楼梦》更以其丰富深刻的思想底蕴和异常出色的艺术成就使学术界产生了以其为研究对象的专门学问——红学。

鉴 赏

这是一首以文史作品的名字来排列组合而写就的回文诗，它更多体现在格式的独特和词序的趣味性上，就内容而言，本诗通俗易懂，读者朋友只需要认真阅读注释即可了然于胸，故不再对此诗的内容做过多剖析。

金菊对芙蓉·咏木芙蓉

辛丑年九月十一

浅饮星霜，慢凝秋水，荡摇千顷寒光。正潇湘黛影，静理红妆。扶阑一笑开诗眼，未让我、吟讽其旁。一川风露，满怀冰雪，轻舞飞扬。

不妨凭槛西望。问天公觅取，几曲回塘。听小楼丝管，偷弄初凉。夜深对月忘归去，锦江酿透碧沉香。对花无语，花应笑我，恰似萧娘。

译文

都说年华似水，一年又一年转瞬即逝，岁月这杯琼浆"我"（词中主人公，下同）一杯接着一杯已经浅尝过太多。金秋时节，"我"放缓了脚步，慢慢地凝望着共长天一色的秋水，看着平明如镜、水波不惊的湖面在月光的清辉下，在月色的照耀下似荡漾着万顷光茫，想象一下此时此刻的黛玉会做什么呢？她一定是正在潇湘馆里安静地梳妆打扮，待她梳妆完毕就扶栏一笑开始吟咏和创作诗句，以黛玉的孤高，她一定不会让我这样一个庸才加入，因她的世界里有一川的风露、满怀的冰雪，那些夹杂着风露与冰雪的思绪如同风吹乱的柳絮，漫天飘荡，轻舞飞扬。那

"我"不如就去凭栏西望，仰头向上苍求取几首如同宋·贺铸《芳心苦·杨柳回塘》那样的作品，并让小楼里的那些民间艺人用他们的管弦乐器给演奏出来，夜深了，"我"开始感到丝丝的凉意，"我"仰头望着月亮发呆，出了神，以至一度忘记了要回去，而当"我"低下头来俯瞰锦江时，深秋时节的锦江之水透着碧色，绿韵幽幽，仿佛久酿后散发出香味的酒浆。"我"对着江边的木芙蓉无语叹息，这花应该要取笑我了，笑"我"什么呢，笑"我"就像那萧娘，"当年不肯嫁春风，无端却被秋风误"。

📖 附 注

1. "金菊对芙蓉"，词牌名，《词谱》卷二十七载，蒋氏《九宫谱》：中吕引子。此调又名"忆楚宫"。金菊：黄色的菊花。芙蓉：木莲，即木芙蓉。落叶大灌木，叶大掌状浅裂，秋季开花，花大有柄，色有红白，晚上变深红。北宋张先《诉衷情》词："数枝金菊对芙蓉，零落意忡忡。"北宋晏殊《诉衷情》词也有"芙蓉金菊斗馨香，天气欲重阳"之句。调名始见南宋武陵逸史《草堂诗馀》所辑两宋之交的康与之词。词序注："秋怨。"调名选取深秋富有特征性的景物黄色菊花和红色芙蓉花相对应，含拟人意味，从物象的零落衍生出离人间心境的寒意。调名本意即咏深秋季节相对而开的黄色菊花和红色木芙蓉花。它的格律只有正体一种：双调九十九字，前段十句四平韵，后段十句五平韵。以康与之《金菊对芙蓉·秋怨》为代表。此调只此一体，宋词俱如此填。我的这首《金菊对芙蓉·咏木芙蓉》也是如此填成。

2. 寒光：指清冷的月光。唐·元稹《清都夜境》："夜久连观静，斜月何晶荧。寥天如碧玉，历历缀华星。楼榭自阴映，云牖深冥冥。纤埃悄不起，玉砌寒光清。"宋·柳永《大石调·倾杯》："金风淡荡，渐秋光老、清宵永。小院新晴天气，轻烟乍敛，皓

146

月当轩练净。对千里寒光，念幽期阻、当残景。早是多情多病。"

3. 星霜：指年岁，星辰一年一周转，霜每年遇寒而降，因以星霜指年岁。宋·晏殊《拂霓裳》："人生百岁，离别易，会逢难。无事日，剩呼宾友启芳筵。星霜催绿鬓，风露损朱颜。惜清欢。又何妨、沈醉玉尊前。"元·邵亨贞《江城子·癸丑岁季夏下浣，信步至渔溪潘氏庄》："树阴凉。晚风香。野老柴门，深隐水云乡。林下草堂尘不到，亲枕簟，懒衣裳。故人重见几星霜。鬓苍苍。视茫茫。"

4. 潇湘黛影：《红楼梦》中的人物，林黛玉为芙蓉花神，住潇湘馆。

5. 扶阑：阑同栏，扶阑同扶栏。例如宋·林宗放《陪郡守游西园》诗："倒影扶阑印碧溪，玻璃盘上玉东西。落红那得愁如海，举白难逃醉似泥。郎宿高明香雾起，客星华耀烛花低。波心夜半鱼龙舞，都转天风入鼓鼙。"又如宋·范成大《白玉楼步虚词（六之三）》："九素烟中寒一色，扶阑四面是青冥。环拱万珠星。"再如宋·方信孺《越楼》："真珠市拥碧扶阑，十万人家着眼看。独恨登临最高处，举头犹不见长安。"

6. 一川风露：意指满地风露。出自宋·曾巩《西湖二首（其二）》："湖面平随苇岸长，碧天垂影入清光。一川风露荷花晓，六月蓬瀛燕坐凉。"又如宋·向子諲《临江仙》："宝鼎剩熏沈水，琼彝烂醉流霞。艿林同老此生涯。一川风露，总道是仙家。"

7.《回塘》：指宋·贺铸的作品《芳心苦·杨柳回塘》"当年不肯嫁春风，无端却被秋风误"。原诗中，贺铸以美女不肯轻易嫁人来比喻贤士不肯随便出仕，所以也往往以美女因择夫过严而迟迟不能结婚以致耽误了青春年华的悲哀，来比喻贤士因择主、择官过严而迟迟不能任职以致耽误了建立功业的机会的痛苦。本诗是原文引用，所表达的也只是字面的意思，就是单纯地感叹美人迟暮，年华易逝，一旦错过则佳偶难觅的无奈与遗憾之情。

8. 萧娘这里特指才貌双全的奇女子，与"萧郎"对应。唐·徐凝《忆扬州》："萧娘脸薄难胜泪，桃叶眉头易得愁。天下三分明月夜，二分无赖是扬州。"唐·杨巨源《崔娘诗》："风流才子多春思，肠断萧娘一纸书。"宋·周邦彦《西园竹》："奈向灯前堕泪，肠断萧娘。"宋·吴文英《夜游宫》："说与萧娘未知道。向长安，对秋灯，几人老。"

◇ 鉴赏

这是一首写景抒情词，通过描写秋日锦江、江边木芙蓉等场景以及设想黛玉在潇湘馆的梳妆作诗的场景等，来引出作者"当年不肯嫁春风，无端却被秋风误"的自我嘲讽与遗憾无奈之情。

上阕："浅饮星霜，慢凝秋水，荡摇千顷寒光。正潇湘黛影，静理红妆。扶阑一笑开诗眼，未让我、吟讽其旁。一川风露，满怀冰雪，轻舞飞扬。""浅饮""慢凝""荡摇"首句里的这三个词汇，充分体现了主人公秋日观景时那静若秋泓的平缓心境，也因此开篇便奠定了这首词柔和又宁静的基调。"正潇湘黛影，静理红妆。扶阑一笑开诗眼，未让我、吟讽其旁。"作者在这里发挥了充分的想象，想象正在潇湘馆里安静地梳妆打扮的黛玉，以及笑着吟咏和创作诗句的黛玉，一个是梳妆时静如处子的黛玉，一个是论诗时动如脱兔的黛玉，黛玉本是曹公笔下的芙蓉花神，这一静一动相互映衬的美，刚好也点了题，我的这首词作的词牌名是选用的金菊对芙蓉，写的又是《金菊对芙蓉·咏木芙蓉》。"一川风露，满怀冰雪，轻舞飞扬。"这里表面是说黛玉的世界里有一川的风露、满怀的冰雪，那些夹杂着风露与冰雪的思绪如同风吹乱的柳絮，漫天飘荡，轻舞飞扬。同时也是说深爱黛玉的这位词中主人公的精神世界里也有着同样的"一川风露，满怀冰

148

雪，轻舞飞扬"。

下阕："不妨凭槛西望。问天公觅取，几曲回塘。听小楼丝管，偷弄初凉。夜深对月忘归去，锦江酿透碧沉香。对花无语，花应笑我，恰似萧娘。"写到这里，这首词的基调就开始急转直下了。无论是凭栏西望，还是仰头向上苍求取《回塘》，都体现了对自身命运所饱含着的无奈。"夜深对月忘归去，锦江酿透碧沉香。对花无语，花应笑我，恰似萧娘。"则将这种情感的渲染加强了一个层次，对月忘归、对花无语，花与月都本是世间最珍贵的美丽事物，而此时此刻的"我"却并无愉悦的观赏之情，只能对着江边的木芙蓉无语叹息，叹息这花应该要取笑我了，笑我就像是那萧娘，"当年不肯嫁春风，无端却被秋风误"。这里就是将年华易逝、佳偶难觅的遗憾与无奈之情又更进一步地上升了一个层次。

望江南·壬寅立夏组词

望江南·立夏其一

红芍静，风动影娉婷。心系萌猫嬉戏醉，杜鹃深处子规鸣。茶圃漾歌声。

译 文

红色芍药娟娟静，风一吹动，纷纷起舞，倩影翩翩，袅袅婷婷。此时此刻的我更多的是心随猫动，而非心随风动。看，萌猫嬉戏，欢天喜地，打打闹闹，呼呼吱吱，娇憨可掬，猫乐其中，如痴如醉！听！在那杜鹃花丛的深处，杜鹃鸟一直在欢快地鸣叫着，而远处那绿油油的茶圃里也荡漾着美妙的歌声。

附 注

1. "红芍静，风动影娉婷。"这里类比化用了宋代词人向子諲《卜算子·竹里一枝梅》里描写静梅风中影动的句子："竹里一枝梅，雨洗娟娟静。疑是佳人日暮来，绰约风前影。"又如宋·刘黻《咏月追和韩昌黎韵》："竹风摇琐碎，花影列娉婷。静坐

150

禅安室，闲行诗绕庭。"宋·辛弃疾《清平乐》："柳边飞鞚，露湿征衣重。宿鹭窥沙孤影动，应有鱼虾入梦。一川明月疏星，浣纱人影娉婷。笑背行人归去，门前稚子啼声。"

2. 杜鹃：此处指杜鹃花而非杜鹃鸟，此花每年四五月开放，正值立夏。唐·李白《宣城见杜鹃花》："蜀国曾闻子规鸟，宣城还见杜鹃花。一叫一回肠一断，三春三月忆三巴。"唐·李绅《新楼诗二十首·杜鹃楼》："杜鹃如火千房拆，丹槛低看晚景中。繁艳向人啼宿露，落英飘砌怨春风。早梅昔待佳人折，好月谁将老子同。惟有此花随越鸟，一声啼处满山红。"

3. 子规：杜鹃鸟、布谷鸟的别称，典出蜀帝杜宇。唐·杜甫《子规》："峡里云安县，江楼翼瓦齐。两边山木合，终日子规啼。眇眇春风见，萧萧夜色凄。客愁那听此，故作傍人低。"唐·李白《闻王昌龄左迁龙标遥有此寄》："杨花落尽子规啼，闻道龙标过五溪。我寄愁心与明月，随风直到夜郎西。"宋·李师中《菩萨蛮·子规啼破城楼月》："子规啼破城楼月，画船晓载笙歌发。两岸荔枝红，万家烟雨中。佳人相对泣，泪下罗衣湿。从此信音稀，岭南无雁飞。"

望江南·立夏其二

芳菲落，杨柳自婆娑。习习熏风频去远，涓涓梅雨季绵多。潋起见新荷。

🖋️ 译 文 ▪■

人间四月芳菲落尽，那郁郁葱葱的杨柳树却自在徜徉，风姿绰约。温柔和煦可解人忧的春风频频地吹向了远方，立夏便昭示着梅雨季节的到来，细碎朦胧又连绵不断的梅雨天气渐渐多了起来，雨滴跌入荷塘泛起圈圈涟漪，新生的小荷就在涟漪泛起处探出了小脑袋……这里甚至让人想起了杨万里的诗句"小荷才露尖尖角，早有蜻蜓立上头"。

📖 **附注** ■■

1. 芳菲落：典出唐·白居易《大林寺桃花》："人间四月芳菲尽，山寺桃花始盛开。长恨春归无觅处，不知转入此中来。"唐·韩愈《晚春》："草木知春不久归，百般红紫斗芳菲。杨花榆荚无才思，惟解漫天作雪飞。"宋·晏几道《减字木兰花·长杨辇路》："长杨辇路，绿满当年携手处。试逐春风，重到宫花花树中。芳菲绕遍，今日不如前日健。酒罢凄凉，新恨犹添旧恨长。"

2. 婆娑：形容姿态优美。《诗经·陈风·东门之枌》："子仲之子，婆娑其下。"毛传："婆娑，舞也。"汉·王褒《四子讲德论》："婆娑呕吟，鼓掖而笑。"明·沈德符《野获编·礼部二·女神名号》："按《曹娥碑》中所云婆娑，盖言巫降神时，按节而歌，比其舞貌也。"清·陈维崧《西施·玉峰公宴席上赠施校书》："阑花簌簌闻歌落，重趁拍，小婆娑。"

3. 习习：微风和煦。《诗经·邶风·谷风》："习习谷风，以阴以雨。"毛传："习习，和舒貌。"唐吴筠《游仙》之十六："灵风生太漠，习习吹人襟。"《儒林外史》第三十三回："趁著这春光融融，和风习习，凭在栏杆上，留连痛饮。"冰心《寄小读者》七："凉风习习，舟如冰上行。"

4. 熏风：和风。三国魏·王肃《孔子家语·辩乐》："昔日舜弹五弦之琴，造《南风》之诗，其诗曰：'南风之熏兮，可以解吾民之愠兮。'"

5. 新荷：新生的小荷尖角。宋·杨万里《小池》诗："泉眼无声惜细流，树阴照水爱晴柔。小荷才露尖尖角，早有蜻蜓立上头。"

这是由两首采用了同样词牌名的词组成的一组《望江南》组词。组词同样是写景抒情，通过描写壬寅年立夏时节的各种美好景象来抒发初夏到来的欣喜愉悦之情。

首先，《望江南》为原唐教坊曲名，后用为词牌名。据说是唐代宰相李德裕为悼念爱妾谢秋娘所作。晚唐段安节《乐府杂录》中记载："《望江南》始自朱崖李太尉（德裕）镇浙日，为谢秋娘所撰，本名《谢秋娘》，后改此名。"这个词牌名，又名"忆江南""梦江南""江南好""望江梅""春去也""梦游仙""安阳好""步虚声""壶山好""望蓬莱""江南柳"等。原为单调，二十七字，三平韵，中间七言两句，以对偶为宜。第二句亦有添一衬字者。宋人多用双调。代表作有温庭筠《望江南·梳洗罢》、苏轼《望江南·超然台作》等。其次，这首组词里的其一、其二都描写了立夏时节所特有的物候意象，如："红芍静"里提到的芍药，"杜鹃深处子规鸣"里提到的杜鹃花、子规鸟，"茶圃漾歌声"里的茶圃，"杨柳自婆娑"里面的"杨柳"，"习习熏风频去远，涓涓梅雨季绵多"里的"熏风""梅雨"以及"漪起见新荷"里的"新荷"。通过对这些特定物候意象的生动描写，还原了一幅丰富多彩又活灵活现的初夏盛景图。

在《望江南·立夏其一》中，首句"红芍静，风动影娉婷。"是视觉描写，是对比反衬，也是将芍药的静若之美与风动之姿仅在一幅画面中就给读者朋友同时呈现出来。"心系萌猫嬉戏醉"，是视觉与听觉的同时调用，萌猫嬉戏，欢天喜地，打打闹闹，呼呼吱吱，娇憨可掬，猫乐其中，如痴如醉！而最后一句的"杜鹃深处子规鸣，茶圃漾歌声。"则是听觉描写，"子规鸣"与"漾歌声"相互对应，尤其"漾"字画龙点睛，通过景物描写充分地把初夏到来的欣喜愉悦之情表达得淋漓尽致。在《望江南·立夏其二》中，首句"芳菲落，杨柳自婆娑"典出唐·白居易《大林寺桃花》诗"人间四月芳菲尽，山寺桃花始盛开"。既是直接点题《望江南·立夏》，也是点出了词作创作的时间是春末夏初。"习习熏风频去远，涓涓梅雨季绵多。"则是从写这个季节的花、柳树等植物意向转向写风、雨等气象意向，"习习""涓涓"是形容词，都是微小、细碎、浅而柔的意思，符合季节性气候特征，也再次印证了作者描写的是春末夏初，再次点题。最后的"漪起见新荷"则与宋·杨万里《小池》里的诗句"小荷才露尖尖角，早有蜻蜓立上头"如出一辙，生动活泼地还原了一幅壬寅立夏图。

作者客厅的红芍

七律·长滩抒怀

壬寅年六月廿六

十里长滩涵远山，锁眉川字渐舒宽。

烟波轻泛粼纹浪，菡萏俱擎碧玉盘。

带雨云笼湖畔塔，扶风柳掩曲回栏。

何年推去营营事，浣帛此间人静安。

译文

　　浩渺广阔的长滩湖周边有百余座错落有致的山峰，湖面水雾缭绕，两岸青峰层层叠叠，畅游湖中，倒影水天一色，绘成一幅清新淡雅的天然画卷。从高处俯瞰，此湖就如同一颗晶莹剔透的绿色翡翠，静静地坠在这葱郁的山林之间，这时我紧锁成川字形的双眉也逐渐舒展开来，湖面烟雾袅袅，湖水波纹轻泛，波光粼粼、涟漪圈圈，甚是好看。湖中的荷花则一一舒展着它们圆圆的莲叶，那田田的翠盖就如同一个个被手托举着的碧玉圆盘。天上的浓云带着雨滴笼罩着湖畔的木塔，显出黑压压的一片，那柔弱的杨柳枝叶也被风吹乱，或聚或散，聚拢的形成团状，仿佛一道道翠绿的天然屏风，将岸堤边那曲曲折折的栏杆掩藏。我在此刻放飞思绪，突然就想到了苏轼的句子"长恨此身非我有，何时忘却营营?"是啊，"我"什么时候才能摆脱这些汲汲营营又碌碌无为的生活呢？如果有那么一天可以不再为稻粱谋，不再为生存愁，"我"一定要像未入吴宫之前的西施一样，在这风景如画又人迹罕至的长滩湖边过着浣纱、喂鱼的小日子，平静安稳地度过此生。

📖 **附注** ▪▪▪

1. 十里：里是一个中国古代的长度单位，本义是居住之地，引申泛指人群聚居的地方，五家为邻，五邻为里。这里只是一个泛指，滩很长湖很大。

2. 长滩：长滩湖，位于成都市西南蒲江县境内，距成都83公里。景区面积特别大，湖面3360亩，水深30余米，湖区四大支流、三岛、二十七湾。不论是水质还是环境，都是湖中翘楚。湖周百余座山峰错落有致，湖上碧波浩渺，两岸青峰叠翠，湖面波光粼粼、倒影悠悠，形成道道绿色画廊，一幅幅淡雅天然的画卷。湖区有"金龟岛""碧霞湾""卧虎岭""金钟山""玉屏山""红岩寨"等景点。每个景点都伴有动人的传说，给人以无限的遐想。湖区的"衬腰岩"为山溪古道遗迹。该道上通名山、雅安，下至新津、彭山，尚存登崖石梯长达2.5公里，是成都附近保存最完整的一段茶马古道。道光二十三年碑文就有记载："原山道崎岖，经修整后，便有千万人来往，一路上的旅人和行商可以轻车快马。拾阶而上，红条石的石梯上那深凹的痕迹足以见证当年商贾云集、马帮背夫的忙碌景象。"

3. 涵远山：化自"日光涵远山，霞彩蘸波底"。出自明·庞嵩《迎春日即事》："日光涵远山，霞彩蘸波底。柔风帆慢扬，澄江练如洗。暖气来絪缊，寒衣欲渐委。莫是春初迎，阳和转新轨。"

4. 锁眉：宋·蒋捷《梅花引·荆溪阻雪》："白鸥问我泊孤舟。

是身留。是心留。心若留时、何事锁眉头。风拍小帘灯晕舞，对闲影，冷清清，忆旧游。"元·张逊《水调歌头·玉山名胜集》："玉树后庭曲，千载有余愁。碧月夜凉人静，曾赋采华游。玉露细摇金缕，香雾轻笼翠葆，折下一天秋。张绪总能老，还自锁眉头。"

5. 菡萏：荷花。《诗经·陈风》："彼泽之陂，有蒲菡萏。"宋·欧阳修《西湖戏作示同游者》："菡萏香清画舸浮，使君宁复忆扬州。"清·洪昇《长生殿·窥浴》："悄偷窥，亭亭玉体，宛似浮波菡萏，含露弄娇辉。"

6. 俱擎：全部举着。"菡萏俱擎碧玉盘"，这里化用了"水面清圆，一一风荷举"，出自宋·周邦彦《苏幕遮·燎沉香》："燎沉香，消溽暑。鸟雀呼晴，侵晓窥檐语。叶上初阳干宿雨、水面清圆，一一风荷举。故乡遥，何日去。家住吴门，久作长安旅。五月渔郎相忆否。小楫轻舟，梦入芙蓉浦。"

7. 营营：追求奔逐。语出《庄子·庚桑楚》："全汝形，抱汝生，勿使汝思虑营营。"宋·苏轼《临江仙》："长恨此身非我有，何时忘却营营？"

8. 帛：此字始见于商代甲骨文，古字形从白，从巾，白兼表音，本义指一种白色的丝织品，后作为丝织品的总称。浣帛即浣纱，洗衣服的意思，比如西施浣纱。《全唐诗》："岭上千峰秀，江边细草春。今逢浣纱石，不见浣纱人。"

鉴赏

这是一首写景抒情的七言律诗，作者通过对长滩湖风景如画、令人流连忘返的描写，来表达自己渴望摆脱汲汲营营又碌碌无为的生活状态的心情以及追求宁静淡泊的心境和安稳度日的人生理想。

首联："十里长滩涵远山，锁眉川字渐舒宽。"十里与远山，一个是说长滩湖本身的面积很大，滩长湖阔，延绵十里；另一个是说长滩湖周围的自然配置很美，周边有百余座错落有致的山峰，湖面水雾缭绕，两岸青峰层层叠叠，畅游湖中，倒影水天一色，绘成一幅清新淡雅的天然画卷。接下来，就写在这样秀美怡人的风景的纯天然治愈中，作者心情愉悦，那紧锁成川字形的双眉就自然而然地像打开这风景画卷一样，逐渐舒展和开阔起来。

颔联："烟波轻泛粼纹浪，菡萏俱擎碧玉盘。"湖面烟雾袅袅，湖水波纹轻泛，波光粼粼、涟漪圈圈，甚是好看。湖中的荷花则一一舒展着它们圆圆的莲叶，那田田的翠盖就如同一个个被手托举着的碧玉圆盘。"烟波"对"菡萏"、"轻泛"对"俱擎"、"粼纹浪"对"碧玉盘"，这里通过三组一一对应的词语，采用动静结合的手法来继续描写长滩湖自然风光的生动与美丽。其中"烟波"与"菡萏"、"粼纹浪"与"碧玉盘"，这两组名词在对仗的同时还描绘了景物的形状与颜色，是静中之美；而"轻泛"与"俱擎"这组动词则给这幅色泽鲜明的静态画卷增添了一些生动活泼的动感美。特别需要说明的是"菡萏俱擎碧玉盘"是专门化用了宋代著名词人周邦彦的句子"叶上初阳干宿雨、水面清圆，一一风荷举"，在动静相宜的同时又增添了些许历史典故的魅力。颈联："带雨云笼湖畔塔，扶风柳掩曲回栏。"天上的浓云带着雨滴笼罩着湖畔的木塔，显出黑压压的一片，那柔弱的杨柳枝叶也被风吹乱，或聚或散，聚拢的形成团状仿佛一道道翠绿的天然屏风，将岸堤边那曲曲折折的栏杆掩藏。这一联既是写云、写雨、写风，又是写塔、写柳、写栏，此联一语双关，既是说好一番山雨欲来风满楼的景象；又是形容人的一生在为稻粱谋、为生存愁的过程中，总是会经历无数的阴影笼罩、遮天蔽日、曲折迂回、怀才不遇和风风雨雨。尾联："何年推去营营事，浣帛此间人静安。"作者在风雨大作之前，放飞思绪，大胆地设想自己与东坡先生同等的直抒胸臆：什么时候才能摆脱这些营营汲汲又碌碌无为的生活呢？如果有那么一天可以不再为稻粱谋，不再为生存愁，我一定要像未入吴宫之前的西施一样，在这风景如画又人迹罕至的长滩湖边过着浣纱、喂鱼的小日子，然后平静安稳地度过此生。从写作手法上看，这句尾联是直接抒情，画龙点睛。从文学渊源上看，这句是双引用、双化典，分别列举了《庄子·庚桑楚》"全汝形，抱汝生，勿使汝思虑营营"与苏轼《临江仙》"长恨此身非我有，何时忘却营营？"这两个典故来加强印证作者渴望摆脱汲汲营营又碌碌无为的生活状态的心情以及追求宁静淡泊的心境和安稳度日的人生理想。诗末的"浣帛此间"引发出作者心灵痛苦的解脱和心灵矛盾的超越，"此间"则象征着作者所追求的那个宁静安谧的理想境界。可此间在何间？现实生活又岂能尽如人愿，所以这首诗的最后还给了读者无限的留白和想象空间。这大概也是诗作最独具匠心的一处了。

青玉案·兔年春节不归家

壬寅年腊月廿六

静观玉蝶轻轻窈。倚窗外、梧桐悄。夜色天阶星影绕。玉人绰约，霜风缥缈，更逐流光照。

广定似锦灯花俏。一梦经年问春早。羁旅人家归计渺。月华溶溶，通州杳杳，寄取明年好。

译文

静静地看着如玉蝴蝶一般的雪花，一片又一片地在天空中轻轻地抖动着它薄如蝉翼的翅膀，随风翻飞，回旋飘荡，如同轻舞飞扬的窈窕淑女，时而领舞，独占鳌头；时而隐退，静默留白，只空余轻盈的身姿。独倚窗台，凝望窗外，暮色中的梧桐树静悄悄的，它们的身形是那么的俊俏和挺拔，可当叶子落光后也颇有些孤零零的感觉。寒冬里这沉寂且空旷的夜色让人倍感孤独，连天边那几颗寥落的晨星，也仿佛受到了感应，兴起发光，斑斑驳驳、影影绰绰，环绕着浩瀚无边的银河，一闪一闪亮晶晶。天边晨星寥落，寒夜霜风缥缈，地面玉人孤单，而城市霓虹闪烁，街巷流光繁华，这强烈的反差让人更是落寞和思亲了。

蒲江县一年四季风景如画，冬日的城市里同样绮丽斑斓、繁

160

花似锦。临近佳节，大街小巷张灯结彩，夜幕降临，华灯初上，当夜色掩住了城市的轮廓，取而代之的是一团团、一簇簇闪耀的花灯时，城市就像换了新装，变成一个绚烂的世界。一幅幅美轮美奂、灯月交辉的画卷徐徐展开，处处流光溢彩，美不胜收。这祥和、喜庆的节日氛围，让人感受到了浓浓的年味儿。我在此刻回顾着自己在蒲江度过的这些年，瞬间觉得年华似水，如白驹过隙，就仿佛在梦里一般。不知不觉，新的一年、新的春天即将到来，又要给亲友致以早春的问候了。那羁旅外地的人儿今年春节回家的计划已是渺无希望了。"我"遥远的故乡达州啊，照耀在你上空的月亮，此时此刻一定也是很美吧，就让我在蒲江通过这溶溶的月色，把最美好的祝福传递给亲人，传递给故乡，祝大家新年好，明年好，一年更比一年好！

附 注

1. 玉蝶：雪花。元·华幼武《次韵曲林春雪》："剩喜漫天飞玉蝶，不嫌幽谷阻黄莺。夜深错认催花雨，梦觉惊闻折竹声。"清·赵翼《途遇大雪》："征途连日朔风厉，晓来风止稍和煦。化工何处万剪刀，剪出玉蝶满空舞。又疑揉碎华鬘云，喷下层霄压九土。"

2. 轻轻窈：舞姿轻盈窈窕。宋·杜安世《踏莎行·闲院秋千》："闲院秋千，又还拆了。绿苔遍地青春老。画楼日晚燕归巢，红稀翠盛梅初小。窈窕身轻，怎禁烦恼。罗衣渐减怯风峭。韶华好景想多才，厌厌只为书音少。"唐·韦应物《贵游行》："汉帝外家子，恩泽少封侯。垂杨拂白马，晓日上青楼。上有颜如玉，高情世无俦。轻裾含碧烟，窈窕似云浮。"

3. 天阶：与天有关，天宫的殿阶，泛指夜色。唐·韩愈《月蚀诗效玉川子作》："无梯可上天，天阶无由有臣踪。"唐·李商隐《重过圣女祠》："玉郎会此通仙籍，忆向天阶问紫芝。"唐·杜牧《秋夕》："银烛秋光冷画屏，轻罗小扇扑流萤。天阶夜色凉如水，坐看牵牛织女星。"

4. 玉人：容貌美丽的人。《晋书·卫玠传》："玠，年五岁，风神秀异……总角乘羊车入市，见者皆以为玉人，观之者倾都。"南朝宋·刘义庆《世说新语·容止》："〔裴楷〕麤服乱头皆好，时人以为玉人。"后多用以称美丽的女子。唐·元稹《莺莺传》："隔墙花影动，疑是玉人来。"前蜀·韦庄《秋霁晚景》："玉人襟袖薄，斜凭翠栏干。"宋·谢逸《南歌子》："画楼朱户玉人家，帘外一眉新月、浸梨花。"

5. 绰约：柔弱貌，形容女子姿态柔美的样子。《荀子·宥坐》："淖约微达，似察。"杨倞注："淖当为绰；约，弱也。绰约，柔弱也。"《庄子·逍遥游》："肌肤若冰雪，绰约若处子。"唐·白居易《长恨歌》："楼阁玲珑五云起，其中绰约多仙子。"宋·陈允平《西湖明月引》："绰约岸桃堤柳近，波万顷，碧琉璃，镜样平。"

6. 缥缈：随风飘扬；随水浮流。唐·李白《愁阳春赋》："缥缈兮翩绵，见游丝之萦烟。"宋·陈允平《垂杨》："飞花满地谁为扫，甚薄幸，随波缥缈。"元·许有壬《太常引·池荷》之二："红衣缥缈，清风萧瑟，半醉岸乌巾。"

7. 广定：蒲江。西魏于废帝二年（553）置，为蒲原郡治所，故址在今四川蒲江县鹤山镇。隋开皇三年（583），改名蒲江县。

8. 羁旅：长期寄居他乡，似漂萍。金·周昂《羁旅》："羁旅情方惨，暄寒气尚胶。谷风连远阵，原树郁春梢。要路嗟何及，浮名久已抛。百年粗饭在，真欲事诛茅。"

9. 通州：达州。西魏废帝二年（553）始得名，为今中国西南四川达州的古称。

10. 杳杳：幽远貌。唐·柳宗元《早梅》诗："欲为万里赠，杳杳山水隔。"

鉴赏

词牌名"青玉案"，又名"一年春""西湖路""青莲池上客"等。以贺铸词《青玉案·凌波不过横塘路》为正体，双调六十七字，前后段各六句、五仄韵。另有双调六十七字，前后段各六句、四仄韵；双调六十八字，前后段各六句、四仄韵等十二种变体。代表作品有辛弃疾《青玉案·元夕》等。我的这首《青玉案·兔年春节不归家》采用的格律是正体，双调六十七字，前后段各六句、五仄韵。这是一首写景抒情词，写的是蒲江冬日的夜景，抒发的是羁旅异乡的漂泊之情、不能归家的思念之情以及问候亲友的祝福之情。

上阕："静观玉蝶轻轻窈。倚窗外、梧桐悄。夜色天阶星影绕。玉人绰约，霜风缥缈，更逐流光照。"开篇便把雪花比作轻舞飞扬的玉蝴蝶，在天空中轻轻地抖动着它薄如蝉翼的翅膀，随风翻飞，回旋飘荡，时而领舞，独占鳌头；时而隐退，静默留白，只空余轻盈的身姿，这一幕生动活泼的画像，充分增加了词作的视觉美感。其后"倚窗外、梧桐悄"则透过主人公独倚窗台，凝望窗外的视角，侧面描摹出了梧桐在冬日暮色里，风吹叶落后那略显孤单的姿态。尤其是还特别用了"悄"字来画龙点睛，更是烘托出了寒冬夜里的万籁俱寂与空旷落寞，也是更进一步地从侧面来写景抒情，并将抒情做到无痕（在这样的情景里，词中的主人翁就更是会"每逢佳节倍思亲"了）。"夜色天阶星影绕。玉人绰约，霜风缥缈，更逐流光照"，则把天边晨星的寥落、寒夜霜风的缥缈、地面玉人的孤单与城市霓虹的闪烁、街巷流光的繁华强烈地对立起来，在形成巨大反差的同时也起到了反

163

衬对比与加强印证的效果。

下阕："广定似锦灯花俏。一梦经年问春早。羁旅人家归计渺。月华溶溶，通州杳杳，寄取明年好。""似锦"说的是冬日的蒲江依然如春天般绮丽多彩和繁花似锦，而"灯花俏"则把佳节临近、张灯结彩、夜幕降临、华灯初上、灯月交辉、流光溢彩等美轮美奂的景象描绘得淋漓尽致。这里同样是通过写景来烘托氛围，这祥和、喜庆的节日氛围，让人感受到了浓浓的年味儿。与此同时，在这样的氛围中，则再次加添了羁旅异乡为异客的作者的思乡情切。最后，"月华溶溶，通州杳杳，寄取明年好。"写的是作者在蒲江那溶溶的月色中，突然回顾起自己多年的羁旅岁月，年华似水，白驹过隙，一切就仿佛在梦里一般，而不知不觉间，新的一年、新的春天就又将到来，又要给亲友致以早春的问候了。但今年春节回家的计划已经搁置，所以当回望遥远的故乡时，作者想象着照耀在达州上空的月亮，此时此刻必然也是很美，最后就通过月色把最诚挚的祝福传递给了故乡的亲友，并祝愿他们新年好，明年好，一年更比一年好！

鹧鸪天·早春

癸卯年正月廿九（雨水）

锦色幽兰春又生，古时今日两佳名，疏枝夜遇芙蓉雨，扬扬其香灼灼晴。

净吾室、沐其馨，碧云纷蔼舞娉婷，新词填罢疑无路，常叹光阴逆我行。

译文

花房里那些雅致色鲜的幽兰，在春天又开始生发了，古时候的它们和今天的它们，拥有完全不同却都十分美好的名字。一场夜雨突如其来，雨点打在外庭中那稀疏横斜的梅枝上，风也吹动着那早春时节所初绽的粉色梅花，花瓣随风纷飞、洋洋洒洒，仿佛此刻正在下着一场芙蓉雨。室内幽兰的初绽，清新淡雅，香气洋溢四方，室外春梅的初绽则是明媚暄妍、云蒸霞蔚、欣欣向荣。幽兰的芬芳净化了我的房间，当我置身其中，就仿佛沐浴在了它的香氛之中。当风吹过，碧云（我给幽兰取的名字）那繁多的叶脉就随风起舞，袅袅婷婷，风姿绰约。眼前的美景让我格外感动和伤怀，情不自禁地开始为这些早春美景赋写新词，但新词填完后却愈加伤感起来，为什么呢？因为想到无论是幽兰还是春梅，都是每年春天新发，年复一年永无止境，但人生的年岁和路径却是渐行渐短渐无，不然又怎会有曹孟德"人生几何，譬如朝露，去日苦多"的慨叹呢？我也时常心有戚戚，感叹一寸光阴一寸金，时光飞逝不可逆，如同李白在《春夜宴桃李园序》中所说的："夫天地者，万物之逆旅；光阴者，百代之过客"那样，更如同东坡先生在《临江仙·送钱穆父》里所说的那样："人生如逆旅，我亦是行人。"

附 注

1. 锦色：鲜明华丽的颜色。锦，取意华美、精致；色，源于五光十色。两者合一，寓意着拥有华丽色泽且精致美好。唐·骆宾王《赋得白云抱幽石》："绕镇仙衣动，飘蓬羽盖分。锦色连花静，苔光带叶熏。讵知吴会影，长抱谷城文。"宋·李处权《和如祖弟二首》："绿树黄鹂阴复晴，春风何处不堪行。野烟著草锦锦色，江日浮花滟滟明。"宋·戴表元《感旧歌者》："牡丹红豆艳春天，檀板朱丝锦色笺。头白江南一尊酒，无人知是李龟年。"明·邓云霄《野兴十六首·其十三·漱流》："岛外晴川练光，花底清流锦色。漱馀矶畔潺湲，洗尽胸中荆棘。"

2. 春又生：春天到来又开始新的生发。宋·石孝友《浣溪沙》："柳岸梅溪春又生，风枝斜里雪枝横。空牵归兴惹离情，灰尽寸心犹自热，泪承双睫不能晴，梦云楼隔豫章城。"

3. 芙蓉雨：原意指落在芙蓉（荷花）上的雨滴溅起阵阵涟漪，这里引申为雨点打在早春时节的粉色梅花上，花瓣纷纷飘落仿佛一场花瓣雨。原意如宋·周密《齐天乐·清溪数点芙蓉雨》："清溪数点芙蓉雨，苹飙泛凉吟艇。洗玉空明，浮珠沉瀣，人静籁沉波息。"宋·杨万里《入北昭庆寺》："两岸芙蓉雨洗妆，愁将红泪照银塘。"元·陈旅《送宜黄刘县尹》："茜裙香湿芙蓉雨，翠袖凉生薜荔秋。"元·吕诚《九日雨中杂兴》："鸥眠夜渡芙蓉雨，雁落秋田檿秘云。"

4. 扬扬其香：清新淡雅的香气洋溢四方。典出唐·韩愈《幽兰操》："兰之猗猗，扬扬其香。不采而佩，于兰何伤。今天之旋，其曷为然。我行四方，以日以年。雪霜贸贸，荠麦之茂。子如不伤，我不尔觏。荠麦之茂，荠麦之有。君子之伤，君子之守。"

5. 纷蔼：繁多，典出晋·陆机《文赋》："虽纷蔼於此世，嗟不盈于予掬。"唐·张说《赠赵公》："宁知洞庭上，独得平生时。精意微绝简，从权讨妙棋。林壑为予请，纷霭发华滋。流赏忽已散，惊帆杳难追。送君在南浦，侘傺投此词。"

6. 常叹光阴逆我行：一寸光阴一寸金，时光飞逝不可逆。分别化用了唐·李白《春夜宴桃李园序》与宋·苏轼《临江仙·送钱穆父》中的句子。唐·李白《春夜宴桃李园序》："夫天地者，万物之逆旅也；光阴者，百代之过客也。而浮生若梦，为欢几何？古人秉烛夜游，良有以也。况阳春召我以烟景，大块假我以文章。"宋·苏轼《临江仙·送钱穆父》："一别都门三改火，天涯踏尽红尘。依然一笑作春温。无波真古井，有节是秋筠。惆怅孤帆连夜发，送行淡月微云。尊前不用翠眉颦。人生如逆旅，我亦是行人。"

鉴赏

这依然是一首写景抒情词，通过描写早春时节幽兰与梅花初绽时的美丽景象，来抒发时光飞逝、生命短暂的无奈之情，也进而升华表达了人生如逆旅、人生是经历的豁然心性与达观哲思。

上阕："锦色幽兰春又生，古时今日两佳名，疏枝夜遇芙蓉雨，扬扬其香灼灼晴。"词作开篇突出是"锦色幽兰"，成都的幽兰，锦城的锦色，锦城刚好对应锦色，而"春又生"则一是点题，本首词的标题就叫作《鹧鸪天·早春》；二是通过简单的三个字就透露出初春伊始，万物复苏，兰叶新生、兰花初绽的欣喜之情。"古时今日两佳名"，兰草自古以来便是文人墨客的挚爱，古时候不少才子佳人赋予它美好的名字，例如：国香、古香、香祖、王者香、第一香、心馨、轻重香、秀质、幽客、待女、高标、灵根、与善人居、馨烈侯、引凤雏、丹颖、朱蕤、红荣、幽色、被径、如美人、紫翘、晴芬、继落梅、秋芳、滋九畹、树百亩、空谷仙子、香祖等，而今天我则给它取了一个新的非常美好的名字——"碧云"。"疏枝夜遇芙蓉雨"，"疏枝"写的是梅花枝，古诗词里大多描写"疏枝"的诗句都是指代梅花。例如宋代词人向子諲的《卜算子·竹里一枝梅》："竹里一枝梅，雨洗娟娟静。疑是佳人日暮来，绰约风前影。新恨有谁知，往事何堪省。梦绕阳台寂寞回，沾袖馀香冷。"又如宋代词人韩元吉作品《一翦梅·竹里疏枝总是梅》："竹里疏枝总是梅。月白霜清，犹未全开。相逢聊与著诗催。要趁金波，满泛金杯。多病惭非作赋才。醉到花前，探得春回。明年公已在鸾台。看取春风，丹诏重来。""芙蓉雨"，原意指落在芙蓉（荷花）上的雨滴溅起阵阵涟漪，这里引申为雨点打在早春时节的粉色梅花上，花瓣纷纷飘落仿佛一场芙蓉雨。"扬扬其香灼灼晴"，"扬扬其香"对应的是兰花幽清淡雅的味道，香气洋溢四方；"灼灼晴"则描绘的是梅花初绽时那明媚暄妍，云蒸霞蔚，欣欣向荣如晴朗好天气一般的场景。

下阕："净吾室、沐其馨，碧云纷蔼舞娉婷，新词填罢疑无路，常叹光阴逆我行。""净吾室、沐其馨，碧云纷蔼舞娉婷"，这三句还是调用视觉器官和听觉器官来描写景观，写幽兰的芬芳，写我置身香氛之中的感受，写风吹碧云时翩翩起舞、袅袅婷婷、风姿绰约的美好画面。紧接着，画画的笔就搁置了，作者又换了另一只写作的笔："新词填罢疑无路，常叹光阴逆我行。"眼前的美景让我格外感动和伤怀，情不自禁地就开始为这些早春美景赋写新词，但新词填完后却愈加伤感起来。为什么呢？因为想到无论是幽兰还是春梅，都是每年春天新发，年复一年永无止境，但人生的年岁和路径却是渐行渐短渐无，不然又怎会有曹孟德"人生几何，譬如朝露，去日苦多"的慨叹呢？我也时常心有戚戚，感叹一寸光阴一寸金，时光飞逝不可逆，如同李白在《春夜宴桃李园序》中所说的"夫天地者，万物之逆旅；光阴者，百代之过客"那样，更如同东坡先生在《临江仙·送钱穆父》里所说的那样："人生如逆旅，我亦是行人。"

千言万语，抵不过一句："人生如逆旅，人生是经历。"

锦色幽兰春又生

疏枝夜遇芙蓉雨

第二篇
Chapter 2

闻音起舞

闻音起舞系列之开篇词

说到闻，必然想到声；而一说到声，就必然联想到另一个字"音"。"音"，指事字，始见于春秋金文，在金文和小篆里，它都被描画成了"言"字的形状，在口中加了一点指事符号，表示声音就是从口中发出的，这声音可以是语音，也可以是乐音。"口"中或加短横，或加短竖，或加小圆圈，形虽不同，作用一致。

那么"声"和"音"的关系是什么呢？发"言"为声，声成文谓之"音"。"音"的基本意义古今一贯。今天的楷书"音"字是对其小篆字体的楷化，却仍然保持了"言"字的形状。也有人认为"音"是个象形字，模拟倒置的木铎及舌。振动木铎可以发音。从这个意思看，"音"的本义也是声音。"音"基本义表示口中发出的声音或说出的话语，后泛指一切声音，包括人为发出的和自然的声音。"音"由声音引申为话音、口音；话音、口音引申特指字的读音，如"字音"；又泛指消息，如"音信"等。

《诗经·邶风·燕燕》里曾说："燕燕于飞，下上其音。"《礼记·乐记》里曾说："变成方谓之音。疏：方谓文章，声既变转和合，次序成就文章谓之音。音则今之歌曲也。"《周礼·春官·

大师》里也曾说："以六律为之音。疏：以大师吹律为声，又使其人作声而合之，听人声与律吕之声合，谓之为音。"《公羊传》里还说道："十一而税颂声作，声即音也。下云治世之音，音即乐也。是声与音乐各得相通也。"汉代著名散文家桓宽更是在《盐铁论·相刺》里说道："好音生于郑卫，而人皆乐之于耳。"以上这些史料里所记载的"音"皆为音律、乐音。众所周知，宫、商、角、徵、羽是我国古代五声音阶中的五个音阶，其实这里的五音也指的是乐音。而我接下来的这一系列散文呢，也全都与悦耳动听的绕梁乐音有关，比如：中国民乐古琴曲、中国传统戏曲戏剧、现代流行歌曲等，所以我给它们取了一个好听的名字叫作"闻音起舞"系列。

"闻音起舞"最初的说法是源于一种古老的仪式，其中双脚旋转和跳跃的舞蹈动作是一种恭敬或崇拜的表达形式，可以表达对神或其他信仰对象的尊敬，也可以指在参加歌舞活动或舞会时熟悉的音乐一响起就被激发而舞蹈的意思。在这种情况下，闻音起舞表示的是对熟悉的音乐、舞蹈形态的热爱和热情，可以形容一种比较激昂的舞蹈表演，通常伴有高昂的情绪。当然音律的形式是多种多样的，所以因音律的不同所带来的情绪也是不尽相同，那么随之而呈现出来的舞蹈形式也是多种多样的，除了热情高昂也可以是柔婉恬静，除了柔婉恬静还可以是含蓄静默等。总的来说，闻音起舞就是一种通过舞蹈来传递对音乐的赞美和崇敬的一种表达方式。

但这里的"闻音起舞"已失去了它传统上的本义，在我的这个"闻音起舞"系列的散文篇章里，"闻音起舞"即是"闻音起笔"，它特指当我听到某一悦耳的声音或美妙的乐曲时（我们这里就姑且把它归纳成一个二字短语"乐音"）就自发地动起笔来，让飘飞的思绪在文字中翩翩起舞，这里或许也可以将它归结成一个四字短语"文思泉涌"。只因我们知道，美好的音乐不仅可以陶冶情操、修身养性，还可以音以教人、曲以谱文、文以载道、歌以咏志、诗以言情……

古琴曲《半山听雨》

一、琴曲相依

古琴，又称瑶琴、玉琴、七弦琴，是中国传统拨弦乐器，拥有三千多年历史，属于金、石、丝、竹、匏、土、革、木八音中的丝类乐器。古琴音域宽广，音色深沉，余音悠远，是中国古代地位最崇高的乐器之一，被誉为哲学性的艺术或艺术性的哲学。古琴的形状和构造具有深厚的象征意义，其长度象征一年的天数，面板呈弧形象征天，地板平直象征地。古琴最初有五根弦，分别象征君、臣、民、事、物，暗合金、木、水、火、土五行。在周文王和周武王时代，各加一根弦，增至七弦。古琴的徽位代表一年十二个月和闰月，而两个出音孔称为龙池、凤沼，象征太阳和月亮。古琴的演奏技巧丰富，包括泛音、散音、按音等，每种音色都有其特定的象征意义，分别象征天、地、人的声音。此外，古琴还是世界非物质文化遗产，体现了中华民族深厚的文化底蕴和艺术成就。

古琴曲则专指用古琴演奏的曲子，其音既淳和淡雅又清亮绵远，乐而不淫，哀而不伤，怨而不怒，温柔敦厚，中正平和。它占据着中国古典乐艺术的最高点，也伴随着中华民族的文明史而流传。在中国古代社会漫长的历史阶段中，"琴、棋、书、画"历来被视为文人雅士修身养性的必由之径。琴因其清、和、淡、雅的音乐品格寄寓了文人风凌傲骨、超凡脱俗的处世心态，而在音乐、棋术、书法、绘画中居于首位。"琴者，情也；琴者，禁也。"吹箫抚琴、吟诗作画、登高远游、对酒当歌成为文人士大夫生活的生动写照。春秋时期，孔子酷爱弹琴，无论是在杏坛讲学，或是受困于陈蔡，操琴弦歌之声不绝，同一时期，伯牙和子期"高山流水觅知音"的故事，也成为广为流传的佳话美谈；魏晋时期，嵇康给予古琴"众器之中，琴德最优"的至高评价，终以在刑场上弹奏《广陵散》作为生命的绝唱；唐代文人刘禹锡则在他的名篇《陋室铭》中为我们勾勒出一幅"可以调素琴、阅金经。无丝竹之乱耳，无案牍之劳形"的淡泊境界。

以上琴史故事多与我国十大古琴曲目《潇湘水云》《广陵散》《高山流水》《渔樵问答》《平沙落雁》《阳春白雪》《胡笳十八拍》《阳关三叠》《梅花三弄》《醉渔唱晚》的经典传唱相关。我国现存琴曲3360多首，琴谱130多部，琴歌300首。今天我想要给大家分享的是琴曲《半山听雨》。

二、《半山听雨》

《半山听雨》是由苏一老师作曲，著名古琴家、音乐教育家杨青老师编配古琴谱并弹奏的一首古琴曲。该曲以其独特的艺术表达，展现了烟雨蒙蒙、纯净婉约的景色，通过古琴的演奏，传达出一种清、静、淡、远的禅意。

初次听到这首曲子是2017年冬天在成都的一个古琴音乐会上，初闻便觉有如天籁。随着丝竹之音的起承转合与徐徐渐进，内心的柔软空灵更是随曲递增，当即便在脑海里作了一首"风雨飘摇"的五言绝句：

古琴曲半山听雨有感

丁酉年冬月十七

青竹觅丝雨，沉吟醉晚风。

泠泠初弄影，渐进卷舒珑。

那场音乐会后，自己便到处去找《半山听雨》的信息，但并无所获，差不多一年后才终于在酷狗音乐和优酷视频（此处绝对没有做广告的意思）找到了杨青老师弹奏的版本，接下来就是单曲循环一整天。直到如今，我已记得听过多少遍，但每听一遍都还是会有新的欣喜……

三、《半山听雨》之半山

据相关文献记载：半山，特指杭州城北丘陵，本名皋亭山，因南宋时在半山腰建有娘娘庙（今遗址尚存）和流传至今的"半山娘娘"民间故事而出名，故俗称半山，新中国成立后正式定名为半山。半山是历史文化积淀极为厚重的一座群山。据《杭州地名志》记载，杭州城内的山有百座之多，在百座群山中，纂有山志的有五座，其中半山为最多，有《郭北三山志》《皋亭山志》《皋亭琐事》《皋亭小志》《半山集》等。千百年来，这片古老而神奇的山地最早成为古代杭州先民生息繁衍之地，留下了秦始皇、钱镠、宋高宗等帝王将相的遗踪，记叙了民族英雄文天祥的故事，记载了白居易、苏东坡、萨都剌、刘伯温、厉鹗、郁达夫等历代文人雅士的题咏、赋文和以此为背景的神话等近200首

（篇）。当然，我想杨青老师此处取《半山听雨》这个名字，其实不一定就是在杭州的半山，那我为什么还要去写"半山"的出处，大概是因为这个名字实在太有文化底蕴，比如历史上有自号半山老人的王安石，现当代又有《半山文集》及它的作者半山，想来无论地名、人名，半山这个词都是一个备受青睐的存在。

四、《半山听雨》之听雨

听雨是乐事，弹琴是雅事，听雨弹琴是赏心乐事，故而要在一个相对有意境的处所方可行事，若是在室内听雨，则无须弹琴，只需斟上一杯清茶，静静倚窗倾听，或卧床闭目，默数雨滴，享受大自然的天然馈赠；要与琴音相互映衬，甚至相得益彰，那就必须在室外了，还得在一个空旷幽寂之处和细雨迷蒙之时，雨大了也不行，雨声太重，一则无法映衬古琴之淳，二则大雨滂沱只会产生"落汤鸡""重感冒"等词语，让人"望而却步"和"敬而远之"。那既要风度又要温度的最佳选择地是哪儿呢？半山坡的竹林。从美学角度看，青竹觅丝雨，竹也绵绵，雨也绵绵，意也绵绵，何其浪漫；从务实角度看，竹林可避雨也可避世，不会让弹奏者有健康隐忧和被扰之虞。这样看来，听雨弹琴当首选半山竹林。

雨有微雨、豪雨、阵雨……而古往今来，听雨弹琴的人也都是各有各的心情，各听各的雨声。"枕上轻寒窗外雨，眼前春色梦中人"是相思春雨，"梧桐叶上三更雨，叶叶声声是别离"是离别秋雨，"落花人独立，微雨燕双飞"是柔肠寸雨，"梧桐更兼细雨，到黄昏、点点滴滴"是郁结愁雨。那《半山听雨》的雨呢？"半山听雨半山闲，一世浮生一世艰。鸿鹄振羽凌天外，此去云间莫流连。"半山的雨，是自然的雨、曲中的雨、诗中的雨、人生的雨，所以《半山听雨》，听的乃是静、境、情、音，曲中哲学和诗雨人生……

五、《半山听雨》之曲中哲学

打开播放器，伴随着泠泠的琴声，仿佛就已经走入了空山幽谷之中。细雨的音符在空气中顽皮地跳跃着，路边的小草纷纷仰着头争抢它的恩泽，而迷雾深处的竹林则是一片静谧，只有雨打在竹叶上发出清脆的声音。恰似苏轼的《定风波·莫听穿林打叶声》："莫听穿林打叶声，何妨吟啸且徐行。竹杖芒鞋轻胜马，谁怕？一蓑烟雨任平生。料峭春风吹酒醒，微冷，山头斜照却相迎。回首向来萧瑟处，归去，也无风雨也无晴。"此为听静与听境，听的是一种豁然的哲学、一种旷达的人生。

我们也可以想象，在那半山之中，有亭，有琴，有人，有音。路人或遇雨而歇，或驻足听琴，恰似伯牙得遇子期，一个善琴，一个善听。善琴者，志在高山，则善听者曰："善哉！峨峨兮若泰山！"善琴者，志在流水，则善听者曰："善哉！洋洋兮若江河！"凡弹琴者所念，则听琴者必得之。此情厚若高山，深似流水。高山者层峦叠嶂，天地为琴弦，空谷回音；流水者，江河浩渺，汪洋是琴案，静水深流。此为听情与听音，一种似海的深情，一种世罕的知音。

六、《半山听雨》之诗雨人生

关于听曲的诗雨人生，我首先就想到了樱桃进士蒋捷。"少年听雨歌楼上，红烛昏罗帐。壮年听雨客舟中，江阔云低断雁叫西风。而今听雨僧庐下，鬓已星星也。悲欢离合总无情，一任阶前点滴到天明。"经历了国破家亡、尝遍了辗转之苦的他，少年时追欢逐乐，中年时漂泊无依，老年时孤独沉寂。这"点滴到天明"的不是让人彻夜难眠的雨声，而分明是他那五味杂陈的心声。

关于听曲的诗雨人生，我还想到了元代的大学者虞集。虞集，四川人，字伯生，号道园，世称邵庵先生。他出身于官宦世家，先祖虞世南为隋末初唐时的大文学家，五世祖为大破金军取得采石矶大捷的虞允文，母亲杨氏为国子祭酒杨文仲之女，在这样的家庭背景下，他幼承庭训，熟读儒家经典，受过良好教育，但他却生不逢时，偏偏地出生在风雨飘摇的南宋末年。5岁时，南宋都城临安陷落，三年后的崖山海战宣告南宋灭国，虽说是"我家蜀西忠孝门，无田无宅唯书存"，但此时他已是找不到能安放一张书桌的地方了。后来他凭借过人的学识而为官方所欣赏，被荐授大都路儒学教授，升任国子助教及集贤修撰，后又任翰林直学士兼国子祭酒，参与编纂《经世大典》，自此他已算是官家最高学府的教授级人物了，但作为一位身处异族统治下的文学大家，虞集是孤独的，他既要依附于元人而成就自己的理想，又无法完全融入其中；他心存高洁之志，看不起那些如蝇逐臭的利禄之徒，渊博宏通的学识和忧谗畏讥的处境使他心底常怀归隐之心，所以，他时常凭借听雨来抒怀，而我们也能从他的作品中，窥见那黯然落拓的心绪。

例如：

南阜小亭台，薄有山花取次开。寄语多情熊少府；晴也须来，雨也须来。

随意且衔杯，莫惜春衣坐绿苔。若待明朝风雨过，人在天涯！春在天涯。

春光明媚，山花盛开，引人入胜，一两杯酒，三五个知己席地而坐赏，然，花开过，却又要相别，至那时，春光不再，天涯谁识，纵有春来谁共赏，这杯酒饮得实在是难以下咽，悲情满满。

又如：

屏风围坐鬓毵毵，绛蜡摇光照暮酣，京国多年情尽改，忽听春雨忆江南。

彼时的他已在京为官多年，起起伏伏。当他听雨时，却想起了江南，多年仕途经历，让他看清世态炎凉和人情冷暖。杏花、春雨、江南成了心灵最后一片净土，是他退出勾心斗角的名利场的最后一份想往。听雨，有时是为了去往某个地方。

虞集同杨载、范梈及揭傒斯并称为"元诗四大家"，长于书画，同赵孟頫等这些一等一的高手为友，亦是大诗人萨都剌的好友。他学识渊博，能究极本源，研精探微。精于理学，被誉为元代的"儒林四杰"之一。他的一生，是著作的一生，勤于笔耕，著述宏富，虽平生为文万篇，稿存者十二三，但却"以英伟之姿，凌跨一代，谐鸣于馆阁之上，而流风余韵，播诸丘壑之间"。

人生海海，山山而川，不过尔尔，就像《半山听雨》，有时凌厉，有时淋漓，有时舒心，有时苏醒，有时皆愉，有时解郁……这一点上，赏曲听雨竟与品诗读书有着难能的殊途同归之妙。直到最后，你会发现，或赏或读或品或听的，都已不再是一种静或一种境、一种情或一种音，而乃是一种曲中哲学和诗雨人生。

作者弹奏古琴

越　剧

关于越剧，曾听诗咏："尺调弦下哀婉情，起调拖腔意无穷。江南灵秀出莺唱，啼笑喜怒成隽永。"又闻诗题："神州戏苑一枝芳，婉韵清音百岁扬。沪上长思培玉树，浙中久忆滥轻舠。曲传吴越悲欢事，情染江南旖旎乡。才子佳人謦笑处，心弦暗动转柔肠。"好一个"江南灵秀"，好一个"婉韵清音"，好一个"啼笑喜怒"，好一个"才子佳人"啊！越剧果然不愧为江南婉转的艺术之魂，那就让我们随着这两首描写越剧的婉转诗词来徐徐聆听美丽江南的绕梁越音……

一、清韵溯源，越名何来？

首先，"越剧"的"越"指的是哪里呢？可能有的朋友立马就会说：浙江嘛，古时的浙江就是古越国啊，那肯定就称为越啊。这种说法对，却也不对。对在春秋战国时期，越国就在浙江，一直到秦灭六国的时候才被消灭。到了五代十国时期，钱镠又在浙江建立了"吴越国"，宋朝有越王，元朝有越王，到了明朝，明仁宗朱高炽嫡三子朱瞻墉也被封为越王。清朝末年，清王朝决定给各个省份定简称，浙江上报的简称就是"越"，一切看似都是那么顺理成章，那么说不对又是不对在哪里呢？原来作为"越剧"的"越"啊，它最初只指越地，而越地又特指绍兴地区，绍兴古称会稽、越州，位于浙江中北部，是典型的江南水乡。也正是这片水韵悠悠的土地，孕育了柔婉似水的越剧。

柔婉似水的越剧诞生于绍兴地区嵊县（今绍兴嵊州市），是以嵊州方言（吴语太湖片）为基础的地方戏曲，它起源于清末绍兴嵊县农村的"落地唱书"。1906年3月27日（农历三月初三），落地唱书艺人首次登台演出，这一天便成了越剧的诞生日，所以一开始，越剧是被称为"落地唱书"的。尘埃落定为越剧这个名字，则经历了从"落地唱书""女子科班""绍兴女子文戏""的笃班""草台班戏""小歌班""绍兴戏""绍兴文戏"到后来改为"越剧"的历程。改名这个过程，其本身也充满了戏剧性，这里就姑且让我们一起回到1939年：1939年的上海有十多家演出"女子文戏"的剧团，尽管广告和报纸上都以"××台女子文戏"的名称为之，但在各报的报道中，记者和投稿者对其称谓却各不相同，有的称之为"绍兴文戏"，有的则称之为"的笃班""女子文戏""小歌班"。这样杂乱不一的称谓，肯定是不利于越剧的宣传和发扬的。作为一个资深戏迷，且彼时还在《大公报》任职的记者樊迪民就提出了一个个人的设想，他想要为"绍兴女子文戏"起一个固定的名称，将其正名。那正为何名呢？樊迪民想到了李白的诗歌《越女词》中有"镜湖水如月，耶溪女如雪。新妆荡新波，光景两奇绝"的句子，特别是诗题中的"越"字让他十分心仪，同时，他又联想到绍兴是越王勾践汲取教训、击败吴国的复兴基地，而嵊县是绍属之一。因此，将嵊县的"女子文戏"改称为"越剧"，不仅符合诗仙的意境，也契合了抗日战争时代的要求。但这样的构思毕竟是他个人的一个设想，所以他不敢拍板，而正当樊迪民犹豫不决时，他得以和姚水娟等人前往卡德门大戏院观看演出，大戏院的楼上楼下共有1200多个座位，这让他感到震撼，而姚水娟则不假思索地说道："你我都有两只肩膀，泰山倒下来也要顶住它，有什么可怕呢？我就是要越唱越响，越唱越高，越唱越远。"她连续说了六个"越"，更加坚定了樊迪民正名为"越剧"的决心。于是，樊迪民向姚水娟提出了这一设想，并得到了她的支持。第二天，樊迪民将正名为"越剧"的设想告诉了茹伯勋编的《戏剧报》，并刊出了正名的动机和意义的文章，让广大观众得知。从此以后，各报"女子文戏"的广告便统一改称为"越剧"，这就是"越剧"名称的由来。

（注：以上史料来自网络查询）

二、婉转多情，流派纷呈

作为中国第二大剧种的越剧，是中国首批国家级非物质文化遗产，素有"第二国剧"之称，又被称为"流传最广的地方剧种"。有一种观点认为它是"最大的地方戏曲剧种"，在国外被称为"中国歌剧"，亦为中国五大戏曲剧种（依次为京剧、越剧、黄梅戏、评剧、豫剧）之一。它长于抒情，以唱为主，其声腔清悠婉丽、优美动听，表演真切动人、细腻典雅，颇具江南灵秀之气。演出剧目多为才子佳人，艺术流派纷呈。其中公认的流派就有十三种之多，流派纷呈是越剧繁荣、成熟的体现，每一流派都以不同的审美特点吸引和满足着有不同审美要求的观众。以旦角流派为例，袁（雪芬）派、傅（全香）派、王（文娟）派、戚（雅仙）派是越剧旦角中最具影响力的四大流派，不同流派都有着鲜明的特点。流派艺术的形成与创始人密切相关。袁雪芬、傅全香、王文娟、戚雅仙是越剧第二代"四大名旦"，四位创始人都结合了自身的特点与经历，形成了各具特色的流派。

（一）袁派

越剧袁派由袁雪芬（1922—2011）创立，工青衣、闺门旦。袁派在唱腔上不追求曲调花俏，而注重真情实感的表达，有着质朴平易、委婉细腻、深沉含蓄、韵味醇厚的特点。袁派是越剧中最具影响力的流派，十三流派中的戚（雅仙）派、吕（瑞英）派、金（采风）派、张（云霞）派等，均师承袁派而后自成一家。袁派代表作有《西厢记》《祥林嫂》《梁山伯与祝英台》等。

（二）傅派

越剧傅派由傅全香（1923—2017）创立，工花旦。傅派唱腔俏丽多变，跌宕婉转，富有表现力，表演充沛，细腻有神，有感人以形、动之以情的魅力。傅派唱腔注重唱真假嗓结合，曲调波澜起伏，有"越剧花腔女高声"之称。傅派代表作有《梁山伯与祝英台》《情探》《孔雀东南飞》等。

（三）王派

越剧王派由王文娟（1926—2021）创立，工花旦。王派以善于表演人物神态、传达内心感情著称，唱腔上具有自然流畅、平易质朴、情意真切的风格特点。王派代表作有《红楼梦》《追鱼》《春香传》等。

（四）戚派

越剧戚派由戚雅仙（1928—2003）创立，工悲旦。戚派唱腔在袁派的基础上，逐步形成韵味醇厚、吐字清晰、感情真挚、朴素深情的特点。表演风格朴实、端庄、细腻稳健，强调内心情感的挖掘。戚派凭借其易学易唱的特点，有着广泛的群众基础。戚派代表作有《玉堂春》《血手印》以及《法场哭夫》《英台哭灵》《梦蛟哭塔》等折子戏。

三、扮作九妹，我心如蝶

"我家有个小九妹，聪明伶俐人钦佩，描龙绣凤称能手，琴棋书画件件会，我此番杭城求名师，九妹一心想同来，我以为男儿固需经书读，女儿读书也应该，只怪我爹爹太固执，终于留下小九妹。"伴着这首傅派花旦唱腔中最经典的名家选段——《梁山伯与祝英台》之《我家有个小九妹》唱词的响起，我便沉浸在了无边无际的越剧回忆之中：说到越剧，爷爷可谓我的启蒙老师，一个头发花白的老人，而且是男性，竟会是我的越剧老师？！这似乎是有些令人难以置信对吧？但这确实是个不争的事实，想来一切都得归功于那个在我看来既博学多才又极其重视教育的好爷爷。爷爷有个很老旧的书房，房间不大却是麻雀虽小五脏俱全，书房南面有一个大书柜，书柜是由老式檀香木制作而成，柜面绘有爷爷亲笔画上的油彩画，书柜分为很多横列也有很多格子（挺像现在的格子小铺）。其中左边的第一列，陈列着各式各样陈旧的线装书，分为历史、文学、哲学、军事、艺术学、中医学等类别，每一横着的行列为一类；左边的第二列是一些报纸和刊物，其中最惹眼的应是字句得从右念到左的民国旧报纸；左边第三列是爷爷的手稿，有各种字体的书法、对联、国画以及他自己写下的日记、随笔等；柜子的中间则是家族的族谱，历经很多次修订，最近的一次主修者是他。右边的第一列是中国传统文化里的其他国粹的集合，比如戏曲相关的书籍和摆件，其中最吸引我的就是川剧里的脸谱巾、京剧里的京二胡、昆曲里的泥金扇与越剧里的纸灯笼（虽然大多只是一些便宜的仿制品），还有一些毛笔、笔架、宣纸、墨汁、砚台等；右边的第二、第三列则是他自己拣的一些奇石、篆刻的印章、收集的木雕、根雕摆件等。书柜的对面还有一张木桌，上面有个较大的收音机，爷爷特别爱用它来收听各种喜欢的节目，其中之一便是戏曲，而我真正听到戏曲的唱腔也是源于此物。记忆里，爷爷总是一边收听一边给我讲戏："这是越剧的《五女拜寿》，这是《红楼梦》，这是《梁祝》。"后来戏曲上了电视台，爷爷又经常指着某某扮相的演员告诉我："这是林黛玉，这是孟丽君，这是梁山伯，这是小九妹哦。"以至小小年纪，我就对戏曲的各种类别和唱词烂熟于心。后来上了大学，遇到两个高年级的江浙地区的学姐，她们一人是我校诉讼法的研究生，另一人是邻校英语系的研究生。出于对越剧共同的喜好，我们三人一拍即合就成立了戏曲社团，并以越剧、昆曲这两种戏曲为主，想当时的我们是在大西南的重庆，能够成立如此小众的江南戏曲社团，这无论是在当时还是在现在都属于相当非主流的一个存在了。说时迟那时快，这边刚成立完毕，我们仨就开始了日复一日年复一年的"梨园经历"：总是大清早就在毓秀湖边吊嗓子、走台步和挥水袖了。那时的我无论是台下排练还是台上表演，扮演得最多的一个角色都当属越剧里那个"聪明伶俐人钦佩，描龙绣凤称能手，琴棋书画件件会"的"小九妹"——祝英台。由于我的长相、身形都偏古典，由是歪打正着竟是很适合戏曲的装扮，加上我自小学起十几年兼任学校文艺部长的经历，以及天生的清亮中略带婉转的嗓音也与越剧的唱腔不谋而合，故而大家一致决定由我来担任戏曲社团的团长，并带领日后入团的学妹学弟一起参加排练和表演。自从这光荣而艰巨的任务一落在我身上，我便更加刻苦，精益求精，我那时花在戏曲排练上的时间完全不亚于在自习室里埋头苦读的时间，当时对我来说最大的挑战是吐字，作为一个土生土长的四川人，吴侬软语的江浙话我是完全不会的，好在江浙地区的几位学姐一直不厌其烦地矫正我的吐字和发音，功夫不负有心人，最后我终于唱出了字正腔圆的越剧。再后来，大家毕业，天南海北，各奔东西，辗转多年，我因工作的变迁最后来到了成都，且加入了西南政法大学四川校友会，进而又在业余时间负责起了西政年会节目中戏曲节目的策划及表演，得益于在成都所结识的成都蜀越传奇戏曲社的两位越剧名角儿姐姐（她们都上过央视且获过奖，详情见插图）的指点，我的越剧表演功底又得到了进一步的提升，且在跟她俩学戏的过程中收获了更多的友谊及日常生活乐趣。自2016年底到疫情暴发前夕，每一年的在川名校高校校友会年会上，我都去表演过戏曲，有几次是在自己的母校西南政法大学四川校友会的年会上，还有几次是在浙江大学、复旦大学和同济大学的校友会年会上，都受到了一致的好评。其中最珍贵的一个评价，发生在2018年浙江大学四川校友会的年会上，那年年会应浙大之邀，我表演了两个节目，一个是与浙大校友合唱金庸串烧之《射雕英雄传》的主题曲，另一个则是我独自表演越剧《梁祝》的一个选段《我家有个小九妹》。金庸武侠串烧由于在西政与浙大两场年会都有过表演，所以比较驾轻就熟。越剧表演时，越到后面越发现麦克风没有绑稳，于是唱第二段时就用手扶了一下麦克风，我个人原本觉得这实在是严重影响了发挥，内心还比较难受。没想到晚宴时一位年迈的浙大老校友亲自过来敬酒，第一句便是说道："没想到今年的年会上还有越剧表演，我十分感动啊！小姑娘你是否浙江嵊州人啊，越剧唱得非常好啊，我们嵊州话别人很难听得懂的。"我当时很吃惊也很惶恐地回了一句："我其实是土生土长的四川人，不过我非常喜欢浙江、江苏等江南一带。"这老校友的赞许让原本有些自责的自己得到了温暖的安慰与鼓励，也让多年以后的我记忆犹新。当然，除了以上这些较为正式场合的表演，我也会在周末和节假日里与我的"相公"搭戏，她是"张生"，是"梁山伯"，也是"贾宝玉"，戏中的我们常常结为"夫妻"，是一对令万千戏迷都极其羡慕的神仙眷侣；戏外的我们则是闺蜜，一起撸猫，一起打闹。她时常逢人便拿着我的剧照夸耀自己有个"才貌双全"的媳妇儿，但部分不知她只是在剧中才"女扮男装"的人，则多次对她的话感到十分的诧异，因而也闹出了不少笑话。但我们都不介意这些美丽的误会，反倒更觉是戏曲激活了我们对艺术和美的感知力，也是戏曲给彼此琐碎又枯燥的日常带来了欢快的氛围和源源不断的乐趣。

随着年岁的渐长，也因着多次戏曲表演的经历，我便时常感叹：戏如人生，人生如戏。若现实生活中的爱情故事也如戏曲中的"才子佳人"那般缠绵悱恻和一波三折，那么我们短暂的一生其实是成倍地被拓展了其厚度和宽度的。当我们垂垂老矣，回顾自己的一生时，最宝贵的从来都不是拥有了多少物质上的财富，而应是拥有很多无可替代的经历，是经历的人、事、物让我们丰富，是对经历的人、事、物所产生的感悟让我们丰满，是对经历的人、事、物所进行的总结与反思让我们丰盈成熟。所以人生如戏说的是白驹过隙，戏如人生则说的是成长要义。

作者剧照

作者与越剧名家裘巧芳的合影

作者和闺蜜剧照

昆　曲

如果说古琴乃天籁，那么昆曲就是人籁。昆曲，原名"昆山腔"或简称"昆腔"，现又被称为"昆剧"，是我国传统戏曲中最古老的剧种之一，也是我国传统文化艺术，特别是戏曲艺术中的珍品，被称为百花园中的一朵"兰花"。它既有着"中国戏曲之母"的雅称，同时也是中国戏曲史上具有最完整表演体系的剧种，它的基础深厚，遗产丰富，是我国民族文化艺术高度发展的成果，在我国文学史、戏曲史、音乐史、舞蹈史上占有重要的地位。

一、昆山玉碎，兰花起源

昆曲发源于14世纪中国的苏州昆山。其起源可以追溯到元朝末年，至今已有六百多年的历史。昆曲的前身是南戏，南戏是宋朝末年民间兴起的音乐形式，但因剧本偏长、曲调旋律不规范等不足，在元朝末年逐渐没落，而后与其他艺术形式融合。明朝开国皇帝朱元璋曾读过南戏剧本《琵琶记》并十分赞赏，命人在宫廷中排演，这显示出当时南戏已得到统治者和上层社会的肯定。

后来南戏流传至昆山地区，与当地民谣曲调相融合，由昆山人顾坚草创，最终成为昆山腔，这便是后来昆曲的雏形。不过在明朝中期之前，昆山腔还并未受到世人的认可，只是在苏杭一带流传而已，它也没有如今这般的正规。一般来说，表演昆山腔的形式大多是清唱一小段南戏曲目，没有配乐、没有演奏，更没有对细节的把控。那又是什么让昆山腔彻底蜕变为"百戏之祖"的呢？

二、百戏之祖，发展蜕变

真正让昆曲走上正途，并且发展壮大的其实是明朝嘉靖年间的一位著名民间戏曲家——魏良辅，他对昆山腔曲调平直简单、缺少起伏变化这一状况日渐不满，于是和一批艺术上的志同道合者亲密合作，开始了对昆山腔的全面改革。这种改革分演唱和伴奏两个方面进行。魏良辅等民间音乐家在原来昆山腔的基础上，汇集南方和北方各种曲调的优长之处，同时借鉴江南民歌小调音乐，整合出一种不同以往的新式曲调，演唱时注意使歌词的音调与曲调相配合，同时延长字的音节，造成舒缓的节奏，给人以特殊的音乐美感，这就是流传后世的昆曲。魏良辅善于演唱，但对乐器并不精通。在改革昆山腔的过程中，他得到了河北人张野塘的大力帮助。张野塘协助魏良辅将北方曲调吸收到南方的昆曲中来，同时对原来北方曲调的伴奏乐器三弦进行改造，将它与箫、笛、拍板、琵琶、锣鼓等乐器共同用在昆曲的伴奏之中，使其唱腔变得委婉、细腻、流利、悠远，被人称为"水磨腔"。昆腔改革的成功给魏良辅带来了巨大的声誉，这种新式的曲调一经问世，立即以不可抗拒的艺术魅力征服了当时的广大听众。一批民间音乐家纷纷向魏良辅学习昆曲的演唱技法，使这一优美的曲调很快在周围地区传播开来。之后，昆山人梁辰鱼继承魏良辅的成就，对昆腔做进一步的研究和改革。隆庆末年，他编写了第一部昆腔传奇《浣纱记》。这部传奇的上演，扩大了昆腔的影响，文人学士，争用昆腔创作传奇，习昆腔者日益增多。于是，昆腔遂与余姚腔、海盐腔、弋阳腔并称为明代四大声腔。昆腔获得较为完整的戏剧形态后，开始向更高的层次发展，这时许多一流的作家、学者参加进来，用精美的诗句和生动曲折的故事撰写了大量剧本。例如李开先创作的《宝剑记》、徐霖创作的《绣襦记》，以及高濂创作的《玉簪记》都是经典中的经典。这些著名且保留至今的昆曲主题大致有两类，一是描写当下政局，二是书写爱情。按照比例和受欢迎程度来看，显然是后者比较多，例如昆曲著作《牡丹亭》便是如此。《牡丹亭》中主要讲述的是柳梦梅和杜丽娘之间的爱情故事，故事中二人宁死也要维护爱情的情节令无数人为之动容。这般打破传统的著作更是启蒙了相当之多的青年男女，以至一直压迫人们的封建教条日渐松弛，门当户对的陈旧观念出现了裂痕，当真算得上传世佳作。《牡丹亭》的作者是汤显祖，这位与英国戏剧大师莎士比亚同时期的昆曲大师，无论是名声还是能力都丝毫不弱于对方。而这也就产生了一个令人叹为观止的现象，彼时在西方，所有人都在看着莎士比亚的《仲夏梦之夜》拍手叫绝，而在遥远的东方，家家户户则对着《牡丹亭》暗自神伤。可以说，当时的中西方戏曲界已然被这二人包揽。当然，昆曲成就了汤显祖，汤显祖也成就了它。自汤显祖之后，昆曲的知名度火速飞升，大量其他种类的曲目被融入昆曲之中，不单是民间的草台班子在全国范围内唱起了昆曲，就连一些戏曲名家也纷纷转行入昆。昆曲自此开始进入了全盛时期，并被冠以"百戏之祖""百戏之师""中国戏曲之母"等雅称。

三、古典文学，成就唱词

前面说完了昆曲的起源和发展，那现在就来说说我最爱的昆曲元素之一：昆曲的唱词。昆曲的唱词，字斟句酌，韵调优美，含情蕴意，极富中国古典诗词的色彩，并具有以下显著特点。其一，文学性强。昆曲唱词通常具有很高的文学价值，融合了诗、词、歌、赋等多种文学形式，运用丰富的修辞手法，如比喻、拟人、对偶等，使唱词富有韵味和意境。其二，情感细腻。能够细腻地表达人物的情感，无论是爱情的缠绵悱恻，还是忧愁的哀怨深沉，都能通过唱词精准地传达给观众。其三，富有意境。注重营造优美的意境，通过对自然景观、人物心理等方面的描绘，观众在欣赏唱词的同时，仿佛置身于一个诗意的世界。其四，遵循格律。昆曲属于曲牌体，格律严谨，对平仄、押韵等要求严格，使唱词在音韵上和谐优美。譬如：

"原来姹紫嫣红开遍，似这般都付与断井颓垣。良辰美景奈何天，赏心乐事谁家院！朝飞暮卷，云霞翠轩；雨丝风片，烟波画船——锦屏人忒看的这韶光贱！"——《牡丹亭》

"月明云淡露华浓，倚枕愁听四壁蛩。伤秋宋玉赋西风。落叶惊残梦，闲步芳尘数落红。"——《玉簪记》

"袅晴丝吹来闲庭院，摇漾春如线。停半晌、整花钿。没揣菱花，偷人半面，迤逗的彩云偏。"——《游园惊梦》

"我如今独自虽无恙，问余生有甚风光。只落得泪万行、愁千状，人间天上，此恨怎能偿。"——《长生殿》

"秋水长天人过少，冷清清的落照，剩一树柳弯腰"。——《桃花扇》

"人生几见此佳景，惟愿取年年此夜。人月双清。"——《琵琶记》

这些唱词，都是作者呕心沥血、一字一句琢磨出来的，每首曲子都可谓字字珠玑。记得王世贞曾云："三百篇亡而后有骚赋。骚赋难入乐，而后有古乐府。古乐府不入俗，而后有唐绝句。为乐府绝句少宛曲转，而后有词。词不快北耳，而后有北曲。北曲不谐南耳，而后有南曲。"文人一直以创作诗歌的审慎态度来对待昆曲剧本的创作。无怪乎，这昆曲的曲文（唱词）会兼具诗性的声韵美、文辞美、意境美和情感美了。

四、我爱昆曲，撰文为记

说到我与昆曲的故事，依然不能不提到戏曲的启蒙，这当然还是与爷爷有关，我在前面描写越剧的文章里已详尽笔墨，这里就不再赘言。后来上了大学，得遇两位江浙地区的学姐，因着对戏曲等传统文化的热爱，三人一拍即合成立戏曲社团，则更进一步强化了自己对昆曲的热爱。为什么这里强调的是"热爱"而不是昆曲的表演水平得到了进一步的提升呢？这主要是因为，那时的我们虽然成立了在西南地区的高校里较为罕见的江南剧种社团，但无论是排练还是表演，我们都是以越剧为主，极少涉及昆曲的曲目，这不仅是因为地处西南这地理位置的客观限制，还因为与越剧相比，从唱腔上看，昆曲的水磨腔实则比越剧更难学和更难唱，昆曲优雅，节奏慢，往往一个字唱很久，这对演员的气息控制能力要求更高，而越剧节奏快，比较激越，唱起来就轻松多了；从曲词上看，昆曲更高雅，少有人懂，而越剧则更通俗易懂；从故事上看，昆曲节奏慢，很多有名的折子都是描写人物的某个心态变化的，比如《牡丹亭·游园》讲杜丽娘进花园伤春有感，光这一折就约30分钟，唱全了更长，除非昆曲真爱粉，否则很难安静地坐下来把全戏看完，且表演者也会十分疲惫，越剧就快得多，剧情发展速度跟话剧类似，有的选段甚至几分钟就能完成；从服装上看，昆曲是传统的戏曲服装、水袖、帔等，上身烦琐，对表演者的体型要求更高，越剧为纱衣等更接近古装影视剧的衣服，上身穿戴起来更容易；从化妆上看，昆曲是传统戏曲妆，演员要勒头，脸部上妆油彩很浓，比如小生，要将脸涂白两眉间画过桥，官生老生要戴髯口，这对表演者本身和化妆造型师的要求都更高一些，越剧妆淡，老生一般粘胡子，更接近人平时的样子；而最最关键的一点就在于从演员上看了，从演员上看，昆曲生基本是男的演，且由女的演，也出过著名的坤生，也有男旦，但是比例小，越剧无论生、旦几乎是清一色女演员的，越剧女小生名人辈出，而我们那时的戏曲社团，虽陆陆续续加入了很多人来，但也都清一色是女性。所以，基于以上种种原因，在大学期间戏曲团的成立与维系中的那几年，只能说是更进一步地提升了大家对昆曲的热爱。

记忆中印象最深刻的一次，我们自己社团的昆曲排练是在2009年，作为重庆首届慈善周压轴大戏的青春版《牡丹亭》来到重庆洪崖洞巴渝剧院巡演之后。这里也顺道科普一下青春版《牡丹亭》：青春版昆曲《牡丹亭》是由著名作家白先勇主持制作、两岸三地艺术家携手打造的，于2004年4月开始在世界巡演，五十五折的原本，撷其精华删减成二十九折，根据21世纪的审美观，保持昆曲抽象写意、以简驭繁的美学传统，利用现代剧场的种种概念，传世经典以青春靓丽的形式出现在人们面前，再现一段跨越生死的爱情故事。我们在观看2009年青春版《牡丹亭》时，受到了极大的触动，深感自己戏曲团的水平实在相去甚远，于是在这剧巡演结束后的一个月里，我们但凡拥有业余时间都在积极地进行排练和完善，但由于一直找不到"柳梦梅"的人选，最后这戏也只能不了了之。再后来大学毕业，大家天南地北，那两个江浙籍的研究生师姐都回到了家乡并通过公务员考试进入当地的政府部门，我则去了北京。在北京漂泊的短暂的一年里，我也结识到了很多的票友，可以说，北京的昆曲文化说比重庆繁荣很多。在票友的带领下，我还去参观了陶然亭边上的北方昆曲剧院，虽然那时未能结识北昆的大师们，但后来在某高校的一个戏曲讲座上遇到了新中国成立后继承昆曲非物质文化遗产的第四代传人——江苏的单雯（详见插图）。我当时在讲座结束后无比激动地加了她的微信，偶尔也向她请教一些昆曲上的问题，她都十分耐心，如今的她更是"战功赫赫"，已然是中国最具代表性的昆曲明星。再后来由于种种原因，我又回到了四川，辗转多地后，最后在成都定居。来到成都后，自己在业余时间又主动寻找昆曲社，功夫不负有心人，最后在青羊区的将军街找到了成都昆曲社，并于周末参加了两次的学习与拍曲。曲社的社长宅心仁厚，学识渊博，整个成都昆曲社的水平都是较高的，但遗憾的是，后来我面临买房、装修、工作加班等烦琐事务就逐渐减少了去学习的频次，但对曲社朋友们给予我昆曲学习上的帮助却一直感恩在心。再后来遇到一个特别有想法和情怀的朋友，他想要还原《红楼梦》第四十一回里吃螃蟹、赏菊花、划游船、听昆曲的场景，就多次邀我商议，最后我们终于决定联合一些茶艺师、香道师、摄影师、蟹道师、书画家、花艺师等朋友，于2018年国庆假期，在青城山的坐忘森林酒店里，举办一个还原红楼场景的蟹宴茶饮雅集，而我则以一个红学爱好者和昆曲表演者的身份出席，并友情免费扮演杜丽娘（见插图）表演了昆曲《牡丹亭·游园》。当时的活动算是十分圆满和成功，我的假期友情免费业余昆曲表演也获得了大家的一致好评（当然，此处若是有专业昆曲演员，可能就这好评就没有那么易得了）。与一群有情怀又有才艺的朋友相处起来总是格外愉快，以至那年因一些挫折变故所带来的忧郁情绪很快就烟消云散。再后来，自己很想进一步提升昆曲的表演水平，但工作性质导致我没有那么多自由时间去线下求学，于是就在线上通过网络视频和语音的方式请教了两位相对专业的"昆曲老师"。她俩有着不同的职业，但都才貌双全、平易近人，也都在红迷会（《红楼梦》发烧友）里担任要职，其中一个姐姐是江苏省昆剧院国家一级演员、著名昆曲表演艺术家龚隐雷的学生，现在是苏州昆山戏剧小梅花基地、北大传统文化传承（昆曲）基地、加拿大国际学校CCA-Kunqu的昆曲教师，并在苏州有自己的昆曲和戏画工作室（详见插图）。另一个姐姐则是师从江苏省昆剧院国家一级演员裘彩萍老师和广州红豆粤剧团葛锐娟老师，并在广州从事专业的昆曲教学（详见插图），经过两位姐姐的线上点拨后，我才真正地可以说自己的昆曲表演水平得到了较大的提升，后来我也在西政四川校友会年会上进行过《牡丹亭》的表演。业余时间，为将昆曲更大范围地弘扬出去，也会免费举办一些很小众的昆曲讲座，自己清唱表演和为大家答疑解惑。再后来就三年疫情，所有的活动都处于停滞状态，直到全国解封，我才又想到利用一下业余的时间来继续为昆曲的发扬光大，贡献一点微薄的力量，于是乎，才有了今天这篇长文。

关于昆曲的起源和发展，我参考借鉴了网络上的"百度百科"以及一些佚名作者的说法，初心都只为更大范围地将昆曲传扬出去，若是将来的某个不知姓甚名谁的你，在某个不经意的时间翻到了我书里的这篇文章，也请亲爱的你继续将我的这份初心传承下去。

单雯，1989年4月25日出生于南京。江苏省昆剧院女演员，工昆曲闺门旦和正旦。单雯10岁开始学习昆曲，1999年进入江苏省戏曲学校，成为了江苏省昆曲非物质文化遗产的第四代传人。中国第29届戏剧梅花奖获得者。2005年出演田沁鑫导演的《1699桃花扇》中，16岁单雯演绎16岁李香君，一戏成名。获全国"五个一工程奖"、中宣部"五个一批高层次优秀人才"称号等奖项。2007年在国家文化部的安排下拜师张继青。2009年获"中国戏曲红梅金花"称号、第四届中国昆曲艺术节优秀青年演员表演奖，被选入江苏省"五个一批"人才，被列为"六大人才高峰"培养对象。还出演了江苏省演艺集团和台湾建国工程文化艺术基金会共同制作的传奇昆曲《南柯梦》饰演瑶芳公主、改编自莎翁名著《罗密欧与朱丽叶》的昆剧《醉心花》饰演"朱丽叶"赢云。2019年4月24日，单雯演出的昆曲《牡丹亭》入选第七届中国戏剧奖·梅花表演奖（第29届中国戏剧梅花奖）戏曲类获奖公示名单。2022年2月1日，参加《2022年江苏卫视春节联欢晚会》，表演昆曲《粉墨》。

杨小洁，笔名洁心，广东潮州人。英语教师、画家、诗人、戏曲研究者、昆曲资深曲友。曾在清华大学美术学院国画高研班研习国画。擅长创作戏曲人物和工笔仕女，画风承袭戏画泰斗高马得先生，笔法简练概括，线条流畅优美，并得高马得先生之子、著名戏画家高多先生指导，潜习戏画。

近年来受邀在美国新墨西哥州会展中心、美国新墨西哥州DSG艺术馆、亚洲第二高塔广州塔、江苏省苏州昆剧院、昆山图书馆、昆山花桥文化馆、上海豫园海上梨园、扬州阮元纪念馆、广东省佛山市图书馆等地举办大型个人戏曲人物画展。

擅昆曲、越剧，并潜心研究曲学。昆曲演唱受教于著名昆曲表演艺术家龚隐雷老师和著名昆笛演奏家王建农老师。曾多次受邀参加国内外曲会雅集，图书馆、文化馆及国际学校做中英文演讲演出，传播昆曲文化。

现为国家一级美术师；高级中学英语二级教师；美国新墨西哥州DSG艺术馆特邀画家，瑞典皇家理工学院、卡罗琳斯卡医学院、斯德哥尔摩大学中国学生联谊会、汉语桥斯德哥尔摩站特邀画家；北京市通州区美术家协会会员、广东省潮州市美协、书协、音协会员；雅昌艺术网入驻青年艺术家；潮州政协潮州诗社社员；江苏省昆剧研究会会员、昆山市戏剧家协会会员、昆山市昆剧研究会会员；深圳和雅昆曲协会理事、扬州青昆协会理事。

张洪浏，鹭创鹭昆曲学社创办人、茶文化及茶事活动策划人、毕业于星海音乐学院。

自2014习昆曲，工昆曲闺门旦，师从江苏省昆剧院裴彩萍老师，广州红豆粤剧团葛锐娟老师。

经常在各大文化基地、高校、会所、图书馆等承办各类昆曲赏析雅集活动。

2019五一参加东华禅寺国际动漫展茶话会晚会演出；2018年正月在华南植物园牡丹园参加第六届牡丹展表演；2018广州塔文化季丽人行受邀表演昆曲；2018广州茶博会受邀表演昆曲。

受到新华社、广州电视台、车之道、清远日报、广东广播电视台多家媒体的采访及报道。

作者杜丽娘剧照

作者杜丽娘扮相

流行歌曲风、花、雪、月

喜欢音乐，因为它蕴含了情感价值的真谛；喜欢音乐，因为它珍藏了动人心弦的回忆；喜欢音乐，因为它生出了不惧风雨的羽翼；喜欢音乐，因为它承载了成长之路的悲喜。

音乐不分雅俗，各有各的魅力，除了昆曲、越剧，我所爱着的音乐里还有流行歌曲。初听流行歌曲，听的只是旋律，简单明快又层次丰富的节奏真是一种美好的感官享受，再听流行歌曲，听的就是内容，曲之意，词来记，歌传语。歌词是个好东西，它可以写经历、写记忆、写激励、写期许……不同的写法甚至可以让同一首曲子传达出截然不同的寓意，而流行歌曲里歌词的表达相较于戏曲、歌剧等高雅艺术或民乐、轻音乐这类只有旋律的乐种，就更会酣畅淋漓。那么，这里姑且就把流行歌曲的魅力喻作四季的意象来进行赏析。

【春风·司南】

春风化雨、春风得意……古往今来，说到风，我们立马能够想到的就是春风，而在"风花雪月"这个颇具浪漫主义色彩的词汇里，风的出现也大抵总在春暖花开之时，世间风景，最美不过是三月的风、六月的雨与九月的好天气……

说到三月的风，就不得不提到一位歌手：司南，她的那首《春三月》，让人仿佛置身于生机盎然的春之画卷里。不信你听：阳春三月初/满枝迎春新花栖木/天留片片白云风上住/孩童推门去又放纸鸢笑声满路/手中长线没入天尽处/谁人悄约时恰得一片桃华满目/手边流云与落英相逐/河水桥下淌风倚柳青岸上住/鸟儿绕纸鸢/声声诉/三月来百草开盈香满袖万物苏/虫鸣和着欢笑/心事舒/三月来暖阳复/相携去/踏青处/陌上花开满路/香入土/三月来有归人/马踏浅草声催促/春有期归有日/今归途/三月来生情愫/春刚复/情入骨/借缕东风互诉/相爱慕/阳春三月初/正是人间好花簇簇/人逢此景欢喜由心处/阳春三月来/自有生命破尘土/送来希望事/好运出。

优美的旋律、诗意的歌词、甜美的嗓音、精湛的演绎……无一不是恰到好处，余音绕梁、如沐春风等形容美好体验感的词语在这一刻终于有了具象化的意义。这首表达了对春天的赞美和感激以及对美好生活的向往与期冀的《春三月》虽名为三月，却多写春风，尤其是歌词中提到的"天留片片白云风上住/孩童推门去又放纸鸢笑声满路/手中长线没入天尽处"，更是生动地还原了"草长莺飞二月天，拂堤杨柳醉春烟。儿童散学归来早，忙趁东风放纸鸢"的场景，果然春风是歌，歌如诗。它不禁让我想起太多专写春风的精彩诗句，比如：

迟日江山丽，春风花草香。——杜甫《绝句》

一树春风千万枝，嫩于金色软于丝。——白居易《杨柳枝词》

春风十里扬州路，卷上珠帘总不如。——杜牧《赠别二首·其一》

夜月一帘幽梦，春风十里柔情。——秦观《八六子·倚危亭》

春风如贵客，一到便繁华。——袁枚《春风》

愿春风常沐，诗情永驻。

【夏花·朴树】

众所周知，朴树有首好听的歌曲名叫《生如夏花》。"生如夏花"这个词组出自印度诗人泰戈尔的《飞鸟集》，原文是："Let life be beautiful like summer flowers and death like autumn leaves."郑振铎将它译为"生如夏花之绚烂，死如秋叶之静美"。夏花绚烂盛开，寓意生命要充满活力和激情，展现出最美丽的一面；而秋叶静美落地，象征着生命的归去，面对死亡要淡然从容，接受自然的安排。泰戈尔以简洁的文字描绘了人生的坦然与深沉。朴树却用他的歌声将这寓意进一步升华，他用一种苦行僧般的迷狂状态表达了对生命的深刻理解。《生如夏花》整首歌曲呈现出一种向死而生的唯美意境，不仅爆发力十分突出，控制力也相当惊人，不仅有"生"的辉煌灿烂，也有"死"的唯美安静，而这"生"与"死"的和谐统一，更令歌曲惊艳无比，我们仿佛看到大自然的生命在刹那间绽放出耀眼光芒，也在刹那间消亡成千古绝唱，而这一切，都是在一瞬间，永恒变成了刹那，刹那也成为永恒，分不清是刹那还是永恒，这是生命的热烈与绝望，"惊鸿一般的短暂"，却是"像夏花一样的绚烂"。也许，你会觉得整首歌仿佛带着一种郁闷窒息的气味，让人绝望无比，但你仔细聆听，会了解到朴树对生命真我的流露。无论是"也不知在黑暗中究竟沉睡了多久/也不知要有多难才能睁开双眼"这样迷蒙幻化的自然，还是"这是一个多美丽又遗憾的世界/我们就这样抱着笑着还流着泪"这样美丽遗憾的人间；无论是"我为你来看我不顾一切/我将熄灭永不能再回来"这样无奈凄美的绝望，还是"惊鸿一般短暂/如夏花一样绚烂"这样炽热狂野的奔放，都是朴树对生命的意境所表达出的深刻理解，是对茫茫宇宙中渺小的自然生命的精准定位，也是对生命哲理的极度探寻。泰戈尔用诗来阐述生命，将生命诠释成一首优美无比的诗；而朴树则用歌声来阐述生命，将生命唱成一首惊艳唯美的歌。而无论是"诗"还是"歌"，都是对生命的一种"艺术"的阐述，这样的"生命"是悲观的，却也是豁达的；是短暂的，却也是永恒的。

愿生如夏花之绚烂，死如秋叶之静美。

【秋月·李健】

初识李健还是少女时代，作为曾经的水木年华的成员之一，他以一首作词作曲的《中学时代》初登乐坛就受到好评。据说，撒贝宁也说水木年华最好听的歌就是李健唱的这首《中学时代》。

《中学时代》至纯至美：穿过运动场让雨淋湿/我羞涩的你何时变孤寂/躲在墙角里偷偷地哭泣/我忧郁的你/有谁会懂你/爱是什么我不知道/我不懂永远我不懂自己/爱是什么我还不知道/谁能懂永远谁能懂自己/穿过运动场让雨淋湿/我羞涩的你何时变孤寂/躲在墙角里偷偷地哭泣/我忧郁的你不许谁懂你/爱是什么我不知道/我不懂永远我不懂自己/爱是什么我还不知道/谁能懂永远谁能懂自己/把百合日记藏在书包/我纯真的你/我生命中的唯一/爱是什么，我不知道。

爱是想触碰又收回的手。——塞林格《破碎故事之心》

再次听着这首歌，想到了中学时代暗恋某个男生时的那个自己。那个青涩的时代，就这样小心翼翼地喜欢着一个人，只想呵护从不表达，如此单纯美好。后来再也没能像中学时一样，能够长长久久地暗恋着一个人，把他写进日记里，把他放在相册里，但就打死都不说出来……时隔多年听着歌重读日记，陷入了沉思，情到深处，眼眶竟有点湿润。那时什么都不懂，现在看来赤子之心何其珍贵。人成长到某一时刻，开始慢慢听懂每一句歌词，开始回顾自己当时的心境，别人会说这是矫情，自己却知它是情怀。

我纯真的你，我生命中的唯一。

如果说要把李健的嗓音和作品比作一个季节的某种意向，那毋庸置疑，是"秋月"。南湖月影两相融，俏倚石桥醉眼朦，他空灵澄澈的嗓音与温润人心的作品，就像和煦的秋风穿透层层叠叠的密叶与枝蔓后，轻抚着月影沉璧的宁静湖泊。他的每首歌都像是月光的轻盈飘落，或绸缎的轻柔滑落，含情脉脉又安静淡泊，瞬间就能抚平一颗焦躁而膨胀的心，将其幻化成温婉莹润又圆融自满的皓白珍珠。李健的音乐是非市场的，他只为音乐而做着音乐。当年，因音乐理念的不合，李健与水木年华分手。分手后的水木年华，取得了不错的成绩。而单飞的李健，在喧喧嚷嚷的乐坛上，像一个沉隐在田园牧歌中的诗人，静默地写着他的采菊东篱下，悠然见南山……

李健的音乐，与其说是民谣的，不如说是自然田园的。他的音乐，并非荡气回肠、大彻大悟。可他偏能够在不知不觉之间，便钻进你的心扉，隐而不发，遍布酸楚。李健的词，不能说唯美，但纯粹而有韵味，加上他特有的吉他与和弦的简洁的背景，便是一首浑然天成的音乐诗。

【冬雪·韩雪】

忧郁的一片天/飘着纷飞的雪/这一泓伊豆的温泉/
浸湿我孤单的思念/飘零的一片叶/就像你我的终结/

这一泓伊豆的温泉/盛满温暖的从前/你的手/曾经拥着我的肩/呢喃着/爱我直到永远/雪花/像绽放的礼花/天地间肆意地飘洒/纵情在一刹那……

初次听到这首曲子，是中岛美嘉日语版的"雪之花"，旋律十分优美，但因语言不通，歌词不明就里。直至听到韩雪版本的《飘雪》，才顿觉，那种只有在飘雪的冬夜里才想去娓娓道来的遗憾，终于有了中文版的释怀与安放。

想象一下我是这首歌词里所描述的女主角吧：

空中，晶莹的雪花，像飘落的梨花瓣，飘飘洒洒；像纷飞的白柳絮，绒绒软软；像颤动的玉蝴蝶，舞姿翩翩。洁白的羽翼，丰盈柔和，泛着银色的光，飞呀飞，如天使一般突然停落在我的肩上。男主角害羞地递给我一封情书，上面写着："雪花落在你的红色羽绒服上可真好看啊，红里透白，但你白里透红的脸更好看，雪是天使跌落人间，你是天使跌落心间。谢谢你，是你让我生命的每一天都熠熠生辉，是你让我发现原来我的内心充满了柔情和爱。"

是的，当雪的洁白融入心的洁白，温柔和爱便会无处不在。多么美好的过往，初恋，时至今日，每每回味都温暖如初……

那年的雪是天边曼舞的一朵白云，是风中飘逸的一件舞裙，是田野盛开的一份柔情，是心灵弥漫的一瓣香馨，它纯洁、简单，坚贞、浪漫。

为何现在只剩下/风吹乱我的发/撕开我记忆的伤疤/让往事像雾气慢慢地蒸发/让我知道什么叫放不下/为何我的泪/会不停地流下/滑过你曾经亲吻的脸颊/所有的对错在顷刻/崩塌。

我（歌中女主角）的世界是秋风秋雨愁煞人的"秋"，"君问归期未有期，巴山夜雨涨秋池"；你（歌中男主角）的世界是闻道梅花坼晓风的"冬"，"北国风光，千里冰封，万里雪飘"。

一南一北之间，隔着万水千山，校园时代的爱情，终归是渐行渐远。那些基于理想主义的彼此奔赴的渴望，最终被现实的雪花一片一片地覆盖，还你一身洁白，梨花满地，一瓣瓣、一片片、一团团……

雪飘中，千回百转。流年里，不会再见。光阴荏苒，没了牵绊，享受孤独，换了人间。依然感谢曾经的时光，无论是失去还是离别，曾经拥有就是一万个值得。

习惯听歌入眠，《飘雪》所带来的感动，非同一般。如风翻书，于不经意间就翻到了曾经最浓墨重彩的那页，却发现书页上的泪痕与墨迹都早已风干，当阳光照耀其上竟折射出透明又干净的光芒。在那一刻，终于释放，"诚觉世事尽可原谅"。

喜欢音乐，因为它蕴含了情感价值的真谛；喜欢音乐，因为它珍藏了动人心弦的回忆；喜欢音乐，因为它生出了不惧风雨的羽翼；喜欢音乐，因为它承载了成长之路的悲喜。喜欢音乐，还因为它是春风的和煦、夏花的绚丽，秋月的沉璧和冬雪的静怡……

谨以此文献给所有心中有诗、心中有乐和心中有爱的人。

第三篇
Chapter 3

赌书泼茶

赌书泼茶系列之开篇词

这个章节的小标题，我选用了一个颇具诗情画意的词语——"赌书泼茶"。

首先，我们来说说"赌书泼茶"这个词语的出处和来历："赌书泼茶"这个词，典出李清照《〈金石录〉后序》："余性偶强记，每饭罢，坐归来堂，烹茶，指堆积书史，言某事在某书、某卷、第几页、第几行，以中否，角胜负，为饮茶先后。中，既举杯大笑，至茶倾覆怀中，反不得饮而起。甘心老是乡矣！"南宋女词人李清照和丈夫赵明诚夫妇俩都同样喜好读书藏书，李清照的记忆力又强，所以每次饭后一起烹茶的时候，就用比赛的方式决定饮茶先后。一人问某典故是出自哪本书哪一卷的第几页第几行，对方答中先喝。可是赢者往往因为太过开心，反而将茶水洒了一身。成为流传的千古佳话。试想，读书本已是雅事，而相知相惜的二人更是在日常中用"赌书"增添生活情趣，即使不慎将茶泼了，仍然兴致不减，余下满身清香，可以看出李清照赵明诚夫妇之间婚姻幸福美满，生活高雅有趣。李赵二人的故事成为流传千古的佳话，后来"赌书泼茶"这个词也常用来形容夫妻之间琴瑟和鸣、相敬如宾。清朝才子纳兰容若有感于赵氏夫妇的伉俪情深，更是写下了"赌书消得泼茶香，当时只道是寻常。"的千古名句去纪念亡妻，亦为后人所乐道。以上这些史实，对于热爱古典文学的朋友们来说想必都是烂熟于心的，所以我就不再班门弄斧了，我这里就再装模作样地说一下《红楼梦》里对"茶事"的描写。

作为描述古代贵族生活，讲述人情世故的被誉为中国传统文化"百科全书"的《红楼梦》，也多次写到了茶，根据红学家周汝昌先生统计，《红楼梦》中与茶有关的字词频率，多达1500余次，写茶道的地方有近300次。文中涉及茶文化的描写可以说是非常考究，对大观园内众多小姐、长辈们的饮茶情趣刻画得生动细腻，甚至还有着"一部《红楼梦》，满纸茶叶香"的说法。例如《红楼梦》第五回中，贾宝玉梦游太虚幻境，警幻仙子用千红一窟招待，并介绍道："此茶出在放春山遣香洞，又以仙花灵叶上所带之宿露而烹。一窟，就是一哭。"李贺诗说"芙蓉泣露"，露是鲜花灵叶的泪水，而林黛玉绛珠仙草转世，千红一哭(窟)，万艳同悲（杯），一杯茶为整部书的悲剧结果作了铺垫，但这种茶是曹雪芹杜撰出来的，所以现实生活中并不存在。当然也有部分红学家考究出来说"千红一窟"就是现在的岩茶，虽书中所提的放春山遣香洞，现在已经查无此地了，但在翻遍了中国历史上所有的名茶后发现这唯一出自洞里的茶也就只有武夷山中鬼洞里的岩茶了。第八回中，写到宝玉从梨香院吃酒回到绛芸轩，半醉中接过茜雪捧上的茶，吃了半碗，忽又想起早起的茶来，因问茜雪道："早起沏了一碗枫露茶，我说过，那茶是三四次后才出色的，这会子怎么又沏了这个来？"而到了第七十八回"痴公子杜撰芙蓉诔"，贾宝玉为了祭奠死去的晴雯，特意写了《芙蓉女儿诔》，其中又提到"枫露之茗"，可见晴雯日常所喜饮用之茶也是枫露茶。曹公对枫露茶作出解释："谨以群花之蕊，冰鲛之縠，沁芳之泉，枫露之茗。"而从茶的名字看，秋天经霜后叶红，突出"枫"字，暗合"怡红公子"中的"红"。"露"，秋季早晚温差大时常有，古时候风雅之人，爱采露烹茶，根据冯其庸、李希凡先生的探究："枫露制法，取香枫之嫩叶，入甑蒸之，滴取其露……将枫露点入茶汤之中，便成了枫露茶"，所以结合起来看，至少可以判断枫露茶属于秋茶。而宝玉说，枫露茶要三四次后才出色，那肯定不是绿茶黄茶了，绿茶黄茶泡三四次后早已淡而无味。红茶也不像，红茶前几冲最好，浸出物最多。白茶虽耐泡，也是前几次最好。与文中所说的三四次后才出色，严重不符。普洱茶三四次后固然好，可是贾宝玉连女儿茶都喝过了的，如果枫露茶也是普洱，他肯定不会特别强调，哪至于为一杯普洱茶发飙撵茜雪？要知道，宝玉哥哥可是宣称见了女儿就清爽的。所以，这里大胆推测枫露茶应该就是秋天的乌龙茶。而枫露茶制作如此考究且复杂，非豪门贵族不能得见，曹雪芹用枫露茶来塑造故事情节，同时也暗示了贾家赫赫扬扬，已历五世的贵族阶级地位。第二十五回中，王熙凤送贾宝玉、林黛玉、薛宝钗茶叶，说是暹罗进贡的茶叶，薛宝钗说这种茶"味道青，只是颜色不大好些"。暹罗，是泰国的古称，暹罗也是产茶古国，不过暹罗制茶工艺简单，将三四叶之嫩芽连茶梗摘下，一手握满茶叶后用竹丝捆紧，名为"一干"。每干鲜叶蒸两小时，冷却后放到篮中或竹桶中压紧，放一个月后就可以食用，能保藏一年不坏。至于"味道轻""颜色不好"，恰是蒸青绿茶特点。与清代流行的炒青绿茶比较，蒸青绿茶色泽深绿，味道鲜爽，而炒青绿茶颜色绿润，香气高鲜，滋味浓爽，总的来说各有优缺点。暹罗与清朝远隔万里，若不是鼎食钟鸣之家的贵公子，谁能了解暹罗茶的色香味。第四十一回中，贾母到栊翠庵后，妙玉为贾母一行烹了茶，捧一个成窑五彩小盖钟奉于贾母，贾母说："我不吃六安茶。"妙玉笑着解释："知道，这是老君眉。"六安茶，出自安徽六安一带，在清代为皇室贡茶，最著名的为瓜片、毛尖、雀舌，明人屠隆说：六安品亦精，入药最效，味苦，茶之本性实佳。对于《红楼梦》这一段，有人解读为：六安茶不如老君眉，说法是不恰当的，最起码说这话的人，不懂六安茶。绿茶是不发酵茶，性寒，六安茶能消垢腻，去积滞，却不适合脾胃虚弱的老年人饮用。贾母是七老八十的耄耋老人，更不适合饮用六安茶，而老君眉味轻且甘甜，正对贾母的胃口。关于老君眉有两种说法，一是洞庭湖君山银针，二是福建武夷的名枞。无论哪种都不是绿茶，君山银针是黄茶，武夷名枞是乌龙茶。茶性不如六安茶凉刻，味轻且甘甜，适合老年人饮用。第五十四回，元宵佳节之后，贾母腹中饥饿，凤姐说有预备的鸭子肉粥，贾母说我想吃些清淡的，凤姐说还有杏仁茶。杏仁茶，实际是一种饮品，清初朱彝尊《食宪鸿秘》中写道："京师甜杏仁用热水泡，加炉灰一撮，入水，侯冷，即捏去皮，用清水漂净，再量入清水，如磨豆腐法带水磨碎，用绢袋榨汁去渣，以汁入调煮熟，如白糖霜热啖或量加个乳亦可。"我想这些年很风靡的杏仁露、核桃乳、杨枝甘露等甜品奶茶应该就是借鉴了《红楼梦》中这杏仁茶的创意吧。第六十三回中，林之孝家的领着一群管事查夜，宝玉因吃了面怕停住食就没睡，林之孝家的建议泡些普洱茶吃，袭人、晴雯说已经"泡了一大缸子女儿茶，已经吃过两碗了。"女儿茶，是普洱一种，女儿茶是由当地少女精采的茶菁制作而成的茶叶，中医认为普洱茶"解牛羊肉毒"，《本草纲目拾遗》里记载：普洱茶清香独绝也，醒酒第一，消食化痰，清胃生津，功力尤大也。可见宝玉喝的茶，不仅消食，还能醒酒，而满蒙贵族对其尤其喜爱，末代皇帝溥仪曾说：普洱茶是皇室成员的宠物，拥有普洱茶是皇室成员的显贵标志。1963年故宫清理清宫贡茶，获得两吨多茶叶，其中就有保存完好的普洱团茶、女儿茶、金瓜贡茶、普洱茶膏。第八十二回中，宝玉读书回来，急急忙忙去潇湘馆见林黛玉。黛玉微微一笑，叫紫鹃，"把我的龙井茶给二爷沏一碗，二爷如今念书了，比不得里头"。龙井茶，就是西湖龙井，西湖龙井，在明代已跻身顶尖名茶之列，依采摘时间不同，西湖龙井分为明前、雨前、雀舌、硬片等类，狮峰龙井最为出色。龙井素有"色绿、香郁、味醇、形美"四绝著称于世，形光扁平直，色翠略黄似糙米色，滋味甘香醇和，香气幽雅清高，汤色碧绿黄。

以上八种茶呢，是《红楼梦》中所提及的最具代表性的茶，而回归当下，在我们的现实生活中，也存在着六大类最著名的茶，以发酵程度划分，总共可分为绿茶、红茶、黄茶、乌龙茶、白茶和黑茶这六大茶类。这六大类茶，每一种都口感独特颇具风味，而我独爱其中的三种：白茶、红茶、普洱茶。那么接下来呢，就有请大家进入我散文系列的新篇章《赌书泼茶系列》，就姑且让我来带着大家一起去细品茶香，趣数书事。

作者品茶

缅思容若

　　年末，寒冬，西政，静夜，我一人，万籁俱寂，在寝室再一次读起纳兰容若的那首《浣溪沙》，"赌书消得泼茶香，当时只道是寻常"两句刚一入眼，眼睛就已经潮湿的不行。难怪容若总有这样一种气质，似乎还没有挨近他，就被他身上所萦绕的淡淡忧伤所冻结。看似盈盈的语句，内核里所充溢的沉重却无法流动。对着他的画像，想象着这位儒雅深情的贵胄公子的真实模样，深感如此绕指柔肠的男子，实乃世之所稀。

　　这里，容若化用了李清照、赵明诚夫妇"赌书泼茶"的典故。不消说易安、明诚一对贤伉俪的诗酒人生、琴瑟和鸣，是多么令人欣羡，只说容若对亡妻卢氏的绵绵深情，看似简单的一句"赌书消得泼茶香，当时只道是寻常"就已经不由分说携人进入了一种忧伤的情境：

《鹧鸪天》

十月初四夜风雨，其明日是亡妇生辰。

清·纳兰容若

尘满疏帘素带飘，真成暗度可怜宵。几回偷湿青衫泪，忽傍

218

犀奁见翠翘。

惟有恨，转无聊。五更依旧落花朝。衰杨叶尽丝难尽，冷雨西风冪画桥。

茕茕孑立、形影相吊的容若，一袭素袍，伫立梨花树下。梨花苍白如雪，翠翘落地，一片梨花入手心，晚风乍起，纷纷掩埋了翠翘，扯碎梨花，花瓣轻舞和着薄泪飞扬在天际。那一刻，谁都知道你是至情至性的男子在用血泪祭奠自己的亡妻，可是有谁知道，你——容若，还是一个生活在衣香鬓影中的相府贵公子，走马章台的御前侍卫。卢氏啊，瞬息浮生，薄命如斯，可是命运在你短暂的韶华却如此眷顾你，许你不沾半点世俗之气，许你如此高贵清雅，视情意重如生死的甚至因你的早逝而悲恸无助的男人。今夕何夕，同为女子，你实在是令人羡慕已极啊！

写到这儿，我已经泪流满面，不知就里的人可能看得云里雾里，所以这里还是介绍一下这个凄美的爱情故事里的两位主人公：纳兰性德和他的亡妻卢氏。

纳兰性德（1655—1685年），叶赫那拉氏，字容若，原名纳兰成德（因避讳太子保成而改名），号楞伽山人，满洲正黄旗人。大学士明珠长子，清朝初年词人。纳兰性德自幼饱读诗书，文武兼修，十七岁入国子监，被祭酒徐元文赏识。十八岁考中举人，次年成为贡士。康熙十五年（1676年），考中第二甲第七名，赐进士出身。于两年中主持编纂了一部儒学汇编《通志堂经解》，深受康熙帝赏识，为其之后发展奠定基础。康熙二十四年（1685年）暮春，纳兰性德抱病与好友一聚，一醉一咏三叹，而后一病不起，不久便长辞于世，时年不过而立。纳兰性德与陈维崧、朱彝尊合称"清词三大家"。"纳兰词"在清代以至整个中国词坛上都享有很高的声誉，在中国文学史上也占有光彩夺目的一席。

"纳兰词"的题材主要集中在爱情友谊、边塞江南、咏物咏史及杂感等方面，尤以逼真传神的写景著称，风格清丽婉约、格高韵远，独具特色，被近代学者王国维誉为"北宋以来，一人而已"。纳兰性德著有《通志堂集》《侧帽集》《饮水词》等。

卢氏：纳兰容若之妻，是两广总督卢兴祖之女，赐淑人，诰赠一品夫人，卢氏生于顺治十四年（1657年）十月初五，小容若两岁多，出生在满清福地沈阳。她的父亲卢兴祖是汉军镶白旗人，因文才武略而重用，官至两广总督、兵部右侍郎、都察院右副都御史等。出身这样的名门，自小受的是"传唯礼义"，"训有诗书"的文化熏陶，加上满汉文化的交融浸淫，使得卢氏"贞气天情，恭容礼典"，自是一派大家闺秀的风范。十八岁那年，这位"生而婉娈，性本端庄"的美佳人，嫁到明珠府，做了同样"貌姣好"的容若的妻子。无论门第、教养而言，还是年龄、相貌而论，两人喜结连理，都可谓"珠联璧合"。然而这美好的生活并没有持续多久，成婚三年后，卢氏病逝。八年后纳兰在亡妻去世的同一天亦病逝。

卢氏当初的离世无疑是给了纳兰一个沉重的打击，在操办完妻子的葬礼后，他前往双林寺给妻子守灵，一守就是一年。作为一位情深义重的男子，很长一段时间里，纳兰都无法从卢氏死亡的阴影中挣扎出来。在这期间他写了大量的悼亡词，祭奠他和卢氏的感情。其中就有我文章开头所写到的《浣溪沙》，它的全文是这样的："谁念西风独自凉，萧萧黄叶闭疏窗。沉思往事立残阳。被酒莫惊春睡重，赌书消得泼茶香。当时只道是寻常。"

"谁念西风独自凉"，开篇就点名了季节，时值深秋之际，若是妻子卢氏还在时，定会叮咛着多添衣、别着凉。可是，妻子已经不在了，也没人提醒我该添衣了，想到这儿，深秋天凉，内心也是一样的悲凉。"萧萧黄叶闭疏窗"，黄叶本是秋天之景，萧萧二字则更显凄凉。枯黄的树叶从窗前纷纷飘落，更添惆怅，面对这无边秋景，纳兰却更显孤独，万般愁绪无人可述。"沉思往事立残阳"，想起曾经一起度过的日子，两人一应一答，谈诗论画，你侬我侬，心心相印，有着说不完的悄悄话，想到这些不禁悲从中来，夕阳渐渐西沉，内心更显孤独，便愈加想念妻子卢氏了。"被酒莫惊春睡重，赌书消得泼茶香。"这两句，文章开头已表明，它本是指李清照和赵明诚夫妇日常生活中的诗情雅趣，这里容若以他们作比，可见当年自己也与他们一样生活美满幸福，而如今的自己已经失去了如李清照般才貌双全又心意相通的妻子，深觉哀痛。"当时只道是寻常"这七个字就更令人不忍卒读了，对未亡人容若来说是字字皆血泪。卢氏生前，纳兰沉浸在人生最大的幸福之中，却毫不觉察，只道理应如此，平平常常。赌书，泼茶，都是最寻常的生活场景，也正因其太寻常而失去了荡气回肠的韵味。但当真的有一天，彼此天人永隔，这些寻常往事会让你由痛苦变得记忆清晰，折磨着你，令你即便撕心裂肺也心伤难补。世事翻转想来也是同一番韵味。没有谁会例外，并不是只纳兰才有这样的感觉，只是他更善于将这样一种情境攻入人心。卢氏的出现完成了纳兰"一生一世一双人"的爱情理想，但却未能实现"执子之手，与汝偕老"的夙愿，三年如花美眷，敌不过似水流年，爱妻的离去只留给了纳兰"黄土垄中，卿何薄命"的喟叹。王国维说容若"古之伤心第一人"，真的不是妄语。王国维还说"纳兰容若以自然之眼观物，以自然之舌言情……"所谓的"自然之眼"，就是真的性情；"自然之舌"，可能就是纳兰那份旷世的才情和永恒的孤独，而抒发的深挚的情感。

"落花如梦凄迷，麝烟微，又是夕阳西下小楼西。"多么茕独，多么感伤的情怀啊！即使生在温柔富贵乡里，也无法化解纳兰的痛苦与悲观。"水欲凉蟾风入袂，鱼鳞触损金波碎。好天良夜酒盈樽，心自醉，愁难睡。西南月落城乌起。"淡淡的冷月，盈盈的水波，朦胧的清影，痴痴的深情……都叠映成纳兰清愁般的心泪。还有"画屏无睡，雨点惊风碎。贪话零星兰焰坠，闲了半床红被"，每次读这句，我都控制不住自己的泪水，睹物思人，总免不了会有彻骨的疼痛。纳兰的词属于冷月悬挂在窗外的夜晚。想象中的纳兰公子，一身素衣打扮，一副愁容、双眸含情，窗内烛光摇曳、窗外树影婆娑……而纳兰的爱，也奔走在他的思绪里，爱只有动的时候，才会永恒，因此，爱长久地在纳兰的心里翻腾。暗夜中的纳兰才是真正的纳兰，那深夜点燃的烛光，照亮纳兰那颗敏感易受伤的心。"山一程，水一程，身向榆关那畔行。夜深千帐灯。"这盏心灯穿过风雪弥漫的路途，也透过巴山夜雨的凄凉……

　　纳兰容若，这个名字，这四个字本就像是一阕词的词牌名，而当我越来越多地读他的词，则更觉只有"纳兰容若"这个名字才能与他的词对应，也或许这四个字其本身就是悲伤忧郁的符号呢？有时，我也会觉得纳兰是一个谜，"家家争唱《饮水词》，纳兰心事几曾知？"这个谜语实在难以解开。李泽厚在《美的历程》中说："就纳兰本人来说，皇室近亲，贵胄公子，少年得志，时代荣华，身为满人，不应有什么家国哀、人生恨，然而其作品却是极其哀怨沉痛的。"如果仅仅把纳兰归入"人生空幻的时代感伤"，我认为是不能真正诠释纳兰的。"这个世界上，没有无缘无故的爱，也没有无缘无故的恨"。作为纳兰这个个体，他的爱也是与众不同的。多年以前，如花的笑靥，笑语呢喃……可是，一切的一切都幻化成心碎的往事了。"爱，毕竟是纳兰的精神支柱，或者说，纳兰一生就是情感的化身"。失去了爱，纳兰还剩下什么呢？我想问问纳兰自己，纳兰的回答却是没有了爱，深夜无法入睡；没有了爱，即使醒了还不如入睡——"谁翻乐府凄凉曲，风也萧萧，雨也萧萧，瘦尽灯花又一宵；不知何事萦怀抱，睡也无聊，醒也无聊，梦也何曾到谢桥。"

痛苦对任何人从来都是平等的，纳兰表面上享尽了荣华富贵，骨子里却是那么的悲凉，这样水晶心肝的人儿，长久生活在悲痛之中，既是过多地吸纳了情感的汁液，注定要缩短承载的时间，纳兰终究如松脂中挣扎的昆虫，早早的在31岁的壮年就成为琥珀中独特的一景。他的生命虽然短暂，但他留给后世的《侧帽集》与《饮水词》，却永远打动着人们的心。

2009年冬于西政第三学生宿舍

223

浅说红茶

一、前世今生

"红茶"一词最早出现在明代刘基所撰《多能鄙事》，书中有"兰膏红茶"和"酥签红茶"的记载。产于福建武夷山星村镇桐木村的正山小种红茶被公认为世界红茶的鼻祖。"鼻祖"于1610年传入欧洲，1662年，葡萄牙凯瑟琳公主嫁给英皇查理二世时，嫁妆里面就有它。从此，红茶被带入英国宫廷，喝红茶迅速成为英国皇室生活不可缺少的一部分。在早期的伦敦茶叶市场，只出售正山小种，且价格昂贵，唯有豪门富室方能饮用，正山小种红茶成为英国上流社会的饮料标配。英国人挚爱红茶，渐渐地把饮用红茶演变成一种高尚华美的文化，并把它推广到了全世界。1689年，英国更是在福建厦门设置基地，大量收购中国茶叶。厦门武夷茶（属于红茶类的半发酵茶）自此源源不断流入英国，且取代了原有的绿茶市场，成为西欧茶的主流。武夷茶色黑，故被称为"Black tea"（直译为黑茶）。后来茶学家根据茶的制作方法和茶的特点对其进行分类，武夷茶冲泡后红汤红叶，按其性质属于"红茶类"。但英国人的惯用称呼"Black tea"却一直沿袭下来，用以指代"红茶"。

到18世纪初，武夷桐木村产的红茶已无法满足急速增长的需求，茶树的种植和红茶的生产开始向桐木村周边地区拓展。为了区别桐木村和武夷周边地区出产的红茶，桐木村的红茶被称为"正山小种"，周边地区的则被称为"外山小种"。1851年，英国植物学家罗伯特·福琼从中国采集了茶叶样本，在印度大吉岭地区进行栽种，随后成功生产出了红茶，这就是后来闻名世界的印度大吉岭红茶。到1900年，印度红茶出口首次超越中国，标志着中国红茶400年的贸易垄断地位结束，印度取代中国成为世界最大茶叶出口国。20世纪50年代开始，中国红茶的生产逐渐恢复。1958年，中国首次成功试制红碎茶，1964年开始普遍生产。经过多年的发展，中国的红碎茶制造技术已经相当成熟，目前已掌握多种制作方法，在云南、贵州、四川、广东、广西、海南、重庆等地区都有生产。其中，以云南大叶种茶叶为原料制成的红碎茶品质最为优秀。目前，中国是世界第三大红茶出口国。中国红茶主要销往英国、俄罗斯、日本等国。

二、古今异名

前面说到英国人称红茶为"Black tea"，并一直沿袭至今，那咱们中国人又是怎样称呼红茶的呢？咱们中国人对红茶的称呼并不是"从一而终"的，相反，古今之间还有着很大的差别。古人对红茶有很多的雅称，有称红袍的，因为红茶的颜色像是一件红色的袍子；有称红稽的，因为红茶的颜色和稽的颜色相似（稽是一种古代的绸缎）；还有红砖，因为红茶在制作过程中需要压制成砖状；红玉，因为红茶的颜色像是一块红色的玉石；红润，因为红茶的颜色鲜艳而润泽；红韵，因为红茶的味道和香气都非常浓郁；红曲，因为红茶在制作过程中需要发酵，而发酵的过程中会产生红曲菌；红芽，因为红茶的制作需要采摘嫩芽，而这些嫩芽都是红色；红叶：因为红茶的叶子在制作过程中会变成红色；红汤，因为红茶冲泡后的颜色是红色的；红醇，因为红茶的味道非常醇厚；红浓，因为红茶的味道非常浓郁。哇，这些名字虽各不相同却都有一个共同的"红"字，那古人对红茶的雅称，有没有不带"红"字的呢？有，虽少之又少，却可谓是字字珠玑，叫人爱不释口。如"珍馐""醇液""桂魄""猴魁""早禽""晚雪"等。

与古雅的名称相呼应，在古代诗词作品中，红茶也是出镜率颇高，特别是唐代的诗人更是用心描绘出红茶带给人们的各种感受。著名的唐代诗人白居易就在《白氏长史应制亚霸赠金笺及茶叶》中这样写道："霖江之滨风帆远，杏花高锁复琴弦。桂魄初成何处有？莫惊碧草满汀洲，愿得此身长报国。"诗中表现了作者接到亚霸贵族送来的珠宝和茶叶、卷起船帆在江上乘风远行的绮丽与恬静气氛。在这首诗中，白居易对红茶（"桂魄"）的推崇可见一斑。在唐朝，红茶常常被宫廷高官使用，于是就有了"珍馐""醇液"等美好称呼。唐代元稹的《红菡萏咏》中还写道："一蓝尚酷白绿斜，薜荔渐红半蒂茶。不食小菱王气冷，多添獭毛晚瑶花。"这首诗中，元稹把红茶称为"半蒂茶"，意为采摘时只是半开的嫩芽，后来沿用为中唐时期的一种红茶茶品。诗人将红茶和香甜的菡萏浑然融合，给人以愉悦的感觉。而到了宋代和元代，红茶逐渐成为帝王贵族、文人雅士的饮品，也因此产生出更多的花名，如"琥珀""火烧""荒山红"等等。而若要论起描写红茶的诗句，古往今来还真可谓是不胜枚举。单论唐代，除了前文里提及的元稹和白居易的诗句，就还有司空图的《红茶花》："景物诗人见即夸，岂怜高韵说红茶。牡丹枉用三春力，开得方知不是花。"唐以后又以宋代刘学箕的《醉歌》："白茶照人冰雪同，红茶烧空猩血红。金沙雨晴翡翠积，海棠露湿胭脂重。"以及宋代舒岳祥的《樵童自入园来献海棠因赋》："深蔓迷归路，荒蹊未有家。谁知寒雨里，也作小春花。菌紫松间茁，菘黄涧底芽。道人新破戒，窗外种红茶。"最具代表性。

到了现代，咱们国家的红茶的种类和名称也依然是十分丰富的。比如说若是按照地域来分类，就可以把它称为：祁红（产于安徽祁门、至德及江西浮梁等地）、滇红（产于云南佛海、顺宁等地）、霍红（产于安徽六安、霍山等地）、苏红（产于江苏宜兴）、越红（产于浙江绍兴一代）；若是按照加工来分类，按照其加工的方法与出品的茶形，一般又可分为小种红茶、工夫红茶、红碎茶这三大类。第一类，小种红茶，它是最古老的红茶，同时也是其他红茶的鼻祖，其他红茶都是从小种红茶演变而来的。小种红茶分为正山小种和外山小种。第二类，工夫红茶，它由小种红茶演化而来，因制作精细，所以称为"工夫"红茶。代表性的有：祁门工夫、滇红工夫、福建"闽红"、湖北"宜红"、江西"宁红"、四川"川红"、湖南"湖红"、广东"粤红"等。第三类，红碎茶，它因外形细碎，呈颗粒型碎片而得名，也有"红细茶"的叫法。它在云南、广东、海南、广西、贵州、湖南、四川、福建等省都有生产，其中以云南、广东、海南、广西等地以大叶种茶叶为原料生产的红碎茶质量最好。

上面说完了现代红茶的种类和品名，那是否也能在当代诗词中寻觅到它的芳踪呢？答案自然是肯定的，比如我较熟悉的就有两首。《红茶》："碎成颗粒造型新，汤色红浓茶味真。四类茶样精制好，全球爱饮万千人。色泽艳红乌润新，金毫显露味鲜醇。茶汤红亮撩人饮，最喜晚来敬贵宾。"《祁红》："条索紧细长，毫显芽金黄。锋苗堪秀丽，色泽乌润光。汤色红艳雅，喷喷美琼浆。齿间留芳处，兰馨沁心房。苹果滋味爽，叶底美红妆。国际声誉好，人称祁门香。英伦皇家赞，祁红冠群芳。"

三、红中典范

红茶既是全世界人民最喜爱的饮料之一，也是我国第二大茶类。而在这第二大茶类中，又存在着4种茶中典范：

1. 正山小种

正山小种（详见前文）。

2. 滇红茶

云南红茶简称滇红，由汉族茶农创制于民国年间。以大叶种红碎茶拼配形成，定型产品有叶茶、碎茶、片茶、末茶4类11个花色。其外形各有特定规格，身骨重实，色泽调匀，冲泡后汤色红鲜明亮，金圈突出，香气鲜爽，滋味浓强，富有刺激性，叶底红匀鲜亮，加牛奶仍有较强茶味，呈棕色、粉红或姜黄鲜亮，以浓、强、鲜为其特色。

3. 金骏眉茶

金骏眉茶，属于红茶中正山小种的分支，原产于福建省武夷山市桐木村。金骏眉之所以名贵，是因为全程都由制茶师傅手工制作，每500g金骏眉需要数万颗的茶叶鲜芽尖，采摘武夷山自然保护区内的高山原生态小种新鲜茶芽，然后经过一系列复杂的萎凋、摇青、发酵、揉捻等加工步骤而得以完成。金骏眉是难得的茶中珍品，外形细小紧密，伴有金黄色的茶绒茶毫，汤色金黄，入口甘爽。

4. 祁门红茶

祁门红茶简称祁红，茶叶原料选用当地的中叶、中生种茶树"槠叶种"（又名祁门种）制作，是中国历史名茶，著名红茶精

228

品。"祁红特绝群芳最，清誉高香不二门。"祁门红茶是红茶中的极品，享有盛誉，是英国女王和王室的至爱饮品，高香美誉，香名远播，美称"群芳最""红茶皇后"。

祁红的生茶叶非常柔嫩，所含的水溶性物质比较丰富，经过加工后的祁红，外形条索匀整紧细，色泽乌润，冲泡后的茶汤非常红艳明亮，春天里饮用祁门红茶为最佳。

以上四种典范也被称为当代中国的四大红茶。

四、祁红趣事

说到祁红，就不得不提及一段趣闻轶事了。据说它是钱钟书和杨绛夫妇的最爱。当年夫妻二人一起在英国求学，同学间最常见的社交活动就是请吃下午茶。为此，钱钟书特意学会了红茶的英式泡法：煮上一壶红茶，加上牛奶，又浓又香……1938年回国后，夫妻二人买来数种国产红茶，均不如意。恰此时，有朋友送来一小包祁红，夫妇两人先试泡，见香气扑鼻，汤色红艳，心中暗喜；再兑入牛奶，汤色诱人，二人大喜过望。从此，钱钟书夫妇迷上祁红。新中国成立后，曾有段时间，祁红全部外销，国内市场无货供应，一向不愿麻烦别人的钱钟书，只好自己出面找朋友帮忙购买。朋友打趣说："你不是从来不为五斗米折腰吗，今天怎么也求人了？"钱钟书笑道："我没有为五斗米折腰，我这是为祁红折腰。"

哈哈，这钱老可是出了名的清高，祁红的魅力由此可见一斑了。

好啦，以上便是我对红茶的一点点浅薄的了解，若有不当之处，敬请读者朋友们斧正。

红茶

浅说白茶

白茶，属微发酵茶，中国六大茶类之一，是中国茶类中的特殊珍品。采摘后，不经杀青或揉捻，只经过晒或文火干燥后加工的茶。具有外形芽毫完整，满身披毫，毫香清鲜，汤色黄绿清澈，滋味清淡回甘的品质特点。因其成品茶多为芽头，满披白毫，如银似雪而得名。

一、白茶起源

关于白茶的起源，学术界存在多种说法，但主要围绕神农尝百草、唐宋时期等历史节点展开：

神农尝百草时期：有观点认为，白茶的起源可以追溯到神农尝百草时期。当时人们将鲜嫩的茶叶晾干后进行储藏，以备治病、祭祀之用。这种原始的茶叶加工方式，虽未明确称为"白茶"，但已初具白茶的雏形。

唐代起源说：另一种说法认为，白茶正式起源于唐代。唐代陆羽在《茶经》中首次提到"白茶"，称"永嘉县东三百里有白茶山"（也有说法为"南三百里"），这被视为白茶名称首次出现的文献记载。这一地区被认为是福建的福鼎，表明唐代长溪县（今福鼎）已培育出"白茶"品种。

宋代发展说：还有学者认为白茶起源于宋代，因为宋代的贡茶龙团、凤饼就是由白毫银针等白芽茶制成。宋徽宗在《大观茶论》中详细描述了白茶的独特之处，并称其为"自为一种，与常茶不同"。

现代白茶起源：现代白茶的制造历史较短，约始于200多年前，首先由福建福鼎县创制。清嘉庆元年（1796年），福鼎地区开始大量生产白茶，并逐渐形成了一套完整的制作工艺。

二、白茶故事

历史上，白茶作为一种高贵品味的象征，受到了许多皇宫贵族与文人骚客的喜爱。因此也有很多与白茶相关的脍炙人口的故事都流传了下来。

帝王写茶

从帝王的角度看，宋徽宗是个不称职的昏君，从艺术角度看，宋徽宗却是伟大的艺术家，与此同时他还是著名的茶文化专家、点茶高手。他于1110年写成的《大观茶论》，对白茶进行了详细的描述和赞美："白茶，自为一种，与常茶不同。其条敷阐，其叶莹薄，林崖之间，偶然生出，虽非人力所可致。有者，不过四五家；生者，不过一二株；所造止于二三胯（銙）而已。芽英不多，尤难蒸焙，汤火一失则已变而为常品。须制造精微，运度得宜，则表里昭彻如玉之在璞，它无与伦也。浅焙亦有之，但品不及。"

【译文】：白茶，是单独的一个品种，与普通茶不一样。枝条柔软，叶面舒张，叶片晶莹，且薄，在树林和石崖间偶然生出的野茶，不能人工栽培。福建政和北苑御茶园一带有四五处，每处一两棵茶树，最多只能做两三块茶饼而已。茶树每年萌发的嫩芽不多，蒸、研、压、焙等加工很难，火候掌握不好与普通茶无异。制作必须精心细致，工艺掌握如恰到好处，茶饼就会表里浅黄均匀、有光泽，如同一块白玉放在石头堆里那么出类拔萃，无与伦比。御茶园以外也有白茶，但品质就差多了。

在宋徽宗时代，白茶在茶文化中占据了重要的地位。宋徽宗作为皇帝，他对白茶的推崇使得白茶成为了备受关注的茶品。当时，茶文化在社会各阶层广泛传播，上至达官贵人，下至平民百姓，都热衷于饮茶。而宋徽宗对白茶的赞赏，进一步提升了白茶的知名度和影响力。

文豪斗茶

斗茶，又称"斗茗"或"茗战"，是中国古代茶文化中的一种独特形式，它起源于唐代，并在宋代达到鼎盛。彼时的文人雅士皆以尚茶为荣，斗茶为乐。范仲淹的《斗茶歌》曰："北苑将期献天子，林下雄豪先斗美。"人们常常聚集一堂斗茶品茗，讲究的还自备茶具、茶水，以利更好地发挥出名茶的优秀品质。相传有一天，司马光约了十余人，同聚一堂斗茶取乐。大家带上收藏的最好茶叶，最珍贵的茶具等赴会，先看茶样，再闻茶香，后尝茶味。在宋代，斗茶时对茶色的要求是"色贵白"，认为茶类中白茶品质最佳，司马光、苏东坡的茶都是白茶，评比结果名列前茅，而苏东坡带来泡茶的是上等雪水，水质好，茶味纯，因此苏东坡的白茶占了上风。苏东坡心中高兴，不免流露出得意之状。司马光心中不服，便想出个难题压压苏东坡的气焰，于是笑问东坡："茶欲白，墨欲黑；茶欲重，墨欲轻；茶欲新，墨欲陈。君何以同爱两物？"众人听了拍手叫绝，认为这题出得好，这下可把苏东坡难住了。谁知苏东坡微笑着，在室内踱了几步，稍加思索后，从容不迫地欣然反问："奇茶妙墨俱香，公以为然否？"众人皆服，妙哉奇才！茶墨有缘，兼而爱之，茶益人思，墨兴茶风，相得益彰，一语道破，真是妙人妙言。自此，茶墨结缘，传为美谈。

由此可见，斗茶不仅是对茶叶品质的认可，更是一种文化的传承和发展。文豪斗茶尤其对白茶产生了深远的影响，它不仅提高了白茶的品质，还丰富了白茶的文化内涵，使得白茶成为了中国传统茶文化中的瑰宝。

三、诗中白茶

从前面的两则小故事中，可以看到白茶在中国传统文化中占有重要的地位，除了作为经典流传的故事素材，它还常常被赋予诗意的象征。以下便是一些描写白茶的诗词妙句：

赠雷僧

宋代·晁说之

留官莫去且徘徊，官有白茶十二雷。

便觉罗川风景好，为渠明日更重来。

白山茶

宋代·刘学箕

白茶诚异品，天赋玉玲珑。

不作烧灯焰，深明韫椟功。

易容非世功，幻质本春工。

皓皓知难污，尘飞谩自红。

醉　歌

宋代·刘学箕

读书求见古人心，闭门不知青春深。

夜来东风扫浮云，晓光薄林生遥岑。

搜寻不觉出门去，绿暗溪边杨柳路。

诗章立顾不复作，会景那知自成句。

归途晤晤谁与从，眼前物物俱春工。

崇桃积李事已晚，牡丹正丽酴醾秾。

白茶照人冰雪同，红茶烧空猩血红。

金沙雨晴翡翠积，海棠露湿胭脂重。

急呼诗月唤酒伴，高堂共泛琉璃钟。

夜阑秉烛相对语，谩道今人不如古。

古士放达醒者稀，今人不饮徒自苦。

偈颂七首

宋代·释师一

破暑黄梅雨，清神白乳茶。

万缘俱不到，物外野僧家。

山茶花

宋代·徐月溪

山花又晚出，旧不闻图经。

花深嫌少态，曾入苏公评。

迩来亦变怪，纷然著名称。

黄香开最早，与菊为辈朋。

纷红更妖艳，玉环带春醒。

伟哉红百叶，花重枝不胜。

犹爱并山茶，开花一尺盈。

日丹又其亚，不减红带鞓。

吐丝心抽须，锯齿叶剪棱。

白茶亦数品，玉磬尤精明。

桃叶何从来，派别疑武陵。

愈出愈奇怪，一见一欲惊。

山花又晚出，旧不闻图经。

花深嫌少态，曾入苏公评。

迩来亦变怪，纷然著名称。

黄香开最早，与菊为辈朋。

纷红更妖艳，玉环带春醒。

伟哉红百叶，花重枝不胜。

犹爱并山茶，开花一尺盈。

日丹又其亚，不减红带鞓。

吐丝心抽须，锯齿叶剪棱。

白茶亦数品，玉磬尤精明。

桃叶何从来，派别疑武陵。

愈出愈奇怪，一见一欲惊。

　　这些诗句从不同角度赞美了白茶的异国情调、天生丽质、清澈的汤色以及清神的效用，体现了白茶的多样性和高品质。诗词中的白茶不仅是饮品的象征，更是文人墨客情感寄托和精神追求的载体。通过对这些诗句的品读，我们可以感受到古代文人对白茶的热爱和推崇，以及白茶所蕴含的淡泊清幽的美好寓意。

四、白茶与成都

成都，作为中国历史文化名城，以其悠闲的生活节奏和深厚的茶文化而闻名。在这里，茶不仅仅是一种饮品，更是一种生活方式和文化象征。成都的茶文化源远流长，早在先秦时期，巴蜀地区的饮茶习俗就已经形成，唐代德宗建中年间，成都人已经开始饮用盖碗茶，成都特色的矮桌竹椅、茶碗、茶盖、茶船子等茶具，构成了独特的盖碗茶文化。虽然白茶与成都并没有天然的直接的关联，但若从成都的饮茶文化和白茶的特性来看，两者之间还是存在着一定的契合点的，那就是盖碗与白茶的适配，堪称天生一对。

盖碗茶的泡饮过程充满了仪式感和艺术性，与白茶淡雅、细腻的口感相得益彰。首先，盖碗的设计有利于白茶的香气和口感。盖碗的盖子设计成穹顶状，可以拦截上扬的香气，使茶汤的香气更加集中。同时，盖碗的材质通常为白瓷，光滑、耐高温、稳定性强，不会吸附茶叶的香气和滋味，能够最大可能地呈现出茶叶的原始风味；其次，使用盖碗还可以自行调节出汤口，标准的盖碗器形是偏敞口的，碗口略宽，这使得盖碗易于握持和出汤。白茶的冲泡精髓在于快出水，即从注水开始到大部分茶汤被倒出的时间大约为7—8秒。这样可以使得茶叶内的滋味物质均匀释放，从而使茶汤呈现出最正宗的风味，避免白茶长时间浸泡导致茶汤苦涩；最后，不论新茶、陈茶、老茶，也不管是白毫银针、白牡丹、寿眉，亦或者散茶与饼茶，统统都能放进盖碗里冲泡，这种通用性使得盖碗成为了冲泡白茶的首选工具。记得2017年元旦，我邀请了欧洲好友一家人到成都游玩，在大慈寺我一边斟茶一边向他们普及成都的盖碗历史与中国的白茶文化时，就是用的成都的盖碗冲泡的自带的白茶，而不是店家的碧潭飘雪或茉莉花。（在成都当地，人们习惯性用盖碗冲泡绿茶和花茶）

好啦，赌书泼茶系列之白茶篇章就这样拉拉杂杂地写完啦。

作者品饮白茶

2017年元旦作者和欧美友人于大慈寺品饮盖碗白茶

浅说普洱

普洱茶，中国十大名茶之一，也是我饮用频率最高的一种茶，可以说是一年四季爱不释口。

一、名字由来

闻名中外的普洱茶，数百年来以"普洱"二字出名，云南布朗族先民是最先种植茶树的民族，普洱茶的名称，也和该民族先民的名称有密切关系。在云南有个叫"普洱"的地方，在唐宋元明时期，名为"步日睒""步日部"，到清代时才叫"普洱府"，而茶名却在清代前已称"普茶"。"普洱"是佤语"步日""步耳"的同名异写，"普"是"扑""蒲""濮"的民族称谓同音异写，"濮人"是最早种茶的民族，"普茶"即是"濮茶"。"普洱"是"步日""步耳"的同名异写。有论据说：

（一）远在唐代，南诏已于今思（茅）普（洱）地区设银生节度于银生城（今景东县），普洱设治，名"步日睒"，宋代元代时期，称"步日部"，明洪武十六年（1383年），改称"普耳"，清雍正七年（1729年）设"普洱府"。

（二）佤族学者尼嘎（魏德明）先生作过调查，并在《"普洱"人考》中提出："步日"或"普洱"是佤语，是佤族（布饶）和布朗族称呼"兄弟"的意思。

（三）调查考证发现，佤族布饶人称布朗族为"步耳"，有的方言为"步日"，布朗族则称佤族为"布嘎"，意为朝前走的同胞同伴。澜沧拉祜族自治县一带的布朗族和佤族布饶人都自称为"艾佤"，后来在迁徙的过程中，前面走的是佤族人，所以布朗族称他们为"布嘎"，后面跟来的是布朗族，故佤族称他们为"步日"。至今在佤族布饶人和布朗族中，仍然广泛流传着其祖先居住在普洱（今宁洱）、思茅、墨江一带。

二、种植历史

说完了普洱茶名字的由来，咱们接下来说它的种植历史。

周朝：早在三千多年前武王伐纣时期，云南种茶先民濮人就已经献过普洱茶给周武王，只是那时还没有普洱茶这个名称。邦崴过渡型古茶树就是古代濮人栽培驯化茶树所遗留下来的活化石。

唐朝：历史文献中记载最早种植普洱茶的人是唐吏樊绰，在其所著《蛮书》卷七中云"茶出银生城界诸山，散收无采造法。蒙舍蛮以椒姜桂和烹而饮之。"据考证银生城的茶应该是云南大叶茶种，也就是普洱茶种。历史记载说明，1100多年前，属南诏"银生城界诸山"的思普区境内，已盛产茶叶。

宋元：宋朝李石在他的《续博物志》一书也记载了："茶出银生诸山，采无时，杂菽姜烹而饮之。"从茶文化历史的认知，茶兴于唐朝而盛于宋朝。元朝时有一地名叫"步日部"，由于后来写成汉字，就成了"普耳"（当时"耳"无三点水）。普洱一词首见于此。云南普洱茶在这个阶段处于散收、无采造法的自由发展期。

明清：明代万历年间谢肇淛在其著《滇略》中，提到"普茶"（即普洱茶）这个词，该书曰："士庶所用，皆普茶也，蒸而成团"。这是"普茶"一词首次见诸文字。明代李时珍著《本草纲目》中亦有"普洱茶出云南普洱"的记载。清朝阮福《普洱茶记》："普洱古属银生府。则西蕃之用普洱，已自唐时。"清道光《普洱府志》"六茶山遗器"载，在1700多年前的三国时期，普洱府境内就已种茶。普洱茶在这个阶段因入贡受到清朝廷宠爱而进入发展的鼎盛时期。

新中国：新中国诞生后，云南茶叶获得了新生。1951年就建立了全省茶叶科研机构，到1958年止，全省茶园面积达到了46.6万亩，但"大跃进"时期茶树大受摧残。熟茶从1973年始，1975年人工渥堆技术在昆明厂正式试制成功，从此揭开了普洱茶生产的新篇章。1998年产量创造了云南茶史的最大辉煌，茶类由1950年的单一晒青发展到炒青绿茶、工夫红茶、ctc红碎茶、普洱茶、花茶、速溶茶、名特优茶、艺术品茶等。

三、普洱与皇帝

了解了普洱的种植历史，那现在也来说说它的推广和发展。关于助力普洱的发展，历朝历代都起到了不可或缺的作用，而在这众多的朝代中，又以清朝为最甚。清朝在普洱茶历史上留下了浓墨重彩的一笔，尤其是那些对普洱茶情有独钟的皇帝们更是成为了提升普洱茶知名度的重要推手。

第一位：雍正皇帝

作为清朝的统治者，雍正皇帝不仅执政有道，而且励精图治。在他统治的13年间，他撰写了超过一千万字的政务批谕，每天平均睡眠不超过4个小时，他的批注也引人注目。

例如："朕展现了真正的领袖品质！坚持了这样的性格！担当了这样的皇帝！如果你们大臣们不能忠于朕，朕也将不再忠于你们。努力吧！""朕实在不知道该如何回报你们，才能对得起上天和神明。"作为雍正皇帝的最爱，普洱茶成为他工作疲惫时的提神良方。因此，他下令将普洱茶列为清朝皇室的贡品。

第二位：乾隆皇帝

作为清宫戏的重要角色之一的乾隆，不仅热爱盖章，还在审美上跟自己的父亲大相径庭。乾隆皇帝擅长审美，他的灵感从何而来呢？当然是源自普洱茶！一杯普洱茶后，乾隆皇帝就能洋洋洒洒地写下以下赞美之辞：独有普洱号刚坚，清标来足夸雀舌。点成一椀金筌露，品泉陆羽应惭拙。除了写诗赞美之外，他还创立了以普洱茶为核心的新茶道。乾隆皇帝热衷于展示天家风范和大国礼仪，他赏赐给外国使臣的礼物中普洱茶也占据重要地位。甚至在传位给嘉庆时，有一位老臣感慨地说："国家不能没有君主啊！"乾隆皇帝风趣地回应道："但君主也不能没有茶啊。"

第三位：道光皇帝

相比前面几位皇帝，道光皇帝在清朝皇帝中的地位相对低调。但他有一个显著的特点：节俭。道光皇帝即位后，取消了万寿节、千秋节、元旦、除夕和冬至的宴会，甚至皇后生日宴请王公大臣时也只是一碗白菜面。他自己身穿补丁的龙袍，将勤俭节约和朴素的美德发挥到了极致。然而，在普洱茶这一点上，道光皇帝并没有亏待自己。他发现普洱茶非常美味，如那罕和倚邦都特别好喝。于是亲自书写"瑞贡天朝"四个字，以表彰普洱茶的价值。

第四位：光绪皇帝

光绪皇帝的统治生涯充满了苦难。他无奈地见证了祖宗的辉煌家业在自己手中逐渐瓦解，却无力改变。面对内心的痛苦，他选择了喝普洱茶。根据档案记载，光绪皇帝每天喝1.5两普洱茶，一个月喝2斤13两，一年总计喝33斤12两，这还不包括每年漱口需要的11两。按照现代的泡茶量，每壶7克可供泡饮，1.5两大约可以泡8壶普洱茶。普洱茶具有耐冲泡的特点，一壶茶可以从早到晚一直享用。每天喝这么多普洱茶，不知道是否能解开他内心真正的愁闷。

四、普洱与成都

普洱茶与成都之间存在着深厚的关联，这种关联体现在普洱茶的受欢迎程度、文化传承、社交互动、地理气候条件以及合作发展等多个方面。

首先，清朝进士檀萃的《滇海虞衡志》记载："茶山有茶王树，较五山独大，本武侯遗种，至今夷民祀之。"阐明普洱茶的种植历史与蜀汉丞相诸葛亮有关，民间有"武侯遗种"的说法。其次，普洱茶因其独特的醇厚口感和养生功效，深受成都茶友的喜爱。成都作为中国西南地区的历史文化名城，自古以来就有饮茶的传统，因而成都拥有众多的茶馆和普洱茶专卖店，这些地方不仅提供各种普洱茶品饮，还传播普洱茶文化。每年成都还会举办国际茶业博览会，吸引众多普洱茶爱好者和生产商参与，展现了成都人对普洱茶的热爱和追求。再次，成都位于中国西南地区，拥有充足的雨水和阳光，这种特别的地理环境条件为普洱茶的存储和品质保持提供了得天独厚的条件。此外，普洱茶的文化内涵和养生价值在成都得到了高度的重视。成都人在品饮普洱茶时，不仅注重口感和品质，还将它作为一种生活艺术和精神享受。最后，普洱市茶叶协会也看重成都市场，多次赴成都考察交流，寻求合作发展机会，这进一步证明了普洱茶与成都之间的紧密联系。

五、诗词中的普洱茶

行文至此，就又到了我最爱分享的领域。最后就让大家跟着我一起来看看诗词中的普洱茶：

烹雪用前韵

清·乾隆皇帝

独有普洱号刚坚，清标未足夸雀舌。

点成一椀金茎露，品泉陆羽应惭拙。

寒香沃心俗虑蠲，蜀笺端砚几间设。

兴来走笔一哦诗，韵叶冰霜倍清绝。

煮 茗

清·嘉庆皇帝

佳茗头纲贡，浇诗必月团。

竹炉添活火，石铫沸惊湍。

鱼蟹眼徐扬，旗枪影细攒。

一瓯清兴足，春盎避清寒。

近现代关于普洱茶的品茶诗句。

咏普洱

近代·佚名

彩云天地涯，红土绽灵花。

本是神仙客，结缘普洱茶。

茶马世家

彩云之南，大理故邦，

无量之岗，大叶种茶，

冠盖翠葆，交柯成林，

干如精铁，叶如青玉。

采之炒之，揉捻晾晒，

渥堆蒸压，历载陈化，

终成普洱。沉郁含光，

香清益远，甘冽悠长。

生津止渴，活络舒压，

解肉膻腻，祛炎清吟，

舒寒化挛，涤荡昏寐。

温润枯肠，四时无恙。

得饮普洱，法门万重，

佛寿无量，如来妙境，

杏林桃源，竹林草堂，

乘槎海上，飞锡凌云。

茶马世家，泽厚天下，

内无恼热，外无衰病，

消脂轻身，搜肠刮魂，

梦回古道，寻访茶马！

好啦，以上就是赌书泼茶系列的普洱茶篇章了。

普洱

第四篇
Chapter 4

天 真 确 幸

天真确幸系列之开篇词

"小确幸"一词来源于村上春树的随笔集《兰格汉斯岛的午后》，由翻译家林少华直译而进入现代汉语，意思是心中隐约期待并且刚好发生在自己身上的那种微小而确实的幸福和满足。我接下来所要阐述的"小确幸"，也与之大致相同，那就是所有发生在自己身上的，日常的、细微的、自然与非自然的，美好事物的总和。比如阳光雨露、花草树木、猫狗鸟兔等，而我记录这些小确幸的方式则主要是通过文字和影像，甚至是能够运用文字与影像等载体来记录日常，这事本身，于我而言也都是一种"确幸"。

例如，2023年7月9日所记录的小确幸是晚风：【今日小确幸：晚风。不得不说，每年这个季节里，我最爱的就是成都的晚风，尤其是在写完新的东西之后，一想到接下来就可以去感受那轻如绸缎般柔滑的晚风，顿时就觉得下楼散步是件无比轻快的赏心乐事，尤其是偶尔还能看见月影和猫，由此也引发了我近段时间里对幸福的另一种解读，所以幸福是什么呢？幸福是我本俱足，幸福是平静专注，幸福是简单重复，幸福是晚风散步。】

又如，2022年10月20日所记录的小确幸是调休晒太阳：【今日小确幸：别有洞天只头仰，静沐暖阳在青羊。回蓉调休的日子里，恰遇金秋梧韵，推门见绿，仰头见蓝，这就是为什么，偌大的成都，我独爱青羊……在风情万种的成都，有一位恬静的美人叫青羊。她端庄大气、秀外慧中，不仅出生书香门第，坐拥成都最为精华的历史遗迹，还精通琴棋书画，作为古蜀文明和诗歌文化的发源地，从唐朝、明朝时期的摩诃池、蜀王府，到清朝八旗驻扎的少城，千百年间，古代成都城池的五分之三都是她的家产，但她从不贪慕虚荣，不以摩天大楼赶时髦，也不急功近利，不作流量网红博眼球。她只是以她固有的"蓉"（包容）、本身的"锦"（谨慎）与内蕴的"蜀"（淑娴），留给世世代代游于此、业于此、居于此的人们，以赏心悦目、以意气风发、以岁月静好、以现世安稳。这就是为什么，我如此地钟爱青羊。】

从识得文字以来，我就随时随地写文章，或者更精确的说法叫做写东西，有时候只是一些随想，一段文字，一则片段，抑或是自我的对话，但把他们写下来这个过程，却像一场灵魂的洗礼，给我带来了馨香又澄明，丰盈也绚烂的快意。源于种种，我已不复少女时期那般，总是对长篇大论存有满满的热情，但好在，随着年龄的增长，我虽于长文渐渐疏于动笔，但却日渐钟情于细碎的文字，且学会了自我满足，也拥有了发现幸福和捕捉幸福的能力。平凡如我，也每天都能在琐碎又平淡的日常生活中，发现美好，记录美好，并传播美好。而每隔一段时间，我又会翻出自己的文字，静静地阅读，默默地回味，亦忧亦暖中，我为自己年过三十，在面临错综复杂的压力时，依然存有最初的兴致而窃喜，也为这样十年如一日的无怨无悔的坚持而欣慰。

恋上文字与其说是缘于祖父"诗礼传家"的熏陶，更不如说是自己内心对于爱与温暖的一种恒久的需求。我不知道自己最终能否在俗世生活中活出我所一直追寻的理想样式，可我一直在精神世界里重复地构造着另一个经久不衰的自己："文字里的你，纯粹天真，充满确幸……"

是的，纯粹天真。曾听说过这样一句话"年轻的时候，不让自己去历经繁华，你就亏欠了自己，年纪大了，不让自己恢复到简单，你就可能亏欠生命，人生从纯粹、天真、走向虚伪、复杂，再到返朴归真，人人都走在这条路上，没有比这更像命运的命运。"诚然如是，我从咿呀学语到如今30多岁，虽只半生，却也依然在很多时候都有千帆过尽的自然回归之感，友人戏称："你这不就刚好应了那句，出走半生，归来仍是少年吗?"我微微一笑："少年是真的少年，半生也是真的出走了半生啊。"但若不是走了这么远的路，我又怎么会遇见那么多美丽的风景，我又怎会在将风景都看透后，反而更为珍惜当下这简单重复的日常呢?

我想，人的天真其实可以分为两种，第一种是原始的单纯。因为接触的事情少，情商尚未发育完全而产生的，如孩子一般的无知与天真。这种天真往往和缺乏共生，缺乏历练，认知单一，心肠直白，思路简单，像小孩一样活泼也像小孩一样易骗。我愿称之为"人之初的天真"；第二种是超越的单纯。他/她可能经历过很多挫折与危难，对人心也有洞见的能力，但在行为和心态上却像小孩一样简单纯粹，光明磊落，直截了当，炽热赤诚。我愿称之为"性本善的天真"。一切精神上的伟人，包括伟大的圣徒、哲人、诗人，皆通过信仰、沉思或人生经历具备了超越俗世晦暗的能力，他们的人性都具有这种超越一切的单纯。所以我们在出走半生的出走之时凭借的是第一种天真的勇气，而当我们归来仍是少年时则依靠的就是第二种天真的底气了。

是的，充满确幸。生活不只有一地的鸡毛，还有散落的小确幸，似透窗的月光碎片，温柔了岁月长河。总以为品味美好是人生中最为重要的一件事，而推动着它前行的则刚好是这隐藏在时光缝隙中，日复一日的细水长流着的"小确幸"。它等着每一个

250

有心人去发现，发现美好是一种幸运，读懂美好更是一种智慧。一缕清风，一颦一笑。一种偶拾的心情，一缕舞月的思绪，一句飞扬的小诗，一首鱼雁之付托，都能够牵动你我心中萦绕千年的感恩之旅，就这样筑成了平静怡然的页码，串联喜怒哀乐，见证悲欢离合。原来小确幸是如此之有魅力，那怎样才能让自己发现生活中的"小确幸"，进而让自己的生活中充满"小确幸"呢？其实很简单，只要你愿意细数，你会发现我们的生活中其实早已充满了"小确幸"。

　　"小确幸"就是：你穿起上一季穿过的大衣，手插进口袋，发现了曾经遗漏在口袋里的耳环；你心仪已久的那款护肤品打折了；食堂里今天有你喜欢的菜；口渴时，同事早已贴心的为你倒了一杯水且温度正好；你期盼已久的电影上映了；路过街边的商店，你听到了你最爱的歌；工作日的早晨出门畅通无阻；下班回家一推开家门，温柔的小猫咪就蹦蹦跳跳地来迎接你……这些微小的幸福感会让你每天都容光焕发元气满满，一旦你拥有了这些"小确幸"，你就会发现你的生活充满了仪式感。"小确幸"让你的眼睛散发光彩，让你的笑容更加温暖，让你的内心充满宽容与善意，也让你的人际关系越来越和谐，于是你懂得了感恩，学会了珍惜，扭转了命运。

　　恍然万物皆是阳光，生活处处充满确幸。时光的打磨，终究会积淀出晶莹的粒子，在生活的每一个细节中闪现，在生命的每一次碰撞中跃动，直至化作一种力量支撑起所有。于是，一些天真自然生成，一些热爱如影随形，一些满足悦目怡心。或许，这就是充满确幸的意义。偷得浮生半日闲，人间有味是清欢，适时放下忙碌的节奏，去放空，去感受，去发现……

　　接下来，就欢迎大家进入我最幸福的一个篇章——天真确幸系列。

论幸福

　　要说幸福这个话题还真是不好写，因为幸福其实见仁见智。甲之蜜糖，乙之砒霜，又抑或是，甲今日之蜜糖，届明日或幻化成砒霜，它既因人而异又因时而改，所以，我该如何系统性地来言说呢？我绞尽脑汁，左思右想，最后依然发现"臣妾做不到"，所以，这篇论幸福的文呢，严格意义上来说，它就不成文，它只是不同时段下的我对于幸福二字那当时的理解：

　　一、林语堂说："人生幸福，无非四件事：一是睡在自家床上；二是吃父母做的饭菜；三是听爱人讲情话；四是跟孩子做游戏"。尤瓦尔·赫拉利说："内在的幸福感，不是去追求外界的物质，不是去追求舒服的感觉，而是在面对各种不确定性，我们依然能够获得内在的宁静——虽然感受痛苦，但不觉得悲惨，虽然感受快乐，但却不打扰内心的平静"。我对幸福的理解，历经三十多年的"变迁"，则从务实更替成了务虚：孩童时期对幸福的理解是一个物品，得到了就很幸福；学生时代对幸福的理解是一种目标，达成了就很幸福；工作之后对幸福的理解则变成了一种发现，去发现幸福，而发现的结果就是，幸福它不是某种既定事实、环境或者状态，它只是一种心态，一种主观感受，甚至是一种能力，能无条件爱这个世界，就产生了自带幸福的能力，而拥有捕捉幸福的能力的人永远会比拥有幸福本身更幸福。

那活得最幸福的一群人是什么样的呢？自然得像植物，天真得像动物。坦荡、诚实，平静、专注，用时间去解释生命，用生命去成就生活。

二、特·迪士尼曾说："幸福是一种心态，它取决于你看待事物的方式。"无数科学研究试图破解幸福的密码，希望找到充盈内心，提振情绪以及抵御烦扰的方式。然而事实是，幸福并不是拥有最好的一切，而是选择将已有的一切，变得最好。只有能够掌控情绪的人，才能主动决定内心的体验，从而达到更加幸福的境界。幸福隐藏在真实和自我接纳中，而不是追求别人眼中的完美。当我们能够珍视每个时刻的价值，懂得从平凡中体味到快乐和满足，就能开启一种更深层的情绪体验，领悟生活的幸福之源。比如此时此刻，虽被十级大暴雨围困，但有了这秋天的第一杯奶茶，以及风声雨声吉他声，这种让人仿佛一秒回到"大学时代"的氛围，我也觉得是种珍贵的体验，青春的美好我拥抱过，中年的平静我拥有着，由此我也感到很"幸福"。

三、2019到2022，这三年的疫情让我对自己对环境，对生活，对工作，对当下，对未来等方方面面，都产生了一个颠覆性的思考，我在多年前便读过叶嘉莹先生对于幸福的理解，她说："我常以为，人如果能够在入世法与出世法之中，任择其一而固执之，都不失为一种可羡的幸福。如不可能，次焉者虽徘徊于入世与出世的歧途之上，时而入世，时而出世，此一件事入世彼一件事出世，而却不但没有矛盾抵牾之苦，反有因缘际会之乐，这也不失为获得幸福之一道。再次焉者，则徘徊于入世与出世的歧途之上，想要入世，而偏怀着出世的高超的向往；想要出世，而偏怀着入世的深厚的感情，这已经无异于自讨苦吃了。而更次焉者，则怀着出世的向往，又深知此一境界之终不可得：抱有入世的深情，而又对此芸芸碌碌之人生深怀厌倦，不但自哀，更复哀人，这一种人该是最不幸的一种人了。回想起来，过去的自己无疑就是叶老所述的"最不幸的一种人了"，彼时的我从来都没有留心过"当下"二字，总是苦苦去追寻那些"求不得""爱别离"、憎怨会"的东西，又或者对世总有"非黑即白"的执着又或者美其名曰在入世与出世之间找到完美的平衡，实则是自己既要又要，自此我终于明白，幸福不过是当下与寻常，三年一瞬如流水，珍惜且从当下行。

四、以欣赏之姿沉浸到生活的点滴之中，而不是被其裹挟着匆匆走过，生活自会回馈给我们细碎、闪亮的欢喜。柴米油盐组成的生活最为平凡，却真真切切为我们兜住了摇摇晃晃的人间，世界诚然很大，幸福却无需多么辉煌繁复，在简简单单的衣食住行里，埋下一个个微小的期待和愿望，耐心观照日常的细节，快乐会追随知足源源不断涌来。人间的滋味，得用心嚼出来。

五、快乐不是一种状态，而是一种选择。因为起决定作用的并不是事情本身，而是我们的解读。因此世上最幸福的，似乎是那些并无特别原因而快乐的人，他们仅仅因快乐而快乐。我们无法选择发生在身上的每件事，却可以选择对待它们的方式。保持正面和乐观的态度，可以让我们以积极的视角，面对任何可能的境遇，进而让我们随时随地都能"感到幸福"。

六、埙声淳厚，纯净悠柔，一如平凡生活的烟火气息，绚烂又生动，寻常又质朴。远离喧嚣，摒弃虚荣，善待自己，热爱生活。记八月之随笔摘录："生活时常是残酷的，随机的，它从来不会顺应我们的期望与节奏。甚至有时，它会以一种特别意外的方式攻击我们，让人措手不及。因而，如果生活中有一些温柔的瞬间，比如，一个幼小的生命投来的善意眼神，或带着温度的一份依靠，就会让人觉得特别幸福。我们都很幸运经历过这样温柔的时刻，由此拥有了爱上生活的勇气。"

七、尤瓦尔·赫拉利在《人类简史》这本书中从历史的角度对快乐和幸福进行了探讨，从历史的角度看，随着社会的发展，我们的幸福快乐并没有呈现同步的提升，反而是下降了。赫拉利说，内在的幸福感，不是去追求外界的物质，不是去追求舒服的感觉，而是在面对各种不确定性，我们依然能够获得内在的宁静——虽然感受痛苦，但不觉得悲惨，虽然感受快乐，但却不打扰内心的平静。这就是一种懂得放下期待和执念的生活，不以最终的一个结果作为自己成败与否，幸福与否的标准，而只是做好自己力所能及的事情，去经历无常世界里的悲欢离合，然后在这个过程中，为自己构建出一种不畏过去无惧未来的内心秩序。我们要有勇气去改变那些可以改变的事，有度量去接受那些不能改变的事，并且有智慧区别以上两类事情。

八、史铁生曾感慨的说，生命中永远有一个"更"，是更好亦或更糟，都是不可预料之事，若如此，为何不珍惜眼前，认真而热情的对待生命里的每一个"今天"呢？我们有生之年里，每一个"今天"都是我们最年轻、最美丽、最健壮的一天。那些脸上洋溢着幸福的人，大多是心怀感恩之人，她们热爱每一个日子，心知每一个时刻都值得尊重与珍惜，愿意全身心的去投入，并发出真心的欢笑，面对一花一木一粥一饭都极尽热情、毫无敷衍。有时候不得不承认，其实我们都是平凡人并且终其一生都将平凡下去。可若我们心中有爱、懂得珍惜，就能够把每一个普通的日子活出不一样的滋味。因为你能过好每一个"今天"，便是此生最大的能力。

九、清晨想起伊凡·蒲宁的句子："我目之所及，所有人的生活都是夜以继日、有劳有逸、见面聊天、喜忧参半，时而会发生一些所谓的大事，也不过是各种各样的相貌、景色和记忆的胡乱堆砌，然而最终在我们的身心留下印记的却仅有那么一点点。那些断断续续的想法和情感，在我们的生活中川流不息，不给我们一丝喘息的机会。我们对曾经的杂乱回忆，和对将来的隐约推测亦充斥着我们的生活。还有一些看不到、摸不着、表达不出的东西，在暗暗揭示着我们生活的真正含义。所以，生活是一种永远不变的等候，一种对完美幸福的等候，更是一种对生活的真正含义的等候"。你要窥见天地间大美与大智慧存于斯，亦知晓个人的渺小与无力却仍然坚定地行走其间。

十、林语堂先生曾说吃父母做的饭菜是一种人生的幸福。我在多年前便由衷赞同，但每每感受最深之时，却都在春节。细细风清撼竹，迟迟日暖开花。香炜深卧醉人家。媚语娇声娅姥。娅声娇语媚，家人醉卧深帏。香花开暖日迟迟。竹撼清风细细。黄庭坚的回文词本身亦如同他描写的家庭温情一般，细腻和乐，意蕴悠长。家是一个有温度的词，它不仅是我们身体休息的地方，更是我们心灵停靠的港湾。倦鸟归林、鱼翔浅底、落叶归根，这都是对家的渴望，也是生命在追寻着一种归宿。谢谢我所有的亲爱的家人，是你们给了我最平淡却又最珍贵的幸福，知我冷暖，懂我悲欢，催我奋进也留我港湾。

十一、若把幸福比喻成馒头，其中透着一种人生智慧。醒面、发酵都需要时间，你唯有静静地耐心等待，才可能蒸出一锅白白胖胖的好馒头，而这种食物在入口的时候，没有惊艳的味道，却在咀嚼的过程中，带出丝丝的甜，这就像我们喜欢简简单单的生活，日复一日，没那么多新鲜事，可各种滋味其实都蕴藏在平凡之中，你得慢慢咂么，缓缓体味。过好当下，感恩当下，善待当下。

十二、我们从猫咪身上学到，幸福是温暖而柔软的东西。它也许就在身边，不在别处。假如没有猫，这世界将变成什么样呢？大概就没有"彼得猫"，没有《挪威的森林》，也没有《毛茸茸》了。曾听说这样一句话："如果有一天早上醒来，发现猫不见了，我的整颗心都会是空荡荡的，养猫与读书对我而言，就像我的两只手，相辅相成，编织出多彩的生活。"此言，于我心有戚戚焉，所以我刚才去喂了一只流浪猫。愿世间每个生物都能被温柔以待，愿每一个在异乡的人都平安幸福。

十三、"好的生活心态，其实是很具象的。"我理解的好的生活心态，并不是越有钱越好，也不是事业越大越好，而是一件件很具体的事情，比如插了一瓶很漂亮的花，把自己的衣服洗得很干净，睡在有阳光味的床单……这些具象的小事，其实就是你生活的锚点，让你不会被任何生活洪流冲走。由此小结：拥有捕捉幸福的能力比幸福本身更幸福。

十四、铭刻美好，心怀感激，关注积极，其本身就是一件提升幸福感的训练。生活很难，这一点上，人人皆是深有体会，生活的本质就是众生皆苦与各种直面，每个人有每个人自己的"十字架"要背，区别仅仅只是这个"十字架"的样式而已，它不千篇一律，却个个是劲敌。没有谁比谁更轻松容易，没有比较，无法比较，也别去比较，人们往往忽略自己的幸福，而习惯从自己的眼睛去看到别人的幸福，你在楼上看风景，看风景的人在看你，你们的幸福都在别人的眼中，却浑然不知你们自己才是当事人，你们早已置身在幸福之中。

十五、人们常说的最大的幸福应该是"按自己喜欢的方式过一生"，但这其实非常的奢侈，随着年龄的增长，会愈发深刻感受到这一点。人生充满了戏剧性与不确定性，时不时地还会上演一些墨菲定理，但无常即是有常，未来如何，人们无法掌控，当下如何却是自由又自主的。你正拥有的每一个今天，都是余生里最年轻的一天，所以，幸福有时候甚至可能就是按自己喜欢的方式过好当下的每一天。

十六、人生始于多样而终于平凡，很多时候成为生活本身已是最大的智慧和幸福了，但自古由俭入奢易，由奢入俭难，所以如何与自我和解，又如何实现方方面面的平衡，真的是每个人一生都在不断探索的课题，于是又想到了木心先生所说的"谁不是凭借甘美的绝望而过尽其自鉴自适的一生"。如果所有的绝望都是甘美的，那这个人的一生又何尝不是极致幸福的呢？如果一个人无论在何种境况下都能够"自鉴自适"，那这种难能的自洽，又何尝不是最令人羡慕的呢？成长是一个努力自洽的过程，所有无法自洽的长大都不是成长，而是变老和加速变老。为了幸福，我们要"自洽"，我们要"成长"而不要"变老"或"加速变老"。

猫

　　一说到猫我就情不自禁地扬起了嘴角，因为它实在是我挚爱的珍宝，我有多爱自己就有多爱猫猫，在某些时候我对它的喜爱甚至还超过了自己，猫猫那么可爱，想来如我一般酷爱猫猫的人也应该是不胜枚举，那么就让我们来看看古往今来，古今中外，都有哪些猫奴呢？

　　首先咱就来说说，我国历史上那些著名的猫奴。要说资深猫奴，唐代大文豪韩愈肯定是首当其冲，他曾写过一篇《猫相乳说》，说有什么样的主人，就会有什么样的猫。唐代的猫不仅是贵族的宠儿，还会出口给邻国。日本文献记载，唐朝曾送给光孝天皇黑猫，也成为了日本宫廷的宠儿。到了宋代，温顺乖巧的猫咪更是成为了文人们的最爱，其中最著名的就是陆游，他爱猫如命，被誉为千古第一文艺猫奴。他写了很多关于猫的诗词，比如《赠粉鼻》《赠猫》《得猫于近村以雪儿名之戏为作诗》《嘲畜猫》……其中一句："溪柴火软蛮毡暖，我与狸奴不出门。"中的"狸奴"就是当时人们对猫咪的称呼。不仅如此，他还给猫取了各种可爱的小名："雪儿""粉鼻"……以上种种足以表明陆游是多么爱猫。宋代还出现了专门为猫服务的店，南宋《武林旧事》中就罗列了杭州城中的各种宠物店，不仅卖猫粮猫窝还可以给猫做美容。猫也不仅入诗，还经常进入到宋人的画中，如苏汉臣的《冬日婴戏图》，李迪的《狸奴蜻蜓图》等。到了明代就不得不提及历史上最出名的猫奴——嘉靖皇帝了，为了养好猫，他创办了宫廷养猫专用基地——猫儿房，并且每只猫被设有官职和昵称。公猫就叫"小厮"，母猫就叫"丫头"，绝育猫就叫"老爹"，这个看似残暴专制的皇帝，对着他的猫可是温柔至极。爱猫死时，嘉靖皇帝悲痛不已，让大臣们比赛写祭文为猫超度，还用金棺为猫下葬，葬在景山北面为其造碑立冢，叫做虬龙冢，其墓边的虬龙柏至今犹存。到了近现代，同样有着数不胜数的"铲屎官"。譬如我们非常熟悉的钱钟书先生，就是一位实在的猫奴。他在清华大学期间，隔壁住着林徽因一家，只要他看见自己的爱猫被林女士的猫欺负了，他总会愤怒地抄起竹竿教训它，丝毫不顾主人的情面。钱先生也因此有了一个非常有意思的称号"护猫将军"。再如丰子恺先生，他拥有很多猫，他画的猫是既风雅又有趣，那叫一个绝！与丰子恺同时代的夏衍，从小爱猫，6岁时钓鱼喂猫，差点失足淹死。"文革"爆发后，夏衍被"打倒"，坐了八年牢，养猫也成了他的一桩"罪过"。他家那只黄猫博博，因此离散，四处流浪，不再回家。1975年，夏衍终于获释回家。年事已高的博博，不知从哪里跑了回来，绕着老主人叫了几声，然后蜷伏在墙角，第二天安然而逝。从此以后，夏衍只养黄色的猫。还有季羡林，特喜欢和猫待在一起，人送一句："大师也不必刻板正经，他只是个有点萌的猫奴。"梁实秋也有只挚爱的猫叫"白猫王子"，全家人都很喜欢它，逢年过节会给"王子"加餐，还要把鱼肉里的刺挑了。

　　哎呀，看了我国著名猫奴们的有趣故事，咱又来看看外国。据说，在古埃及，猫的地位比人类还高。在古老的神话中，猫被誉为战神，古埃及的人们相信猫是可以守护他们的，这也是古埃及出现过很多以"猫"为形象的石碑、雕像、装饰物的原因。而国外的历史上有许多响当当的大人物，也都是猫奴，比如丘吉尔、林肯、列宁！想不到吧，这些政坛的大人物也有这一面。据说丘吉尔对猫十分狂热，就是视察军队也不忘撸猫，并且一看到猫就走不动道了，这和日常中的我们完全没有两样；而林肯更是将猫养在了白宫，经常不分场合的抱着猫吃饭，哪怕有外宾在，他也能一边和客人聊天一边喂猫吃饭；列宁则是"管你开不开会，我就是要撸猫"，在苏联的历史资料里常有他边谈政事边撸猫的画面，手势无比可爱；马克·吐温则说"如果你爱猫，我就是你朋友，无需介绍"，据说他的最高养猫纪录是同时养了十九只猫，他还著有一本趣味横生的作品集《屋顶上的猫大人》，里面有13个关于猫的短篇小说。有一次他心爱的黑猫，不小心丢失了，他就在所有的报纸上刊遍了"寻猫启事"，粉丝们借机抱着不知从哪弄来的猫咪，登门拜访他，直到正主被找到为止，而在被粉丝"忽悠"的这个过程中，马克·吐温不仅没有恼怒甚至还接收下好几只"别人家的孩子"，但他并不"移情别恋"，而是"雨露均沾"；毕加索画了世界上最贵的猫画，1941年，他为情人所画的《朵拉·马尔与猫》拍出了9520万美元；海明威无论吃饭还是休息，都允许他的猫可以自由地跳上床铺、饭桌、办公桌、书稿、身上，他爱猫如命，甚至死后还把遗产全部都留给了猫。

哇，猫猫们的魅力如此之大，竟使古往今来，古今中外的知名人士无一例外地都拜倒在它的石榴裙下。哈哈，那我和猫猫的故事又是如何的呢？请听我娓娓道来。

可能我对于猫的喜欢是天性吧，据爷爷说我在婴幼儿时期就喜欢目不转睛地盯着猫看，咿呀学语的时候，除了开口叫妈妈，就是像小奶猫一样喵喵叫。再后来三四岁了，就总爱追着猫咪跑，再稍微大一点儿就爱喂各种小猫，也是从那时候起，爷爷开始对我进行爱心启蒙，带着我去关爱各种流浪小动物，而这一关爱就持续了几十年。再后来上小学，每年生日，爸爸送我的礼物里都会有各种可爱的猫咪毛绒玩具，妈妈则是每年都给我织一件带有猫咪图案的漂亮毛衣……家人们对我"爱屋及猫"的迁就，让我从小就是个"众猫拱月"的猫猫公主。等到中学时代，我迷上了画画，便在投喂流浪猫时，一边观察它们的各种姿态，一边用素描的技法将它们画下来，并在此过程中，发现了猫咪的语言体系——"肢体语言"。猫身上的不同器官所传达出来的不同姿态代表了不同的意义。比如猫咪的尾巴就是它们情绪的晴雨表。一般来说，尾巴竖直向上，表示猫咪心情愉快，与你亲近；尾巴微微弯曲，表示好奇或警惕；尾巴贴着身体，表明它紧张或害怕；尾巴疯狂摇摆，暗示猫咪处于紧张和兴奋之间的状态。猫咪的耳朵也是沟通的重要工具。耳朵竖直且向前，表示它在专注听声音或是警惕的状态；耳朵向后贴，说明它可能害怕或生气；耳朵呈现放松状态，意味着猫咪心情舒适，感到安全。观察猫咪的瞳孔也能帮助我们了解它们的心情。瞳孔收缩，说明猫咪可能在适应光线，或者感到愉悦、放松；瞳孔突然扩张，可能是害怕、紧张或者受到惊吓。猫咪的身体姿态也能传递出许多信息。猫咪背部拱起，毛发竖立，表示它感到害怕或威胁；躺在地上，露出肚子，暗示它信任你，愿意与你亲近；当猫咪用头蹭你时，表示它把你当作亲密的伙伴，表达了对你的喜爱之情。与此同时，猫咪们还会通过舔舐和"踩奶"来表达亲近和舒适。猫咪的肢体语言丰富多样，通过观察和解读这些信号，我在少女时期便已经很了解猫咪的情绪，虽然每只猫咪的个性和行为都有所不同，但只要我愿意付出足够的时间去喂它们食物，陪它们嬉戏，与它们相处，尊重它们的需求和喜好，让它们感受到安全和信任，它们就无一例外都成为了暖心又黏人的小宝贝。

再后来，我又迷恋上了古典文学，还尤其热爱古典诗词，在还不那么懂格律的时候，也曾写出过"十分出格"和"毫不规律"的"格律体"诗词，哈哈，来看看我的黑历史《苏幕遮·咏猫》吧，供大家批判和一乐：

苏幕遮·咏猫
扬璐溪

俏娇灵，憨萌款，迅捉硕鼠，喵吱呼同伴，肠饥辘号身震颤，抓挠撕咬，入喉只佳膳。

懒慵欢，乖炯闪，缓缩绿墙，嬉戏态悠然，头圆毛短牙利剪，蹿滚翻旋，过眼总不厌！

如今，让我再看这首词，它的平仄、用韵那真是错的乱七八糟，但还是架不住，那时候的我那"初生牛犊不怕虎"的创作热情。再后来，上了大学，有了生命里真正意义上的第一只猫，那是一只纯白色的猫猫。与它的初相识是2008年的冬季，在歌乐山的半山腰上。那时候的它还是一只小流浪。起初我只是习惯性地将火腿肠掰成了小碎块一边喂它一边享受着撸猫的快乐，可没成想，这猫脸皮巨厚，碰瓷能力一流，一路尾随跟着我下山，直到跟着我走到宿舍大楼门口被宿管阿姨给拦住，哎呀，眼看着这个可怜巴巴的小家伙快要被阿姨撵走时，我灵机一动把它寄养在了我学生的家里，（我当时兼职做英语家教），并给它取了一个非常贴切的名字：雪儿。从那以后，雪儿就过上了衣来伸手饭来张口的幸福生活，哎，天知道，它这幸福小日子是以我每上四节课只收一节课的课时费为代价的啊！不过呢，猫很懂事，它好像明白我的牺牲，所以尽管它在小主人家里养尊处优，却并不沉溺于吃喝玩乐，它热爱学习勤奋上进，想不到吧，雪儿每天最兴奋的时候就是和它的小主人一起听我授课的时候，林林总总算下来，雪儿当了两年多的英语旁听生，那学习的劲头丝毫不输小主人，小主人偶尔还打个盹上个厕所，但这猫全程聚精会神，认真听讲，不知道的还以为要中考的是它。后来本科毕业，我带着雪儿离开了重庆，它也陪着我一起走南闯北，而我在历经丧父、考公、就业、搬家、弟弟高考、弟弟大学毕业等无常辗转的人生境遇后，最终尘埃落定来到成都……

回想起来，那些年里，它就像一个不离不弃的挚友，陪伴着我度过了人生中最艰难、最绝望和最黑暗的一段岁月。我最后一次给它"上课"，是在2016年冬季的感恩节，彼时的我早已不再做家教，但在与雪儿的互动中，我还是习惯性地给它说了几个表达感谢的单词，还把火鸡腿撕成了小碎块喂它，而它在享用了我给它准备的感恩节大餐后很是安详地停止了呼吸……那是我来到成都的第一个冬季，举目无亲，也还未买房定居，很遗憾在它猫生最后的岁月里，依然是跟着我四处漂泊而度过的。雪儿的离去让我一度伤心到不愿看见任何一只白色的猫，并在那年的冬天患上了严重的过敏性鼻炎。直到冬去春来，春尽夏至，有一天，我在文殊院后门边上的小巷里偶然遇见了另一只白色的流浪猫，我那冰封已久的心才终于解冻。文殊院的这只白猫无论是动作还是神情都很像雪儿，但它却不是它。我在2008年遇见雪儿时，雪儿很小只，而文殊院的这猫已经成年。尽管我深知它不是雪儿，但还是喂了它雪儿生前最爱吃的东西，也像曾经抚摸雪儿那般，抱了抱它并用英语很温柔地给它说了句谢谢，结果它冷不丁地就亲了一下我的脸颊，这让一度不敢再看白猫的我，瞬间复活。自此我又重新恢复了对流浪动物的关爱和热情，也十分积极地去给这只白猫寻找可领养的主人（自16年冬天我患上过敏性鼻炎后便已无法在自己家中养猫），并在短时间内将它妥善安置，而自帮助这只白猫开始，到现在，在成都这个城市，关于救助流浪猫这件事，我已坚持了七年。这七年里，我喂养过太多太多的"小朋友"，也救助过太多太多的"老病残"，对流浪猫的关爱，让我体验到了前所未有的满足感和成就感，而对生命的接纳与爱心的传递，更是让自己的双肋生出了轻盈又丰满的羽翼，也更进一步地加深了自己的责任感和同理心。在与其他爱心人士一起组织喂食、治疗伤口和为流浪猫提供临时庇护等救助活动的过程中，我还结识了很多乐观善良的朋友，并感受到了团结合作和共同奉献的力量，这些都是猫猫们所带来的最宝贵的财富。

爱猫是天真，遇猫是确幸，一生救猫护猫则是爱的奉献与使命，好了，我与猫猫们的故事到这里就暂时道尽了，但我希望这样的故事没有穷尽，只因世界上有太多弱小又无助的流浪猫咪。愿我们都能贡献自己微薄的力量去关爱和保护它们，当我们所施予的爱心与救济的力量无穷无尽，它们的命运才会真正的温柔舒心。

作者与猫

作者与猫

论取名

取名，其实是一件历史悠久又非常有趣的事，古今中外概莫能外。而因着取名所带来的取名文化则更具丰富的内涵和背景。在不同的文化背景下，人们对于取名有着不同的习惯和传统，这些传统甚至可以追溯到几千年前的古代文明。

那首先，咱就来说说我们中国的取名文化，作为一个延续几千年历史的文明古国，中国的取名文化具有非常深厚的历史和传统。在中国的文化传统中，姓名被赋予了非常重要的意义，它不仅是一个代表身份的符号，还包含着赋予人生意义的内涵。在古代，人们常常采用五行相生、生肖相配、天干地支等方式进行命名，以期能够命名人的命运，保佑人生的顺遂。很多人的名字都带有对于英俊潇洒、智勇双全、出类拔萃、心灵手巧等美好特质的期望，例如"俊伟""智勇""英杰""巧慧"等等。此外，一些名字还具有特定的文化内涵。例如"明轩"原属宗教学名词，宗教中指于诸法生欢喜之禅定，称为欢喜三昧。即安住此三昧，能受诸三昧之喜悦，后用于人名，变成了光明磊落、气宇轩昂的意思。明："日、月"发光表示明亮。本义：清晰明亮。轩：从车，干声。本义：中国古代一种前顶较高而有帷幕的车子，供大夫以上乘坐。轩，有"高昂""精神饱满""气度不凡"的意思。后来，又引申为高起、高仰、飞举，常见词语轩轻、气宇轩昂等即有此义；"娉婷"则专用来形容女子姿态美好的样子，亦借指美人。出自辛延年的《羽林郎》"不意金吾子，娉婷过我庐"，唐朝长孙无忌的杂言体歌行《新曲》也说"婉约娉婷工语笑"，亦指女子姿态曼妙。另外，在中国还有很多取名的禁忌和讲究。比如古人通常会遵循六不原则：不以国家名为名；不以官职为名；不以山川为名；不以隐疾为名；不能以牲畜为名；不能以器币为名。除此之外，取名还应该避讳名人伟人、古圣先贤的名字。无巧不成书，在西方取名文化中，人们也非常重视取名的意义和内涵。在西方社会中，很多人的名字都具有宗教背景和历史内涵。例如，"约瑟夫""玛丽""伊丽莎白"等，这些名字都具有犹太教或基督教背景，并且代表着一些深刻的传统和意义。在西方，人们也经常用动植物的名字来命名婴儿，例如"罗丝""凯特""李"等。此外，西方人也非常注重名字的音律，因为他们认为好听的名字可以提高人的信心和自尊心。在西方取名文化里还有个有趣的现象，就是同样的名字会被家族不断地传承下去，最著名的就是威廉，英国有四位君主曾经以威廉命名，德国有两任威廉，荷兰有三任威廉，虽然这里面有Last name的关系，但是他们也确实太钟爱这个名字了。除此之外，乔治也是一个王室偏好，虽然一战期间因为英国民众认为这个名字有德国血统最终被改为温莎，但是丝毫不影响乔治的影响力。那西方国家取名有禁忌吗？当然也有，不同国家对孩子的取名有不同的禁忌，比如法国禁止给孩子取名花生酱和草莓；在德国，为避免孩子上学后遭到嘲笑最好也不要给孩子取名石头、薄荷；在美国，圣诞老人是一个美好象征，但圣诞老人是虚构的人物，因此将其加到名字里是很不恰当的，美国俄亥俄州便禁止将其作为名字；电影《终结者》在前些时代风靡全球，很多父母着了迷，将孩子取名为"终结者"，听起来十分有趣。但因为大家都跟风，导致太多孩子重名，于是墨西哥便开始明令禁止这一名字；宜家是世界闻名的家具品牌，宜室宜家。中国家长觉得这个名字很温馨，但瑞典却不允许孩子取名宜家，其《命名法》明确规定，不能用国家顶级品牌来给孩子取名。是不是很有意思，没想到西方人的取名禁忌还如此有趣呢！

总的来说，取名文化是人类文明的一个重要方面，不同国家、地区的习惯和传统都各具特色。一个好的名字不仅代表了一个人的身份，也包含着丰富的文化内涵。我也想就着这篇文章来述说一下自己的取名，首先是真名，再者是笔名。

首先就来说说我的真名：璐溪。

璐，是一个汉语二级字，出自先秦《楚辞·屈原·九章》："带长铗之陆离兮，冠切云之崔嵬，被明月兮佩宝璐。"现代汉语中说它的部首是王，共17画，读作璐（lù）。《康熙字典》和《说文解字》和中则说："璐字是从玉部，从玉路聲。（璐）玉也。"无论它是王字旁还是玉子部，其本意都为美玉。古时候历朝历代的文人骚客也多有诗句用它来描写美玉，比如：南北朝·谢惠连《雪赋》："于是台如重璧，逵似连璐"。唐·韦应物《夏冰歌》："碎如坠琼方截璐，粉壁生寒象筵布"。宋·项安世《用舍弟韵送妹婿郑子仁湖南漕试》："经行帝子云敖地，袯饰骚人月璐章"。宋·范成大《白玉楼步虚词》："阶所接亦玉池，中间涌起玉楼三重，千门万户，无非连璐重璧"。宋·姜特立《邸报改元得雪》："天意阴晴冻未分，忽惊璧璐散纷纭"。宋·李弥逊《席上分韵赋梅花得知字》："白霓行处玉妃从，明月光中宝璐垂"。

溪，是一个汉语一级通用规范汉字。形声字，古字形从水奚声，本义一般认为是山间的小河沟。后泛指较小的河流，水文学上一般指窄于五米的水流。"溪"字最早见于战国简牍，来源于包山楚简，左部为"水"，表示"溪"的本义跟"水"有关系，右部的"奚"就代表这个字的读音，"奚"本义是奴隶，于此作不表义的声旁，在银雀山汉墓竹简文字和楷书里，溪字的部首"水"旁首次被写成了三点水"氵"。《说文解字》中说："谿，山渎无所通者。"这里的"谿"指山谷或山中不与外界相通的沟渠，而这个"谿"字其实就是"溪"字的小篆体写法，右边的"谷"表示水是从山谷里流出来的，而"奚"还是只表读音。《尔雅·释水》中说："水注川曰谿。"意思是流入大河的小河叫做"谿"，而这个"谿"字后来也作"溪"。再后来，《第一批异体字整理表》里就专门明文规定了"谿"为"溪"的异体字，且明确溪流多指山谷间的涧水，即《汉书·司马相如传》中所谓的"振溪通谷"，慢慢地，溪字就泛指一切的小河流了。

关于这条小河流，历朝历代的文人骚客也留下过不少诗意的笔墨，比如：司马相如《上林赋》"振溪通谷，塞产沟渎。"温庭筠《河传·湖上》"若耶溪，溪水西，柳堤。不闻郎马嘶。"《老子》"知其雄，守其雌，为天下溪……知其荣，守其辱，为天下谷。"但我取这个溪字时所想的却是柳宗元的《愚溪诗序》。我从小愚钝，虽文科类的学习成绩比较优秀，但却是个不折不扣的理工科学渣，众所周知，文科类的学识更多靠记忆，是可以"勤能补拙"的，但理工科的知识，尤其是数学学科，真的就相当考验一个人的智力了，因自己的理工科成绩实在太差，所以自小便被父母冠以"笨鸟"的称号，而为了让我这只"笨鸟"先飞，少女时代的周末，我几乎都是被父亲锁在书房苦做理工科试卷，搞题海战术这样过来的，所以当我上中学语文课接触到柳宗元的《愚溪诗序》时，第一时间便自诩为"愚溪"，再者《愚溪诗序》中的那句"善鉴万类，清莹秀澈，锵鸣金石，能使愚者喜笑眷慕，乐而不能去也。"也是深得我心。"善鉴万类"是我所愿，"清莹秀澈"是我所期，"锵鸣金石，能使愚者喜笑眷慕，乐而不能去也"，则更是我所盼，由是我对"溪"字的喜爱更添了一分，而河东先生对溪水的这句"夫然，则天下莫能争是溪"的点评，则更是与老子在《道德经·第八章》中所阐述的"上善若水"如出一辙了。老子在《道德经·第八章》中所说到的："上善若水。水善利万物而不争。处众人之所恶、故几于道矣。居善地。心善渊。与善仁。言善信。政善治。事善能。动善时。夫惟不争、故无尤。"是指水利万物，生发万物，滋养万物，却一无所争。水清洗污秽，涤除垢渍，接纳令人厌恶的腐臭烂淤而无怨。水的品质几乎和道一样尊贵，生而不有，为而不恃。老子将水当作最高尚的人格的写照，并告诫人们，说话做事要如流水一般善于引导别人、潇洒脱俗、悠然自得，这乃是至高无上的大智慧，是我毕生所追求的最高境界，也是我取"溪"为名的初心。

第二个名字，我的笔名：砚晴。"砚晴"既是我的字又是我的笔名，当然这"砚晴"二字取的绝不是破砚晴窗的意思，"砚"和"晴"是各有出处，各有寓意。

首先"砚"，是个形声字。从石，见声。本义：砚台，磨墨器。这字是到汉代才开始出现的。许慎的《说文解字》，解释"砚，石滑也。"意思说这个字是"磨"的含义。到了嘉庆年间，著名的文字学家段玉裁对《说文解字》作了注解，他讲："石滑而不涩"。实际上段先生搞错了，"石滑"并不是说砚石像玻璃一样光滑，因为砚台恰恰是滑且涩的。准确地讲，许慎的本意应该是讲砚台的面，"滑"应该理解成"平"—平滑之平，平了才能磨墨。汉以前的砚台绝大部分都是平板砚，旁边没有沿，没有砚堂。这也证实了许慎讲的"石滑"是砚面的平整。苏东坡讲得好："涩不留笔，滑不拒墨"，砚台必须要涩，才有黏着力，才

271

能磨墨，才能利于笔，不伤笔。苏东坡这八个字是用砚行家的话，也是我们检验砚台好坏最重要的标准，既要"滑"，也要"涩"，滑涩兼具，两者缺一不可。任何文具到了文人手里都会被雅化。像毛笔，它的别称为"毛颖"，是拟人的，还叫"管城子"。砚台也有别称，唐代就有，叫"即墨侯""石虚中"，这是文人的文字游戏。我们现在称呼为"文房四宝"的笔墨纸砚，在过去叫"文房四器"。最早出现这四材合一的称呼是在东汉末年。时人刘熙写过一本叫《释名》的书，里面谈到了笔砚纸墨的合一。这四样东西对中华文化贡献巨大，为什么四大文明古国中唯有中国的五千年文明能延续不断，从某些意义上讲，也是因为我们有文房四器，它们既是文化流传的工具，也是文化本身的载体。文房四器中，墨易磨耗，笔不耐用，纸常毁损，唯有坚硬的砚台可留驻于千秋，所以文房四器中真正能够伴己一生，既能用也可供持久赏玩的，也唯有砚台，它功劳是显赫的。文人都特别喜欢砚台，在古代，文人对砚有"砚田"的比喻，因为就像庄稼人的生计要靠种田，读书人想要功名和富贵，一辈子就离不开这块砚。所以古人讲："我生无田食破砚"。砚田对文人来讲，是他的生命所系，也是他一生的寄托。古人常讲："人磨墨，墨磨人，磨墨人"，文人的一生就是在研磨当中消费，所以砚台对文人来讲，是画案上面的一件宝，是心头的肉。而我平日里总爱附庸风雅写东西，所以就给自己的字（笔名）里取了一个"砚"字。

其次"晴"，"晴"字，是汉语常用字（一级字），它出现较晚，最早见于《说文解字》，始见于楷书，古文献书作"姓""暒""精""星"，皆现代汉语之晴字。篆文"从夕、生声"，在六书中属于形声字。《说文解字》中说："姓，雨而夜除星见也。从夕、生声。"楷书改"从日、青声。"日是形旁，表示意义；青是声旁，表示读音。"晴"字，本义是指夜里雨止云散，天上出现星星，后来泛指雨雪停止，白天有太阳，夜里有星星、月亮的无云或少云的清朗好天气，所以"晴"字大多都与太阳或阳光有关。如：潘岳《闲居赋》："微雨新晴，六合清朗。"唐·韩愈《祖席》诗："野晴山簇簇，霜晓菊鲜鲜。"唐·刘禹锡《竹枝词二首》之一："东边日出西边雨，道是无晴却有晴。"巴金《发的故事·雨》："接连地落了几天雨，天空没有丝毫的晴意。"当然，含"晴"的词并不都与"天晴""太阳"有关，比如"晴河""晴丝""晴虹"等就是由雨雪停止引申，"晴"也可以当"停止"讲，"晴水"就是指雨停了，如：元·张可久《人月圆·梅花浑似真真面》曲："雪晴天气，松腰玉瘦，泉眼冰寒。"而由停止的意思再引申开去，"晴"又比喻泪水停止或者泪干。如：宋·吴城小龙女《江亭怨》词："泪眼不曾晴，家在吴头楚尾。"清·蒲松龄《聊斋志异·阿宝》："生忽病消渴，卒。女哭之痛，泪眼不晴，至绝眠食。"我的笔名"砚晴"里的"晴"，则取的是"晴"字的本义，寓意："丽日清朗，晴空万里，阳光相伴，一生灿烂"。

　　无论是取名"璐溪"还是取字"砚晴"，都饱含了过去的我对自己的劝诫、鼓舞与祝福。今天恰好是2023年的12月31日，这一年的最后一天，无论过去30几年的我都经历了怎样的逆境与顺境，都不能代表自己的现在和未来。记得查理·卓别林曾说："任何发生在我身边的事情，都是对我成长的邀请。"这句话，送给每一个将来的未知的读者，也同时作为2024年的新年礼物送给我自己，在生活的万般刁难下，留住半分可爱和温柔，我就是胜利者。愿新的一年的自己，如美玉般玲珑剔透，如溪水般澄澈善柔，如端砚般坚韧耐磨，如晴空般包容开阔。

一生挚爱暖和光

一生挚爱暖和光，明亮、温暖、向阳。

每逢周末，得遇丽日晴暖的好天气，我都会在午后习惯性地泡上一壶普洱茶，一边静沐暖阳，一边闻着书香，度过那半日里最为闲散和舒适的时光，偶尔心血来潮，也会和着牛奶煮点儿咖啡，然后放着轻音乐，闻着奶香，或是思绪纷飞放空自我，或是心随律动轻歌曼舞，或是文思泉涌笔下生花……以上这些矫情的做派都是我几十年来自然而然所养成的习惯，想来偷得浮生半日闲的方式于我早已是玩出了层出不穷的花样，如此也算不负光阴了，而当我怀着无比温柔的心情写下这段文字的时候，则证明此时此刻又是一个茶香日暖的午后。

这是2023年冬日的午后，阳光正好照在背部，像是有一双温暖的大手在抚摸着整个身体，身安便有了心安，由外及内的舒坦。轻轻地把日子里的皱褶抚平，心上便有了一股暖流升起，这暖流是能够长久地盘踞在我们心底的，如艺术，如文字，如音律。想要看见，画家们就把它画在了宣纸上；想要记住，作家们就把它记录在了字里行间；想要听见，音乐家们就把它变成了音符谱成了乐章。我要在这纯净阳光的洗礼中割舍掉消耗自己的人事物，并积极建造一个澄澈豁朗的心灵殿堂，所以此刻的我一边晒着太阳，一边诉着衷肠："波弄日光翻上栋，窗含烟景直浮空。"今年的冬季是个暖冬，近日虽已至十一月的中旬，却日日晴朗，惠风和畅，这在成都是极其罕见的。我素来对天气十分敏感，所以暖冬对我来说就显得十分友好，它让我每天都神清气爽，而我尤其钟爱这午后的阳光——干净透明的橘色光，明亮、温暖、向阳。它晒软了慵懒猫咪敞开的肚皮，润亮了年迈奶奶头上的银丝。微黄的银杏叶在它的照耀下一闪一闪透出金灿灿的光芒，巷子里的卤肉饭也像是撒了一层金黄的调料，油热飘香。它把车水马龙的匆忙晒成悠然自得的闲慢，把索然无味的日子晒得活色生香。

是的，有滋有味、活色生香，忆起所有与晒太阳有关的往事就更是如此了，回忆里那些与阳光有关的事物，那些曾经走过的路像一根根深耕的藤稳稳地驻扎在生命中。透过光影的经脉，我寻觅着与爱有关的光阴。爱过的人，热爱过的事物，与梦想有关联的情感，被阳光，文学，音乐，艺术熏陶着的心灵，趋于一种柔软的表象与内涵。

我生来好静，酷爱独处，有时候甚至能独自在书房待上一整天，但，只要一出太阳，我就雷都打不动地一定要出门，有时就在小区里面或小区附近的公园散步，一边晒太阳一边观赏其他拥有着相同"癖好"的人群，他们或是躺在草坪面朝蓝天，或是铺上桌布席地而坐。或是遛狗逗猫，或是哼着轻快的儿歌一手推着婴儿车一手脱下外套晒着背，还有一些老年人就专门挑选了一块完全被阳光照射的空地，精神抖擞地跳起广场舞来，而我每每被这些"活色生香"的画面所感动时，都忍不住地想称它们为"川人晒太阳图鉴"。

偶尔的周末，我也会想要到附近的校园尤其是大学校园里走走，穿过运动场一边晒着太阳一边数着银杏叶重拾青春的回忆。比如说，我时常会碰见一些在银杏树下拍照的情侣，每每看到那些女孩我都会想起十年前的自己，她们穿着和我当年一模一样的格子毛呢大衣搭配浅色百褶短裙，系着毛茸茸的长围巾，垂着黑色长直发，戴着红色贝雷帽，摆出青春无敌的俏皮姿势，自信明媚地朝着男朋友笑，并让男朋友按下快门记录笑靥如花的自己，俊朗青涩的大男孩则乐呵呵地执行。多么美好的画面啊，小鹿乱撞了谁的青春？有时候我也会避开那片银杏林而直接进入图书馆，找到一个靠窗的明亮又温暖的位置坐下来，看光影穿过玻璃窗洒落在我的指尖和《追忆逝水年华》的扉页上，错落有致，斑斑驳驳，然后就在这星星点点的阳光下一页一页地翻完一整本书，闻着掺杂了纯净阳光的油墨纸质书香味，享受着上天赐予我的这恬静美好的周末。偶尔我还会离开图书馆，带上一本书坐在湖畔，像梭罗追随瓦尔登湖那样，漫观阳光壕掷千万颗碎钻洒向校园的湖面，定睛时又仿佛像是看到了亿万颗小星星在平静的水面上灵动地跳着舞……就这样一直安静地坐着，注目平静的水面，圈圈涟漪泛起，触手清透的阳光，光影寸寸轻移，徐徐、缓缓，直到傍晚。傍晚，暖阳就变成了夕阳，夕阳比暖阳更美，它让校园里的林木披上霞光。当双目凝视天边，一种柔软的东西在心中弥漫，那是夕阳给万物镀上的色彩，这色彩笼罩湖面，恍若一幅水彩画。当湖水微涟，晃晃悠悠颤动时，整幅画在顷刻之间就灵动了起来，被抹上夕照牌胭脂水粉的涟漪瞬间幻化成跳跃的音符，奏响《暖阳》交响曲的尾音，优美至极，引发我心中无穷的喟叹："大漠孤烟直，长河落日圆"是它无与伦比的"千古壮观"；"夕照红于烧，晴空碧胜蓝"是它淋漓尽致的"壮志豪言"；"过尽千帆皆不是，斜晖脉脉水悠悠"是它柔肠百结的"离愁哀怨"……

我不知心性淡泊的梭罗若是看到同样的一幕，会使用怎样的笔墨来描摹对自然的惊叹，但我每每在阳光的怀抱中静临湖畔，就都能想到澄澈、纯粹、温暖、自然。拜伦曾说："太阳是上帝的生命，是诗歌，是光明。"而记忆中每一次静沐暖阳的我，都只觉初冬的阳光，更像是一种治愈和抚慰，它擦亮你的眼睛，治愈你的烦恼，抚慰你的心灵。梭罗说"太阳生，万物明"，我想眼睛是为光明而生的，光线则为眼睛所指引，万物借由太阳的光辉，才形成了多彩的世界；我们的内心为灵魂而生，纯粹的良知是内心的指引，万物于内心被赋予意义，于是有了认知。太阳每日升起，这光亮却未必照到每个人心中，唯有用心体味这个世界，才能感知万物皆有灵性，若无用心感悟，纵然风和日丽，于内心不生一点欢喜，日出又有何意义？在这浮躁的社会，只有心中有光，心中向阳，心胸豁达之人才有可能脱颖而出，成就大事。静沐暖阳，可洗尽铅华，洗尽浮躁，洗尽忧郁，让心灵和生命一起返璞归真，臻于至善。时间永是流逝，而太阳每日依旧升起，这世间风物论自由，喜一生我有，共你四海丰收。

　　"真正珍惜过去的人，不会悲叹旧日美好时光的逝去，因为藏于记忆中的时光永不流逝。""我们得益于太阳的光和热，也该配以相应的信任与宽宏的胸怀。"——梭罗

　　梭罗的世界里，有一段抹逝不去的美好时光，在瓦尔登湖的阳光下，恬淡自如，仿若一缕醉人的清风，永远飘散在碧玉般澄澈的瓦尔登湖的天空之上。他的思绪也宛若瓦尔登湖上泛起的涟漪，在激荡心湖的微波里，是一缕晚风的徐徐缓送。梭罗的天堂，让世人永远向往，貌似寂静的世界，却往往蕴藏着更深沉更热烈的执着与梦想，沉静恬淡的美，超验主义的理想境界，让人伫足，流连忘返。

　　古人的世界里也有一段千金不换的为众人所共同推崇的美好

时光，那就是在冬日里晒太阳取暖的慢时光，冬日晒太阳取暖被古人称为负暄，古语云："负暄之乐，于冬日尤是矣"，古人对冬日负暄的钟爱由此可见一斑，历朝历代的文人骚客也写过许多关于"冬日负暄"的句子，如：唐代大诗人白居易在《自在》一诗中写道："杲杲冬日光，明暖真可爱。移榻向阳坐，拥裘仍解带。"宋代大诗人曾几在其《负暄》诗中也说："炙背茅檐日，虽贫办不难。赵衰真可爱，范叔一何寒。虮暖无遗索，书明得细看。羲和有底急，薄暮更衣单。"古人眼中的冬日阳光是那么的温暖明亮、自然可爱，或移榻向阳，或静静落座，或拥裘解带，或明书细看。阳光朗照，温暖流遍全身，舒服又自在，此情此景，千金不换。是的，千金不换，任时光悠悠过，看日光依依斜，任谁都会不知不觉间爱上这样的冬天，安静漫长、不声不响、不慌不忙。

回到现实的世界里来，今年的冬季是个暖冬，近日虽已至十一月的中旬，却日日晴朗，惠风和畅，这在成都是极其罕见的。今日更是温暖，于是我也选择了一个阳光满地的时段，去享受着冬日负暄之雅趣。也趁着这样的雅趣，再一次地把整个身心都浸泡在阳光中去疗愈、去修复、去整理……今日这大龄的单身女青年早已不同于昔日那个青涩的小姑娘，那银杏树下的欢声笑语也已成为过去。在这晴好如春的冬日里，我也只能追随梭罗与古人们远去的笔迹，重新去寻找去发现一个更为丰盈辽阔的世界。

李娟在《冬牧场》中说："太阳未出时，全世界都像一个梦，唯有月亮是真实的；太阳出来后，全世界都真实了，唯有月亮像一个梦。"纯粹的爱情和太阳、月亮一样，何尝不是一个闪闪发光的瑰丽的梦呢？于每个人来说，它都是一个触不可及又及之多余的话题。独处是寂寞，烟火深处也是寂寞。寂寞可以成就梦想，寂寞也能让梦想在时光的虚度中枯萎。所以我又该当如何呢？我只是在这暖意洋洋的氛围中，依然期待着一场属于这个年龄阶段的爱情，一场始于冬日的唯美的但不失真的童话，一次朴素又珍贵的相遇，一个一起晒太阳以白头偕老为尽头的相守。正如海子的诗歌"你来人间一趟，你要看看太阳，和你的心上人，一起走在街上。""活在这珍贵的人间，太阳强烈，水波温柔，活在这珍贵的人间，人类和植物一样幸福，爱情和雨水一样幸福。"于是，我在2023年这个暖冬的午后，许下一个美好的愿望，愿得一心人白首不相离，愿来年乃至以后的每一年，我的身边都能有个永恒不变的共沐暖阳的你。

第五篇
Chapter 5

吾足知味

吾足知味系列之开篇词

说到味必然会想到吃，而一说到吃啊，就必然会联想到另外一个字："食"。"食"字，会意字，始见于商代甲骨文，其古字形下部像盛满食物的器皿，上部像盖。一说上部像口，会张口就食之意。那么"吃"和"食"的关系是什么呢？食的本义有动、名两用，作动词指进食、吃，由吃义引申为享受，《诗经》中就有记载，《魏风·硕鼠》说："硕鼠硕鼠，无食我黍。"这里的"食"就是动词吃的意思；作名词义是食物，是意义泛化的结果，是"吃"这个动作所涉及的东西，主要指饭食、粮食，凡是可以吃的东西都可以称之为"食物"。例如《尚书·益稷》中所记载的："奏庶艰食鲜食。"艰食指谷类，鲜食指肉类（刚杀的鸟兽），整句话是说提供各种食物。

那一说到与"食"相关古人的名句，我则联想到了古代先哲管仲曾说的那句："王者以民为天，民以食为天，能知天之天者，斯可矣。"以及孟子曾说过的："人之甘食悦色者，人之性也"还有明代名医李时珍的句子："饮食者，人之命脉也。"

芸芸众生，饮食男女，想来爱吃真的是人的天性，我也曾遇到很多人都在我面前信誓旦旦地说自己是"吃货"，但最终却发现十有八九名不副实，他们有的人呢，确实挺爱吃的，但是只吃某几种固定的食物或固定的味道；有的人呢，吃一两口就嚷嚷着要减肥，就这也敢说自己是吃货？还有一些人则完全是为了人设，为了给自己营造一个大大咧咧人畜无害的可爱形象，就号称自己是吃货，哎，对于这些人呐，我真是无语啊！但我想说的是，我自己真的是个名副其实如假包换的资深吃货，因为我不仅是好吃、爱吃，我还爱研究美食、制作美食、创新美食……

所以接下来的这一系列散文呢，都是肉眼可见的吃、吃、吃……而这个系列的标题，我贯之以"吾足知味"，除了表达我是吃货，我尝过人间百味半生足以之外还另藏乾坤哦，那么，这个乾坤为何呢？

这个乾坤就是："吾足知味"这四个字，原本是来自杭州的一家著名餐馆"奎元馆"，2015年我在奎元馆就餐时，惊讶地发现，餐馆的墙壁上有一个十分有创意的壁挂（见文末插图），壁挂是一枚外圆内方的铜钱，它别出心裁地运用了铜钱外圆内方的形状来制造悬念与惊喜，比如将"五""未""止""矢"四个字符，自右上到左下依次地在铜钱中心的方形"口"字孔周围排开，共用钱币中心的"口"字来作为偏旁，又分别均可与中心的"口"字相拼，而运用逆时针和顺时针这两种不同的拼法则又能得出四字短语的四种不同读法，例如：

其一：吾味足知

其二：吾足知味

其三：味知吾足

其四：知味吾足

是不是妙趣横生，耐人寻味？而这奇妙的构思，同时也蕴含了丰富的寓意：

其一，钱文四字，上下左右共用一口，不争高低，不分前后，各得所需，相得益彰，知足常乐，和谐相处，是知味吾足。

其二，钱文四字都有一个共同的偏旁"口"。"口"在一定意义上也代表了"空"。倘若不做到知所进退，到头来很可能就是"一场空"。

其三，四字口部位于钱币中心孔穿，即人心本为空，装满、掏空、再装满、再掏空，反复无休，对人德泽、教益。此外，人心本为空，如果欲壑难填，就可能包裹了人心，其心之不存，也就身之不存了。

其四，钱文借助外圆内方的形状，来传达了中国人顶天立地、外圆内方的规矩，劝诫人们为人处世上，对外要圆润圆通、慎始慎终、不可刚愎自用；对内则要光明磊落、谨守分际，刚正不阿、不可丢失本心。

说到这里，我也顺带给大家介绍一下"奎元馆"吧：奎元馆是一家位于杭州的中华老字号品牌，创办于1867年（清同治六年），由一位安徽籍人士创办。该餐馆以面条为主，历经百年历史，以其历史悠久、规模庞大、特色鲜明而享誉国内外，被誉为"江南面王"。奎元馆的名字背后有一个有趣的故事。相传，一位外地穷秀才到杭州赶考，进店只要了一碗清汤面，老板心生怜悯，特意在面底放了三只圊圄蛋，寓意"连中三元"。后来，一位衣着华丽的年轻人走进店堂，要求同样的面，老板疑惑之下得知，这位年轻人是之前那位秀才，已高中，因此题赠"魁元馆"三字招牌，后因"魁"字含有"鬼"旁不吉利，改为"奎"字沿用至今。奎元馆不仅是一家餐馆，也承载了许多名人的文化印记。梅兰芳、盖叫天、沙孟海、程十发等文化名人曾与奎元馆结下不解之缘。此外，金庸等文学大师也对奎元馆赞不绝口，曾在杭州奎元馆用餐，并给予高度评价。奎元馆的百年历史中经历了多次变迁，包括抗战时期的困难时"文革"期间的改名事件，但最终都克服困难，保持了其传统特色和美食文化，成为杭州乃至全国著名的面食品牌。

好了，介绍完毕，回归正题，接下来就欢迎大家进入我的"吾足知味"系列：吾足，是自给自足，讲的是心态，知味，是有滋有味，讲的是做菜。生活中有许许多多的乐趣可以让我们感到愉悦，其中之一就是做菜。做菜不仅可以满足我们对美味食物的向往，还能够带给我们创造的乐趣和成就感。

首先，做菜给予了我们丰富多样的选择。不同的菜品来自于不同的国家和地区，拥有独特的风味和烹饪方式。我们可以根据自己的口味和偏好选择制作各种各样的菜肴，既能尝试新的味道，也能挑战自己的烹饪技巧。无论是中餐还是西餐，炖、煮、炒、烤等各种烹饪方式，都能够使我们的生活丰富多彩，满足我们对食物的无尽渴望。

其次，做菜过程中的烹饪艺术也是一大乐趣。烹饪过程不仅是简单的食物加热和调味的过程，更是一种创造和艺术。做菜需要我们精心挑选食材，合理搭配调料，熟练掌握火候和时间。通过不断尝试和探索，我们可以发现各种鲜美的组合，展现出令人垂涎欲滴的色香味俱佳的菜肴。在这个过程中，我们可以发挥自己的想象力和创造力，丰富菜品的味道和造型，使菜肴更具个性化和艺术性。

再次，做菜也能带给我们与家人共享的快乐。家庭是温暖的港湾，而做菜则是增加亲情的一种方式。当我们一家人聚在一起，共同参与做菜的过程时，可以增进家庭成员之间的感情，增加交流和互动。与家人共同制作美食，不仅可以增加亲人关系的亲密度，也可以培养家人的实践能力和团队精神。而享受精心制作的美食，更能让我们感受到家庭的温暖和幸福。

总之做菜无限好，接下来我就将以"糖醋排骨""金玉满堂""绿肥红瘦""千娇百媚"这四个篇章，来为大家一一讲述自己的做菜体验。

糖醋排骨

糖醋排骨，可谓是中国人民最耳熟能详的一道家常菜了，它选用新鲜猪子排作主料，肉质鲜嫩，成菜色泽红润，琥珀油亮，甜酸醇厚，干香爽口，是糖醋味型菜肴中最具有代表性的一道特色传统名菜。说到这道老少咸宜的糖醋排骨啊，我还真是有源源不断的倾诉欲，那接下来就来说说我与糖醋排骨的那些不得不说的故事。

一、雨露均沾、各有特点

首先呢，让我们来了解一下这道菜的历史渊源。如果以菜系来划分，糖醋排骨本是起源于浙江的典型浙菜，但放在今天它却是个"雨露均沾"的典型，因为在今天的沪、浙、川、淮扬这四个菜系中，它都占有一席之地。论其做法也是各式各样，精彩纷呈，例如有的菜系里排骨是先煮再炸，有的则先卤再炸，有的还是先炸再煮……虽然做法不同，但是都有一个共同点，那就是都拥有糖醋口味。下面我就以沪、浙、川、淮扬这四个菜系为代表来分别说说不同菜系里的糖醋排骨。上海菜是浓油赤酱的典范，沪菜里的"糖醋排骨"用料简单却很有特色，什么特色呢？酱有特色，什么酱呢？番茄酱，因注重上海式酸甜的口味，所以调味就用到了番茄酱，也只有沪菜才会在这道菜中以番茄酱来体现糖醋的特点。浙菜里的"糖醋排骨"配料丰富，除了我们常用的葱段、生姜、香葱、料酒、酱油、白米醋、白砂糖、熟芝麻、盐等配料以外还会用到蛋清、蛋液以及江浙一带所特有的黄酒，除用料丰富，浙式糖醋排骨的做法也十分精细，可谓色、香、味俱全，其中以无锡的糖醋排骨广为流传。川人爱食辛辣，所以即使是做糖醋排骨也不忘加葱姜花椒，最后呈盘的排骨则是甜中带辣，酸里透麻，主打一个舌尖上的刺激。若论味道，沪菜里的糖醋排骨，味道属偏淡型，而浙菜和川菜里的糖醋排骨，味道则属偏重型。若论菜型，沪菜、浙菜的糖醋排骨属于烧菜，而川菜中的糖醋排骨则是一道很有名的凉菜，用的是炸收的烹饪方法，是一款下酒菜或是开胃菜。淮扬菜的糖醋排骨在技法上兼顾了浙菜的和川菜的特点，口味上结合沪菜的特点，用糖醋，葱蒜调味，用油热煸，淮扬菜做法的糖醋排骨，历史较其余三个菜系更短。

二、做法考究、美味可口

说完历史和特点，那接下来呢，我们再来说说它的具体做法，由于我是四川人，这里就特别介绍一下川味糖醋排骨的做法。首先，川味糖醋排骨所需的主料为：鲜嫩猪肋排500克。配料为：葱30克、姜20克、熟花生30克、熟芝麻15克、干红辣椒20克、花椒15克、小香葱10克。炒糖色用料为：白糖100克、植物油10克、开水150克。腌渍排骨用料为：盐1克、胡椒粉微量、姜15克、葱20克、料酒10克。

其次，这菜的制作过程总共分为八个步骤：

（一）挑选鲜嫩猪肋排或仔排，斩成4厘米长的段，冲洗干净。放入盆内，加入足量清水，浸泡2小时，最大程度泡除排骨里面的血水，达到去腥的效果。

（二）把浸泡好的排骨攥干水分，加入葱丝20克、姜丝15克、料酒10克、盐1克、胡椒粉微量，腌渍30分钟，入一个基本的底味，去腥提鲜。

（三）腌渍排骨期间，处理其他材料，充分统筹好时间。开小火，锅内不用放油，直接干煸，先把干红辣椒20克放入，煸炒至辣椒颜色加深，水分减少后，再下入花椒15克，一起小火煸炒至辣椒呈现出深红色，水分进一步减少，在锅内能听到"唧唧"的响声，停火。把煸炒好的干辣椒、花椒放凉后，用刀切碎成胡辣子备用。熟花生捣碎，准备熟芝麻。切葱段，姜15克切片，5克切成极细的姜末，小香葱切末。

（四）把腌渍好的排骨攥干水分，挑去葱姜。锅内倒入足量植物油，烧至七成热，约200度时，把排骨下入炸至表面浅黄色捞出，待油温再次升高至七成热时，再次下入排骨复炸一次，炸至表面呈现出浅金红色，捞出控油。

（五）正宗的糖醋排骨必须炒糖色，在家做这一步也可以省略，用酱油、冰糖烧制后也可以呈现出糖色的效果。炒糖色有油炒、水炒、水油炒三种，油炒法是快速法，水炒法相对容易操作。提前准备一碗开水，约150克，把锅清洗干净，炙锅后加入植物油10克，略炒下入白糖100克，不断搅拌，尽量让白糖一起融化后调成小火，待糖炒至鸡血红色，表面泛起小泡时，糖色就炒好了，倒入准备好的开水150克，烧开后，把糖色盛出。

（六）下面开始烧制排骨，锅内倒入植物油30克，烧至四五成热时，下入葱段、姜片炒香，调入酱油20克炒香后烹料酒30克，倒入约能没过排骨的清汤或清水，下入炸好的排骨、炒好的糖色，大火烧沸后，调成中小火继续烧制，中间不断打去浮沫。调入米醋20克、冰糖30克、盐2克、胡椒粉微量，继续烧制15—20分钟。

（七）随着烧制汤汁收浓，挑去葱段、姜片，再次烹入米醋30克、极细姜末5克，快速翻炒均匀。把准备好的花生碎、胡辣子、熟芝麻碎边撒入，边翻匀，均匀挂满每块排骨，停火。

（八）出锅装盘，表面点缀小香葱碎，这道川味糖醋排骨就完成了。

三、与菜有关皆成趣事

回想和糖醋排骨有关的事，真的都是一些趣事，小时候，特别爱吃排骨，但自己并不会做，记忆中第一次吃到糖醋排骨是7岁生日时，爸爸做给我吃的，彼时年幼，并不关注做法，只觉味美至极，且拥有一个会做糖醋排骨的老爸，在那些为我庆生的小伙伴们看来实在是非常令人羡慕的，十岁左右，爸爸开始培养我各种独立自主的能力，首当其冲便是生活自理的能力，于是那年我开始学习做菜，从最简单的水煮鸡蛋、蒸鸡蛋、蛋花汤、番茄炒鸡蛋、到烹饪各种家常蔬菜、家常肉类和海鲜……十岁生日时，我想拥有的生日礼物是一套精装版的《红楼梦》，作为交换，爸爸说："你若是在我生日时能给我做上一道糖醋排骨，我就在你生日时给你买下那套书"。于是乎，我每天傍晚只要一做完家庭作业，就会跑到厨房，要么就热情满满地去帮奶奶切菜（为了锻炼刀工），要么就聚精会神地去掏饬各种瓶瓶罐罐里的调料，幼时的我"情商"着实比现在高出了N个档次，想我小小年纪就把老人哄得每天都开开心心的，爷爷奶奶一个劲儿地在我父母面前夸这孩子勤快、懂事、动手能力强，殊不知，我只是为了自己的生日礼物，那时候心想，他们可真蠢全都中计了，如今人到中年，回想起来，其实真蠢的人是我，我才是唯一中计的那个，我中了爸爸培养我自理能力的计，也中了爷爷奶奶激励我自信进取的计。《战国策》里说："父母之爱子则为之计深远"，这样的原则，竟在我家一代又一代地传承和贯彻着，每念及此，我的内心便五味杂陈，就如同"糖醋排骨"，醇厚多汁，滋润酸甜。我该如何描述这份独特？从小到大所收获的来自家人充足的爱，是为"滋润的甜"，踩在父母的肩膀上看世界，一路被长辈推动着自立成长和独立承担，是为"感动的酸"。原来，酸酸甜甜的味道不只是菜，它还充盈着我的前半生。糖醋排骨，酸甜味足，吾足知味，吾足知足。

糖醋排骨

金玉满堂

说起"金玉满堂"这个词，大多数人立马会想到的就是琳琅满目不计其数的金银珠宝，哈哈，也难怪，出自《老子》第九章的它，本义便是形容财富极多，如"金玉满堂，莫之能守。"又如，唐·李白《悲歌行》："天虽长，地虽久，金玉满堂应不守。富贵百年能几何，死生一度人皆有。"唐·白居易《读》诗："金玉满堂非己物，子孙委蜕是他人。"宋·刘辰翁《临江仙·坐悟》："金玉满堂不守，菁华岁月空迁。从今饱饭更安眠。丹经都不看，闲坐一千年。"明·李贽《剪灯余话·凤尾草记》："纵金玉满堂，田连阡陌，不愿也。"清·钱泳《履园丛话·臆论·利己》："总不想一死后，虽家资巨万，金玉满堂，尚是汝物耶。"除此以外，它还被引申为学识渊博，才学美富。如南朝宋·刘义庆《世说新语·赏誉上》："刘真长可谓金玉满堂"。

哇，原来古人的"金玉满堂"竟有这么多的名堂，但我的"金玉满堂"却是一道菜名，取的是菜品的玉白色及汤底的金黄色，当然"金玉满堂"作为菜名非我首创，据说，粤菜系里就刚好有这么一道名菜，并且还是潮汕人民的年夜菜。

那就在介绍我自创的这道"金玉满堂"之前，来先说一说粤菜系里的它。粤菜里的"金玉满堂"作为广东省的地方传统名菜，它所需的食材其实是很家常的，如：玉米粒1小碗、黄瓜2根、虾仁适量、淀粉少量、胡萝卜1根、小米椒适量、蒜2瓣、姜盐和鸡精适量。

其具体做法为：

1. 首先将虾仁、玉米粒、黄瓜、胡萝卜、生姜、大蒜等食材清洗干净，再将一根清洗干净后的黄瓜切成与玉米粒大小一致的丁，胡萝卜同样切成小丁，姜刮掉外皮切片、大蒜剥掉外皮同样切片。

2. 锅中加入适量的清水，煮开后加入少量的食盐和几滴食用油，加入虾仁，焯水30秒后捞出控水，加入玉米焯水1分钟左右，继续加入胡萝卜焯水30秒左右后，将玉米粒和胡萝卜丁捞出控水。

3. 在炒之前可以先摆个盘，将黄瓜对半切开，然后连一刀切片，小米椒清洗干净切斜圈备用，将黄瓜片一片接着一片圈成一个圆，香菜叶摆在圆圈的周围，放上小米椒圈。

4. 起锅烧油，油温六成热加入蒜片和姜片，炒出香味后，倒入胡萝卜丁和玉米粒翻炒均匀。

5. 倒入虾仁和黄瓜丁继续翻炒均匀后，倒入用盐、鸡精、少量生抽和淀粉调成的水淀粉，翻炒后让食材均匀地裹上芡汁，倒入摆好的盘子中即可，一盘色泽金黄、鲜香味美的金玉满堂就做好了。

以上便是粤菜"金玉满堂"的做法，这道"金玉满堂"其实就是一道简单的炒菜，但经过精致的摆盘形成了一道美观大方的年夜菜品，做法非常简单，只需要几分钟就能端上餐桌，食材都是家里常见的食材，不论颜色还是寓意，都非常适合过年喜庆的氛围。特别需要说明的是在用黄瓜摆圆圈时，与盘子外沿要有至少3厘米的距离，这样外观才会更大气美观。

不同于粤菜的烹饪方法，我的这道"金玉满堂"不是炒菜而是炖品。我素来爱喝各种各样的汤，也常常自己煲汤，有香甜可口的、咸香味鲜的、清淡原汁的，也有酸辣开胃和浓油味重的，除此之外还有一种最爱的鲜汤，那就是营养丰富，色浮金粟的"金汤"，今天要说的"金玉满堂"就刚好是种金黄色的汤品，或者说是经我调味改良后的金汤。

传统意义上的金汤原本是湖南长沙地区的一道宫廷菜肴，流传至今已有百余年的历史。属于湖南菜系中的经典主菜之一。这道菜通常以鲍鱼、海参、鱼翅、花菇、鸡蛋、粟米羹等为主要原料，加上高汤和调料炖制而成。因其菜香四溢，汤色金黄，滋味鲜美而得名"金汤"。不同于湖南金汤的名贵壕气，我的金玉满堂的金汤底所需食材是既家常又便宜，家家户户都能吃得起，那这些食材都是些什么呢？

所谓"金玉满堂"，其实就是小米南瓜竹荪花胶虾仁煲，嗯，"金玉满堂"的食材，名字里面囊括完了，就不单独列举了，当然主料里面也可以不用放花胶和竹荪，这样就更亲民了，至于金汤嘛，则是用小米和南瓜熬制而成的粥底，我姑且将之戏称为"两大镶黄旗的锅中会师"。

重点来啦，现在可以说说我自创的这道"金玉满堂"的做法啦：

1. 准备小米适量，用清水洗净，洗干净的小米放砂锅，再在砂锅中倒入适量纯净水盖上锅盖，开火，先大火煮沸，煮沸后转小火慢炖。

2. 在熬制小米粥的这个过程中，不要闲着，我们可以在一旁，将老南瓜洗净，刮刀去皮，菜刀切片，最好要切成薄片。

3. 南瓜切好片后，放入锅中，大火蒸十五分钟，直至软黏。

4. 将已蒸熟的南瓜取出，用勺子将瓜片紧压成泥，瓜片越薄出泥越容易，所以前面说最好切成薄片。

5. 前面南瓜蒸了15分钟，压泥等细节耗时五分钟，与此同时，小米粥也就熬制了20分钟了，这个时候，我们就可以把压好的南瓜泥倒入粥中搅拌，搅拌均匀时"这两大镶黄旗"就完成了锅中会师啦，然后盖上锅盖继续熬制。

6. 在继续等待金汤熬制的过程中，把几只鲜虾洗净，去头、开背、去虾线，整理好后放入砂锅一起煮。

7. 虾仁煮熟后，关火，闷五分钟，一道色香味俱全的"金玉满堂"就做好啦。

加了南瓜泥和小米粥一起熬制而成的汤底，一片金黄、入口即化，是为"金"，虾仁煮熟后，白白嫩嫩，在汤汁儿的浸泡中清香四溢、冰清玉洁，是为"玉"，这一锅满满的高蛋白、高营养价值的砂锅煲难道还不能赢得"满堂彩"吗？所以呀，它可真是名副其实货真价实的"金玉满堂"啊，若是再加上点儿名贵又滋补的食材，如我自己常用的鱼胶和竹荪就更加美味无敌了，且鱼胶炖熟后就像真的翡翠白玉一样晶莹剔透，而竹荪本就洁白无瑕，更是菜中美玉了，只是需要注意的是，鱼胶和竹荪都需要提前几个小时去泡发，然后鱼胶可以和小米一起入锅熬制，因炖煮鱼胶的时间较长，竹荪则需要在加入南瓜泥后放入，以保持其鲜嫩的口感。

做菜是日常生活中极有乐趣也极有成就感的一件事，它是一种极致的享受，当我用心烹饪的瞬间，我收获到了巨大的满足感和幸福感。美国约翰斯·霍普金斯大学也研究发现：经常自己动手做菜（饭）吃的人，比不做菜（饭）的人幸福感更强。当你将意识集中在做菜上，完全沉浸在精心烹饪的时刻，会产生充实、满足和快乐的感受。这种"沉浸其中"的体验被称为"心流"。

积极心理学家认为，心流是人们获得幸福的途径之一，美国密歇根州烹饪艺术治疗师朱莉·奥哈纳也说，"回家做菜（饭）是一种非常有效的放松、减压与自我保健方式。"

所以……让我们都回家做饭去吧！

绿肥红瘦

　　说到绿肥红瘦这个词，很多人一定立刻就会想到李清照，是的，"知否，知否？应是绿肥红瘦。"这个千古名句正是出自千古第一才女李清照的词作《如梦令·昨夜雨疏风骤》，其原文是"昨夜雨疏风骤，浓睡不消残酒。试问卷帘人，却道海棠依旧。知否，知否？应是绿肥红瘦。"

　　绿肥红瘦，这个词的原意是绿叶茂盛，花渐凋谢，指暮春时节，也形容春残的景象。自宋代著名词人易安居士用它形容过暮春海棠之后，元代著名文学家赵善庆也在他的《落梅风·暮春》中用它来形容过踏青郊游时所见的暮春之景，如："寻芳宴，拾翠游，杏花寒禁烟时候。叫春山杜鹃何太愁，直啼得绿肥红瘦。"明代著名戏曲家陈汝元也在他的《二郎神·人归后》中说到："人归后。记当初绿肥红瘦。到如今十月寒花霜缕透。"同样是用绿肥红瘦来形容暮春时节花渐凋谢。看起来，这绿肥红瘦还是一个修饰暮春花卉的专有名词呢！但它还有没有别的用法呢？当然有，这不，我就开了一个先河，给它赋予了一个菜名，什么菜呢？西兰花炒虾仁。西兰花炒虾仁？没错，绿伞葱茏、碧如翡翠的西兰花是为"绿肥"，而炒熟后鲜嫩爽口、白里透红的虾仁

（还有配料红椒丝作陪衬）就是"红瘦"啦！

西兰花是蔬菜之王，具有很高的营养价值，搭配虾仁不仅好吃，还营养互补，而这道"绿肥红瘦"的做法也很简单方便，是一道十分常见的色香味俱全的家常菜肴！

下面就来着重说说这道"绿肥红瘦"的做法吧：

所需的食材：

主料：虾仁（100克）西兰花（100克）

调料：大蒜（15克）/新鲜红辣椒、红甜椒、干红椒（三者中任意一种适量）/小葱（少许）/植物油（10克）/料酒（15克）/盐或海盐黑胡椒（3克）/蚝油少许/水淀粉（少许）

做法步骤：

第1步　将西兰花、鲜红椒、大虾、剥皮后的大蒜分别洗干净，沥干水分备用。

第2步　将大虾剥皮、开背，取出虾线，放入碗中加少许盐、料酒、蚝油搅拌均匀，去腥增鲜。

第3步　将西兰花掰成小朵后再清洗一遍，放入水中，加一点精盐浸泡几分钟，杀掉虫卵去除农药残留。

第4步　将掰成小朵后的西兰花放入锅中，锅中加水，水中加少许精盐和食用油，然后焖煮几分钟，再焯水捞出，这样焯水后捞出的菜花更脆绿。

第5步　将开背后的虾仁放入清水中焯水，变色马上捞出。

第6步　将小葱切成葱花，蒜切成小片，新鲜红辣椒、红甜椒、干红椒（三者中任意一种）切成长条细丝。

第7步　锅中加适量食用油，下入葱花、蒜片炒出香味。

第8步　下入红色椒丝煸炒。

第9步　加一勺清水。

第10步　加入一匙蚝油，少许精盐或海盐黑胡椒搅拌均匀。

第11步　加入水淀粉勾芡，搅拌均匀。

第12步　下入虾仁、西兰花翻炒均匀，几分钟后即可出锅。

炒熟后的虾仁爽口滑嫩、白里透红，菜花绿油发亮、碧如翡翠，真是好一个绿肥红瘦，鲜香味美。

个人心得：

1. 西兰花和虾仁焯水的时间不要太长，要保证食材的脆嫩度。

2. 作为配料的红椒一定要选颜色鲜红的，且只能切成细长条形状，这样炒出来才既不会喧宾夺主又能辅助虾仁，相互衬托出"红瘦"的效果。

总之，"绿肥红瘦"算是十分简单易学了。当然了，虽然把西兰花炒虾仁这道家常菜取名为"绿肥红瘦"是我首创，但仔细想想，其实这个菜名还是个大众款，它适用于一切由绿色蔬菜和红色瘦肉合炒的菜，比如芹菜炒牛肉、芦笋炒虾仁、莴笋炒瘦腊肉等。既可用它作主菜，搭配米饭，也可把它当配菜，佐伴面食。绿色蔬菜清新爽口，红色瘦肉浓郁醇厚，两者融合，不仅美味可口，而且富含多种营养物质。绿色蔬菜富含维生素和纤维素，有助于增强免疫力和促进消化。红色瘦肉富含蛋白质和铁质，有助于提高体力和补充营养。因此，经常食用"绿肥红瘦"对于保持健康和营养平衡非常有益。

好啦，这篇就到这里啦！听说爱美的人儿已经迫不及待去做了呢！

千娇百媚

　　说起"千娇百媚"这个词，大多数人立马就会想到一个风情万种的大美女是吧？哈哈，是的。它出自南朝陈·徐陵《杂曲》诗："绿黛红颜两相发，千娇百态情无歇。"（"千娇百态"也作"千娇百媚"），其本义就是形容女子姿态神情极为美丽动人。唐代文坛著名才子张文成在他的《游仙窟》中写道："千娇百媚，造次无可比方；弱体轻身，谈之不能备尽。"宋代大词人柳永也在他的《玉女摇仙佩·佳人》中说："飞琼伴侣，偶别珠宫，未返神仙行缀。取次梳妆，寻常言语，有得几多姝丽。拟把名花比。恐旁人笑我，谈何容易。细思算、奇葩艳卉，惟是深红浅白而已。争如这多情，占得人间，千娇百媚。"明代著名小说家、戏曲家冯梦龙在他的《醒世恒言》中形容贺家小姐这样说："吴衙内在灯下把贺小姐仔细一观，更觉千娇百媚。"有"吹气如兰彭十郎"之称的清朝吏部侍郎兼翰林掌院学士彭孙遹在他的《临江仙·闻声》中描写美貌女子，也如是说："隔窗闻唤侍儿名。风飘莺语脆，故是向人声。两字轻绡和小玉，千娇百媚横生。吹来气作楚兰馨。今生有分么，消受一声卿。"

　　看来"千娇百媚"一词作为描写美女的形容词而言还真的是

历史悠久且备受推崇啊，那么传统意义上看，它除了修饰美女还有没有什么别的用法？当然有，比如说，还可以用它来形容鲜花极美、娇艳欲滴，如宋代诗人赵福元在他的《桃木》中就这样写道："神仙拥出蓬莱宫，罗帏绣幰围香风。云鬟绕绕梳翡翠，颒颜滴滴匀猩红。千娇百媚粲相逐，烂醉芳春逞芳馥。"宋代的另一位著名词人晏几道也在他的《蝶恋花·千叶早梅夸百媚》中如是说："千叶早梅夸百媚，笑面凌寒，内样妆先试。月脸冰肌香细腻，风流新称东君意。一捻年光春有味，江北江南，更有谁相比。横玉声中吹满地，好枝长恨无人寄。"真是好一个"千娇百媚"啊！两位才子均用生动的笔墨把鲜花的美态写到了活灵活现的地步。但，这些呀，都还不是今天的主题，那今天的主题是什么呢？是吾足知味、是做菜，所以呀，本文即将进入正题的这个"千娇百媚"它既不指美人也不是鲜花，它，只是一道菜名。

作为一道菜名的这个"千娇百媚"，就实实在在是我自己首创的啦，大家来猜猜这道菜的食材有哪些，以及我为什么会给它取这样一个名字呢？哈哈，我估计大部分人都会猜不出来，好了，我就不在这里卖关子故弄玄虚了，答案揭晓：它其实就是一道几乎人人都会做的菠菜豆腐汤，只不过我对这个家常的菠菜豆腐汤做了一丝丝的改良，于是就把它变成了独家仅有"千娇百媚"，这话何解？请大家继续凝神贯听：

首先这道菜所需的食材有豆腐、菠菜、玫瑰花末（药店里的那种泡水喝的小朵玫瑰花）；

其次食材里面的豆腐为白色，它也是老百姓们早就司空见惯了的家常菜品，所以既取其音也取其意，就是为"百"，玫瑰花本就长得千娇百媚，且取其谐音也是mei所以是为"媚"，菠菜青翠欲滴、娇嫩无比是为"娇"，这个菜很普通千家万户都会做，所以是为"千"，最后，把它们聚合起来，一以贯之就叫："千娇百媚"。

那说完菜名的解析，咱们接下来就来说说它的具体做法：

第一步，准备新鲜菠菜一把、豆腐一块、姜、蒜适量，并分别把它们清洗干净，将洗净后的菠菜去根沥水再切成小段备用；整块的豆腐用井字刀法切成均匀小块，并将切成小块的豆腐再用清水冲洗一遍备用；姜切丝，蒜切末备用；

第二步，在锅中添上水，烧开，加上几滴食用油，先放入豆腐焯下水，2分钟；

第三步，捞出豆腐，控水待用，接着将菠菜放入开水锅中，焯水1分钟，捞出过一下冷水，控水待用；

第四步，炒锅中放上一点点食用油，油烧六成热时将姜丝、蒜末放入，并用小火煸出香味；

第五步，在炒香了姜蒜的锅里加上2大碗水，将水烧开，煮1分钟，再将事先焯过水的豆腐块和菠菜一同下入锅中，煮1分钟，划上一点点蚝油和少许的食盐调味，继续煮1分钟，这汤就煮好了，关火，滴入几滴香油，盛出装碗；

第六步，将干玫瑰花朵用手捏碎，捏成粉末，轻轻洒在碗中那已煮好的白色豆腐面上。

如此，一道白里透红、绿油发亮的"千娇百媚"（菠菜豆腐汤）就完工啦！

最后，再专门给大家附上一点独家秘方（个人烹饪小心得）：

1. 菠菜和豆腐事先都焯下水，豆腐焯水是为了去除豆腥味和增加其韧性（豆腐易碎），而菠菜焯水则可去除草酸，降低草酸含量，人体对钙的吸收才会更加容易。两者焯水都需要开水下锅，不需要时间太长，1~2分钟足够了；

2. 煮汤的时候，事先将姜、蒜用少许的油煸一煸，将其煸出香味，再加水煮汤，这样汤的口感才更佳，但记得油一定不能太多了，否则汤不够清爽，当然对于注重低脂的朋友来说，也可以不放油直接加清水煮；

3.这汤注重口味清淡，不需要放太多的调味料，用少许的蚝油和盐调味便可，所以放盐的时候需要适量，香油在出锅后再放，否则起不到提香的效果；

4.干玫瑰花的选用一定要选那种花朵紧裹且较小朵的，不然不容易捏碎成粉末，粉末不要随意洒汤里，要精准地撒在白色豆腐上，这样才更具艺术的美感。

好啦，千娇百媚的美人儿们，本文就到此结束了，大家要记得多做和多吃这道"千娇百媚"哦！

第六篇
Chapter 6

异域风情

异域风情系列之开篇词

　　说到这个篇章的取名，其实我有想过"游山玩水""丈量土地"等比较直观明了的词语，但思来想去后，终是觉得不妥，比如"游山玩水"虽从字面上看通俗易懂，点明了这就是一系列游记的集锦，但自己这些年的旅游却又不止于游，它更像是一种"旅行"，一种体验式的个人成长之旅和扩容式的生命更新经历。游在山水之间而所获在山水之外，所以"游山玩水"这个名字就显得十分肤浅且以偏概全；那"丈量土地"呢？好像也不是那么合理，虽身体力行地踱步过很多名山大川与人文古迹，但细数交通工具，尤其是去国外时，绝大多数时候都是乘坐的飞机，那些在空中遨游的经历似乎完全没有"接地气"，所以又何来"丈量土地"一说呢？正当我绞尽脑汁，几乎要为这个篇章的取名而感到"抑郁"，却突然想到了一个同音词，那就是"异域"——这个与旅行有着千丝万缕的联系的词语。若是要将它扩充成四字短语，那就非"异域风光"和"异域风情"莫属了，于是，我怀揣着学者般一丝不苟的严谨，去对这三个词汇逐一进行了详细的考证：

　　异域：外乡、外国。《楚辞·九章·抽思》："有鸟自南兮，

306

来集汉北。好娇佳丽兮，胖独处此异域。"唐·杜甫《寄贺兰铦》诗："勿云俱异域，饮啄几回同。"唐·王维《送秘书晁监还日本国》诗："别离方异域，音信若为通！"

异域风光：指的是外国或国土之外的地域的风景和风土人情，这些通常与本地风俗习惯不同。这个概念不仅涵盖了物理上的地理位置差异，还包括了文化、习俗等方面的差异。例如，体验日式小巷或爱琴海风格的地方，都可以被视为异域风光的体现。此外，"异域"一词还隐含着一种文化或地理上的边界，暗示着与"自我"或"本地"有所区别的概念。

异域风情：则指的是来自不同地域、文化或民族的风貌、特色和情感。这个词组常常用于描述那些与本地文化、环境或习惯有明显差异的地方，强调其独特性和吸引力。从字面上来看，"异域"指的是不同的地域或领域，而"风情"则是指那些反映特定地域、文化或民族特色的风貌和情感。因此，异域风情可以理解为不同地域或文化背景下的特色风貌和情感。这些特色可能包括建筑、服饰、饮食、艺术、音乐、舞蹈、民俗等多个方面。以旅游为例，人们常常会被异域风情所吸引。例如，当我们来到一个古老的东方国家，看到那里的传统建筑、华丽的服饰、精美的手工艺品和独特的民俗文化，我们会感受到一种强烈的异域风情。同样，当我们来到一个现代化的西方国家，看到那里的高楼大厦、繁忙的商业街区和前卫的艺术氛围，我们也会感受到一种不同的异域风情。总之，异域风情是一个充满魅力和吸引力的概念，它让我们能够感受到不同地域、文化或民族的独特魅力和价值。也为我们提供了一个更加广阔和多元的视角，让我们能够更好地理解和欣赏这个多彩的世界。

说到更好地理解和欣赏这个多彩的世界，就不得不说，它正是我在20到30岁这十年的人生旅程中，最为重要的一个主题。

"读万卷书、行万里路"，为的就是在有限的生命里能更丰富和广阔地去拓展自己对于这个世界的感知和体验。若论"读万卷书"，我深知自己的愚钝和懒惰，必然是没有读够的，但幸得在前三十年里无论东西南北抑或国外国内，还是走过一些地方，故而若是只按字面意思来理解，那"万里路"该是已经达标了。而在这个且读且行的过程中，也有见到过苦的、乐的，雅的、俗的，贫的、富的，辽阔的、逼仄的，容易的、艰辛的等各式各样的"世面"。在这些世面之中若论记忆的深刻，那么对于"异域风情"的体验，算是首当其冲，例如：普吉岛的海浪、巴厘岛的夕阳、地中海的广场、梵蒂冈的教堂、佛罗伦萨的雕像、凡尔赛宫的走廊、泰国的绊尾幔、马来西亚的娘惹装……但这些都只是浅表的感官上的惊艳，更有深度的价值和内涵，则只有当我们用心去感受时方能显现。比如，通过暂时跳出日常生活的框架去接触不同的生活与文化，就拓宽了我们认知的疆域，我们知晓了世界的多样性也学会了求同存异；通过克服对未知领域的恐惧去适应陌生世界的规则，则挖掘出了我们的勇气和潜力，让我们清楚地看到了自己的盲区，同时也增强了抗压能力……所以，不仅旅行本身让我们赏心悦目幸福感满满，这游玩之外的收获亦是同样满满。

由是也想到，在一个人"观世界"的数十年历程中，与其说他/她的"世界观"不断在改变，还不如说是不断在修正，更新，和扩容，而那些足以支撑起一个人面对自己的幼年、童年、少年、青年直至中年等不同人生时段里所遇到的各种各样难题的不卑不亢的能力与刚柔并济的能量，却是永远不会丧失的，那就是恒定稳固的核心价值体系，也就是"万变不离其宗"的那个"宗"。这些"宗"的集合既是我前半生走南闯北的过往之体验，也是支撑着我"出走半生归来仍是少年"的当下之信念，更是激励着我"莫愁前路无知己，天下谁人不识君"的未来之勇气，由是便有了"异域风情"系列这一个篇章。那么接下来，就请大家跟着我一起去感受一下那些来自东南亚与欧洲的"异域风情"和"逸闻趣事"吧！

意大利圣马可钟楼

凡尔赛宫的走廊

作者于泰国

作者于日本

巴厘岛之旅

2017年9月，我与闺蜜同赴巴厘岛旅行。此次旅行我们主要去了乌鲁瓦图、南梦岛、乌布、库塔等地。

一、乌鲁瓦图

乌鲁瓦图坐落在巴厘岛西南端，作为著名旅游胜地，它以壮观的海岸断崖、印度洋美景、世界冲浪点、白色沙滩以及文化标志物乌鲁瓦图神庙而著称。乌鲁瓦图神庙，位于高耸的乌鲁瓦图断崖之上，是巴厘岛六大神庙之一，有着深厚的文化宗教意义。但人们不能进入寺庙，只能沿断崖行走时从外观光。在这里沿着断崖行走不是一项危险的运动，而是一种美的享受，因为断崖景色是整个景点最精华的部分，临海而矗的断崖，像是谁用巨斧在乌鲁瓦图的海岩上劈了一刀。从崖上望下去，海水湛蓝、海天一色，风光旖旎，令人心旷神怡。海浪冲击山崖飞溅起浪花，潇洒飘逸，听海浪拍打着海岸，看海水蔚蓝深邃，感海风迎面扑来，这份美纯粹无比。

断崖还有另外一个浪漫的名字"情人崖"，因其背后有一个动人心魄的爱情故事：一对得不到祝福的情侣双双从这里跳崖殉情。情人崖有很多娱乐项目，堪称冲浪爱好者的天堂，因为它朝向印度洋，浪大，海水干净。除此以外，这里还有很多漂亮的泳池，蓝色的泳池直接与大海相连，水天相接，辽阔无垠，绝美的海景让人豁然开朗，泳池不远处还有教堂，总是有各国的情侣在那儿举行婚礼，浪漫无比。

二、金巴兰海滩

　　金巴兰海滩是整个巴厘岛最让人感到亲切的海滩，有着虽不惊艳，却温馨、柔美的海景，以及热情、朴实的村民。这里最著名的便是"海滩落日"，曾被评为全球最美的十大日落之一（据说全球排第四）。幸运的是，我们刚到不久便观赏到了美丽的日落与晚霞。云霞笼罩下的海滩很美丽，海沙很细，海风习习，不远处的帆船、桅杆都横亘在海面上，和夕阳的余晖融为一体，颇具有莫奈画笔下泰晤士河的印象流风格，夕阳染红了天，让人无限遐思。我还在海滩上以海浪拍打的声音为伴奏，以绚丽的云霞和燃烧的夕阳为背景，跳了两支非常柔美的古典舞，记得当时我那红色长裙上的长飘带一直随风飘扬，在闺蜜所录的视频中，我婀娜多姿、翩翩起舞，好像一个出尘绝世的海边仙子，哈哈（论此处的我是何等自恋），回国后我还把自己跳舞的照片打印了一组出来，取了"云溪缟丝罗，夕阳舞红妆"的名字。除了迷人的落日，傍晚时遍地的露天海鲜大排档也是金巴兰海滩的一大特色。这里人头攒动，商业兴隆。各色人种，笑逐颜开，各种餐馆，琳琅满目，我们的晚餐是海滩的烧烤盛宴，有烤肉、烤鱼、龙虾、贝类和各种水果蔬菜，当地的乐队带着吉他和架子鼓等乐器流动在海滩上的各个餐馆间，演唱当地民族乐曲，声音高亢热情、极富感染力。

三、南梦岛

如果说中国的地图像一只大公鸡，那么巴厘岛的地图就是一只下蛋的母鸡，而蓝梦岛则刚好就是那颗鸡蛋。

蓝梦岛很美，整个海岛处处展露出原生态和纯天然的味道，岛上椰树茂盛，居民安详和乐，海水清澈见底。岛上随处可见肆意游玩的人群，有的埋在沙坑里晒日光浴、有的拿着冲浪板在海上漫游，还有一些则在浮潜。我和闺蜜也选择了浮潜，透过所乘坐的玻璃船船底，我们清楚地看到了海底的鱼、珊瑚等多种浮游生物，它们绚丽且多彩，灵动又可爱。蓝梦岛的海底深度为数米到数十米不等，从而为我们提供了从浅到深的不同潜水体验，和惊喜无比的探索价值。海上浮潜归来就来到了闻名遐迩的景点——恶魔的眼泪，这个景点，其实是一个海湾，岸上有礁石，海水很干净，海浪很大，海浪拍上海湾，雾气升腾，阳光下就能看到绚丽的彩虹，当海浪褪去，海水顺着岩石淌下，就又形成了无数个微型瀑布。怎么说呢，文字实在是不足以形容其惊艳，好在当时拍摄了视频和照片。

四、海神庙

海神庙是巴厘岛中西部海岸的一座寺庙，也是巴厘岛六大寺庙之一。庙宇位于塔巴南，距巴厘岛首府登巴萨约20千米，建在一个经海水冲刷而形成的离岸大岩石上，在海水涨潮时，与其连接的通道会被淹没，无法通行，必须等待退潮才能进入庙宇参观。海神庙原文Tanah Lot在巴厘语的意思是"海中的陆地"。据说是由15世纪的一个宗教人员所建立。他在南部旅游时，因发现离岸岩石非常漂亮而决定在此休息，一些渔民见到他时，便送了点礼物，让他祭拜海神以保佑渔民。他也认为此地是个可祭拜海神的圣地，于是吩咐这些渔民在岩石上盖起这座庙。据说在岩石底部，有守护此庙宇的毒海蛇，防止恶灵和入侵者的骚扰，此外，这位宗教人员的围巾也变成了一条大蛇保护着海神庙。

五、乌布

乌布是巴厘岛中部的文化艺术中心，乌布皇宫就坐落在这里，皇宫始建于16世纪，宫殿气势恢宏、历史悠久、特色鲜明。虽贵为皇宫但它并不高，面积也不大。皇宫内共有60间房，20分钟就能转完，略显破旧且腐蚀感强，可能和这里的水热条件有关，同建于16世纪，故宫的建筑却保存完善。所以乌布皇宫不论规模还是气派都难以和故宫相提并论。但其古旧沉稳的建筑风格，富丽堂皇的精致装饰，栩栩如生的石刻艺术，却是美轮美奂，堪称一绝。不大的院子处处是被雕刻了的建筑，内容大多是关于婆罗门教的。（虽然印尼人信奉伊斯兰教较多，但在巴厘岛人们却是以信奉印度教为主），皇宫的外围，有大型的亭式戏台，家庙和花园等。晚上，宫殿里还有代表着巴厘岛最高水平的民俗歌舞表演。巴厘岛的舞蹈很负盛名，有着艳丽的服饰，夸张的面具，韵律的节奏，最重要的是扭动身体的方式很特别，其主要的舞蹈是巴伦舞（BARONG）：巴伦是由两个人扮演的神秘动物，有点类似于中国的舞狮。克利舞（KRIS）：舞名就是剧中的祸剑，是巴伦舞剧情中的一个分支。KECHAK舞：除了巴伦舞外最著名的舞蹈，反映的是印度的史诗。

在乌布皇宫的对面，是乌布传统市场。乌布市场是一个卖小商品和民族工艺品的大市场，这里弥漫着浓浓的艺术气息。在这儿，游客可以买到各种民族味十足的精致工艺品，如：手织布、蜡染、木雕、石雕、传统面具、金银器等，令人爱不释手，但同质化严重，质量也参差不齐。

六、库塔海滩

库塔海滩位于巴厘机场附近，不仅是日光浴与水上活动的热门场地，也是欣赏落日美景的绝佳地点。库塔海滩纵跨了库塔区，雷吉安区，向北延伸到水明漾区，全长大约7公里，在这里每天可见：一大排的遮阳伞和海滩椅，一堆享受着日光浴的半裸外国人，前仆后继的冲浪客，海滩排球捉对厮杀，接受编辫，修指甲或按摩服务的观光客，顶着饮料水果满场游走的小贩偶尔对你露齿一笑，身材健美的男男女女。以库塔广场为中心的商业区，又称"洋人街"，各国料理餐厅、酒吧、俱乐部、舞厅、百货商铺、海滨酒店等一应俱全，很多外国人在这里度假休闲，而我和闺蜜在巴厘岛的一个星期，为了方便也一直是住在这里。

七、奇趣经历

除了以上的景点，最后还想说说此次旅行的一个奇趣经历。据说巴厘岛是全世界spa的最早发源地之一，当地特色的Taman Air Spa水之恋水疗，更是声名远播。于是，在离开的前一天，我与闺蜜特意去感受了一下：首先用花瓣及海盐水浸洗脚部以消除疲劳，促进血液循环，软化角质；再以天然的花香精油按摩全身，让肌肤放松，消除疲惫；再用特制的草药材料敷身，去除全身角质及毒素并松弛筋骨和肌肉；然后抹上新鲜乳酪并包裹全身，让乳酪渗入皮肤，使皮肤洁柔、细腻；最后冲澡，将乳酪洗去，利用热水淋至全身的每一寸肌肤，达到另一种按摩的效果，再舒服地泡在盛满海盐和花瓣的温水池里，感受和大自然相容的惬意。

结束全套疗程后，我们都感觉浑身轻松、肌体通透，真是一种美好的享受。但接下来的事就着实不轻松了。水疗店老板是个阳光帅小伙，非常热情，买单的时候不断地对着我笑，还用他印英夹杂的语言问我，是否单身，最后甚至露出了手上的尾戒，问我愿不愿意做他女朋友，其他女店员则集体起哄帮他，我当时又惊又尴，脱口而出的竟是当时很火的电影《战狼》的经典台词：谢谢，我非常喜欢这里，但是我是中国人，在我的身后有个强大的祖国……然后在一旁一本正经算账的闺蜜，突然就笑抽了风。哈哈，这算不算一个非常有趣的经历呢？

作者在金巴兰海滩

作者的"云溪绾丝萝，夕阳舞红妆"

作者在情人崖的留影

作者在乌布皇宫前跳舞留影

瑞士之旅

　　瑞士，一个位于欧洲中部的国家，以其壮丽的自然风光、丰富的文化遗产和独特的生活方式吸引着来自世界各地的旅行者。同时，它也是一个多语种国家，官方语言包括德语、法语、意大利语和罗曼什语，体现了其丰富的文化多样性。瑞士的主要城市包括以金融业为中心的苏黎世、国际化氛围浓厚的日内瓦和具有古老风情的卢塞恩，各具特色。瑞士的自然景观则包括雄伟的阿尔卑斯山脉、清澈的湖泊、绿意盎然的乡村以及童话般的小镇等，今天我就单单以自己曾经旅行中的见闻来解读一下我眼中的瑞士。

一、静谧琉森

　　琉森又被译作卢塞恩，位于瑞士中央地区，是个湖光山色相互映衬的美丽城市。早在罗马时期，它还只是个人烟稀少的小渔村，后来，为给过往的船只导航而修建了一个灯塔，因此得名"琉森"（拉丁文是"灯"的意思）。1178年正式建市。岁月的悠长给这座城市留下了上古人类历史的文明。中世纪的教堂、塔楼、文艺复兴时期的宫厅、邸宅以及百年老店、长街古巷，比比皆是。琉森市中心并不大，主要景点都散布在步行可及的范围内。卡佩尔桥和八角水塔是琉森的地标，也是最常出现在瑞士明信片上的建筑物。狮子纪念碑诉述了瑞士的一段历史，是瑞士人忠贞坚毅的象征。从琉森出发，可以前往英格堡小镇旁的铁力士山，乘坐世界首创的360度旋转缆车，或琉森湖上的游船均可前往有"龙之山"称号的皮拉图斯山。不同的游船线路还可通往湖畔的各个度假小镇和阿尔卑斯的著名山峰。

琉森湖（Lake Lucerne）位于琉森东南部，是瑞士第四大湖，也是完全位于瑞士境内的第一大湖。它夹在阿尔卑斯山的群峰之间，静谧优雅，如水晶般莹澈眩目的湖水，荡着如诗似画的景象。乘船游于湖中，你会看到天之蓝，山之绿，水之清，上下融为一体。微风拂过，波光粼粼，宛如仙境。湖边建有很多欧洲古典式建筑，墙壁被粉刷成白、淡黄、蓝、粉红、棕等颜色，屋顶则一律是红色，仿佛使人回到中古世纪，优雅文艺。傍晚时分是琉森湖一天当中最美的时刻。上午还透明呈浅蓝色的湖水到了傍晚，在夕阳的照映下灿烂如金。如果不巧碰到阴天，湖景就会呈现出另一番景象。当阴云覆盖天空时，琉森湖就变成了稠厚的绿色。正是这样的美景令歌德和雨果都赞叹不已。

二、壮美阿尔卑斯

阿尔卑斯山脉是欧洲最高大的山脉，横跨多个国家，包括瑞士、法国、意大利、奥地利、德国等。瑞士阿尔卑斯山位于欧洲中部，是阿尔卑斯山脉的重要组成部分。瑞士阿尔卑斯山的海拔高度因其范围广阔而有所不同，但其中一些山峰的海拔令人叹为观止，如杜富尔峰（Dufourspitze），海拔达到4634米，它是瑞士境内最高的山峰，也是阿尔卑斯山脉中的著名高峰之一。它位于瑞士与意大利的边境，以其陡峭的山坡、白雪皑皑的山顶和壮丽的景色而闻名。每年吸引着来自世界各地的登山爱好者和游客前来探访。除了杜富尔峰之外，瑞士阿尔卑斯山还有许多其他高峰，如韦特霍恩峰（Wetterhorn）、马特洪峰（Matterhorn）和蒙布朗峰（Mont Blanc）等。这些山峰的海拔也都在4000米以上。瑞士阿尔卑斯山的海拔之所以如此高耸入云，是因为这里的地质构造和气候变化共同作用的结果。阿尔卑斯山脉是由地壳板块碰撞而形成的，经过数百万年的地壳运动和冰川作用，形成了今天所见的壮丽山脉。同时，瑞士阿尔卑斯山的气候也非常特殊，由于高山地区的低温和大雪，使得这里的山峰常年被白雪覆盖，形成了独特的冰川景观。总的来说，瑞士阿尔卑斯山是一个充满挑战和美景的地方。这里的海拔、地形地貌和气候条件都为登山、徒步和观光提供了得天独厚的条件。无论是对于登山爱好者还是普通游客来说，瑞士阿尔卑斯山都是一个值得探访的地方。在这里，你可以感受到大自然的壮美和神秘，也可以体验到人类与自然和谐共生的美好，这无疑是上帝的绝世佳作。

三、仙境因特拉肯

在去过很多国家和城市后，若有人问我哪里最像人间仙境，我一定会毫不犹豫地说：因特拉肯。地处伯尔尼高地中心的因特拉肯（Interlaken），位于图恩湖（Lake Thun）和布里恩湖（Lake Brienz）之间。它是瑞士最闻名的观光小镇，走进这个美丽的小镇，彩色的事物一个接一个地映入眼帘，让人产生置身童话世界之感。

因特拉肯的"彩"以瑞士地毯般的绿色草原为底色，随后又能从各种大自然的布景中体现出来。搭乘着金色山口列车，色彩的变幻不断在沿途上演，从唯美宁静的田园风光，到幽深秀丽的湖光山色，再到白雪皑皑的欧洲之巅……起初沿途是一片郁郁葱葱的田野（是绿），成群结队的绵羊（是白）在那辽阔的草原漫步，再有山坡上是别致的小木屋（是棕），再往前看去清澈见底的日内瓦湖正闪着钻石般的光芒（是蓝、是银），再有一望无际的葡萄园让空气中都弥漫着葡萄的香气，（是紫）……大自然像一位粗心的画家，在这里打翻了调色板，将各种颜色融为一体。除了列车观光的外景，因特拉肯的"彩"，还最能从水中呈现，图恩湖和布里恩茨湖是最好的代言人。湖上总是飘着云雾，似远非远，似近非近，阳光透过云雾照到湖面上，你会看到浅灰；一阵微风拂过，拍破云雾，湖又变成了湛蓝；太阳是金黄的，倒映在澄碧的湖水中又会让你明白什么是浮光跃金和流光溢彩。

四、迷人少女峰

瑞士的少女峰（Jungfrau）是阿尔卑斯山脉的一部分，被称为"欧洲之巅"，位于瑞士因特拉肯市正南二三十公里处，屹立在伯尔尼的东南方。它是阿尔卑斯山脉的最高峰之一，海拔4158米，横亘18公里。从山下到山顶，景致截然不同：山顶常年被冰雪覆盖，白雪飘飞，雪雾弥空，形成冰雪世界的奇观。而山腰以下却绿草茵茵、风景秀丽。这个地区拥有最惊人的风景：欧亚最大的冰川覆盖区域、欧洲最长的冰川、900米厚的冰层、9座海拔在4000米以上的高峰，欧洲最高的观景台及瑞士最高速的升降机。此外，少女峰还有一条非常受欢迎的旅游线路，即从因特拉肯出发，乘坐登山火车向少女峰前进。全程34分钟后，到达格林德瓦尔德车站。车站两面环山，山脚下阳光可以照到的地方是绿色的草地，背阴面则是皑皑白雪。这一幕再配上棕褐色可爱的小木屋和阳光下的蓝天白云，简直美爆。

除了自然风光，少女峰也拥有丰富的户外运动资源。例如，登山、滑雪、徒步等都是非常受欢迎的活动。此外，为了纪念少女峰铁路建造的百年历史和阿尔卑斯山旅游业的发展历程，少女峰铁路公司和因特拉肯旅游局在顶峰火车站联合修建了一条名为"阿尔卑斯震撼"的环形长廊。

总的来说，少女峰以其壮美的景色、丰富的户外活动以及深厚的历史文化底蕴，成为瑞士旅游业的经典景点之一。

五、中秋月（越）圆（缘）

游览完以上景点后，迎来了我在瑞士的最后一天，那是2019年，恰逢中秋，在回酒店的路上，我们遇到了一车乘坐大巴的瑞士人，他们应该是刚参加完某种团体活动，我们彼此逆向而行，却都在同一个休息站稍作停留。在听说那天是中国人的传统节日后，他们就热情地邀请我们去吃他们自带的咖啡和糕点，以作庆祝的晚餐。他们热情善良，那种"施比受更为有福"的喜悦，一直在那欢乐的氛围中流淌，作为答谢，我就代表咱们中国人给他们表演了一段戏曲——中国的第二大剧种越剧。当时虽没有化妆也没有戏服，但由于自己表演的卖力，还是让瑞士人民激动不已。当然了，我并非专业的越剧演员，故而并不能说给他们带来了视听盛宴，但我还是被他们真诚的赞美和热烈的掌声给感动了。作为中国人，在那一刻我真的很骄傲很开心！对了，那天晚上的月亮很圆，而那个充满越缘的月圆之夜也是我在瑞士最难忘的记忆。

作者乘坐瑞士金山列车

瑞士湖

琉森

意大利之旅

在意大利的旅行中，我主要去了罗马、佛罗伦萨、比萨和威尼斯等地。

一、古老罗马

罗马是意大利的首都，世界文化的发源地之一，沉淀了数千年历史遗迹，有着丰富的文化遗产。

罗马的主要景点，大致分为四类：一、教堂等宗教建筑，如圣彼得大教堂、万神殿等，这些教堂共同的看点是内部装饰以及收藏的艺术品；二、各种博物馆，看点是以绘画和雕塑为主的收藏品，如卡皮托利奥博物馆、梵蒂冈博物馆和波各塞美术馆；三、古罗马废墟，2500年历史左右的建筑，包括古罗马广场、图拉真广场、卡拉卡拉浴场等；四、浪漫场所，如西班牙台阶、纳沃纳广场、罗马许愿池（特雷维喷泉）等，大多是文艺复兴时期的精华。

二、浪漫翡冷翠

佛罗伦萨（又名"翡冷翠"，出自徐志摩《翡冷翠的一夜》，因其翡翠般的浪漫和优雅的气质）是著名的世界艺术之都，欧洲文化中心，欧洲文艺复兴运动的发祥地，歌剧的诞生地，举世闻名的文化旅游胜地。

在这里，我们首先参观的是圣十字教堂。圣十字教堂坐落于圣十字广场，是世界较大的圣方济各教堂，精美的建筑结构为之后的欧洲天主教堂提供了蓝本。伽利略、米开朗基罗、马基维利亚、马可尼等276位意大利伟人长眠于此。教堂内还装饰有诸多艺术大师的精美大作，堪称文艺复兴时期建筑与艺术的浓缩精华。

第二站是但丁故居。但丁故居是一座临街三层小楼，它看上去古老破旧，都是岁月侵蚀的痕迹，现已改为博物馆。馆内陈列着但丁的一些作品、家族画册、家庭情景等，展示了但丁的一生。

第三站是花之圣母大教堂，又名圣母百花大教堂。是世界五大教堂之一，也是佛罗伦萨总教区的主教座堂。这座高106米的哥特式建筑，其外部以绿、白、红三色大理石装饰，应用建筑学、几何学原理设计修建。教堂建筑群由大教堂、钟塔与洗礼堂构成，三座建筑构成一体，显得格外雄伟壮观，1982年作为佛罗伦萨历史中心的一部分被列入世界文化遗产。教堂的特色是它漂亮的大圆顶，圆顶是1463年完成的，在建造的当时，不使用鹰架，技巧仿自罗马万神殿的圆顶。它高达91公尺，内有463级阶梯，登上圆顶可俯瞰佛罗伦萨全景，因而这个橘红色的巨大圆顶，也成为佛罗伦萨的地标。

最后一站是米开朗基罗广场。广场位于阿诺河南岸，市中心以南奥特拉诺区的山上，中央安放着米开朗基罗《大卫》的复制品。黄昏时分，从广场上眺望被阿诺河一分为二的佛罗伦萨老城区玫瑰色的老房子和花之圣母大教堂的圆顶，会让人叹为观止。

三、奇趣比萨

比萨是意大利中部的一座著名城市，位于阿尔诺河三角洲，拥有丰富的文化和历史遗产。这里的景点主要是比萨斜塔。

比萨斜塔建造于1173年8月，是意大利比萨城大教堂的独立式钟楼，位于奇迹广场上。奇迹广场的大片草坪上散布着一组宗教建筑，它们是大教堂、洗礼堂、钟楼（即比萨斜塔）和墓园，它们的外墙面均为乳白色大理石砌成，各自相对独立但又形成统一罗马式建筑风格。比萨斜塔从地基到塔顶高58.36米，从地面到塔顶高55米，钟楼墙体在地面上的宽度是4.09米，在塔顶宽2.48米，总重约14453吨，重心在地基上方22.6米处。圆形地基面积为285平方米，对地面的平均压强为497千帕。倾斜角度3.99度，偏离地基外沿2.5米，顶层突出4.5米。1174年首次发现倾斜。逐年倾斜却屹立不倒实乃奇迹，所以多年来斜塔一直是游客们创意拍照时的最佳道具，各种姿势与斜塔同框的构图都可谓是浑然天成、妙趣横生。

四、美丽威尼斯

威尼斯，是意大利东北部著名的旅游与工业城市，被称作"亚得里亚海明珠"，由118个岛屿和邻近的一个半岛组成，有117条纵横交错的大小河道，靠400多座桥梁把它们连结起来。"因水而生，因水而美，因水而兴"的威尼斯，有"水都""桥之城"及"光之城"的美誉。

要想感受"水都"的魅力，就一定要去乘坐"贡多拉"这种轻盈纤细、造型别致的日常交通工具。坐着贡多拉慢悠悠地穿梭在威尼斯的"大街小巷"之中，两岸充满艺术气息的古老建筑和爬满青苔的古老城墙似乎都能触手可及。当船驶入主街道黄金大运河时，就进了威尼斯的市中心，沿着这条最长的街道，可以饱览威尼斯的精华：沿岸有近200栋宫殿豪宅和7座教堂，风格包括拜占庭式、哥特式、巴洛克式、威尼斯式等，让人目不暇接。所有的建筑地基都淹没在水中，看起来就像水中升起的一座艺术长廊，其中以圣马可广场和圣马可大教堂最为雄伟壮观。

我们的船行之处，处处有桥，其中最有名的莫过于叹息桥了。叹息桥建于1603年，两端连接着威尼斯共和国总督府（都卡雷宫）和威尼斯监狱，是古代由法院向监狱押送死囚的必经之路，叹息桥的命名源于死囚行刑前通过此桥之时，因感叹生命即将结束而发出的叹息声。当然这是悲伤的故事，但在当地还有另外一种传说：情侣们只要在桥下接吻就可以相守终生。这个传说使得"叹息桥"充满了浪漫色彩。

游览完叹息桥后，我们便上岸来到了圣马可广场。圣马可广场又称威尼斯中心广场，是威尼斯政治、宗教和传统节日的公共活动中心。广场呈长方形，四周分布着许多建筑，体现了从中世纪到文艺复兴时代的各种风格。广场东侧是圣马可教堂和四角形钟楼，西侧是总督府和圣马可图书馆，南侧有两个高大的白色石柱，一个雕刻着威尼斯的守护神圣马可的飞狮，另一个雕刻的是威尼斯最早的守护神圣狄奥多。两个石柱之间就是威尼斯城的迎宾入口，许多贵宾都从这里进入威尼斯市。

随后，我们来到了拿破仑翼大楼前，1797年，拿破仑进占威尼斯后，赞叹圣马可广场是"欧洲最美的客厅""世界上最美的广场"，于是，他下令把广场边的行政官邸大楼改成了他自己的行宫，还建造了连接两栋大楼的翼楼作为他的舞厅，命名为"拿破仑翼大楼"。

最后，我们去参观了圣马可教堂。它曾是中世纪欧洲最大的教堂。它不仅是教堂，是优秀的建筑，还是一座富藏艺术品的宝库。教堂的五座圆顶仿自土耳其伊斯坦丁堡的圣索菲亚教堂，结构上有着典型的拜占庭风，正面的华丽装饰则是巴洛克风格。整座教堂的平面呈现出希腊式的集中十字，是东罗马后期的典型教堂形制。教堂正面五个入口是非常华丽的罗马拱门形式。入口的拱门上方，有五幅描述圣马可事迹的镶嵌画，金碧辉煌，令人难忘。正面中央拱门上方有四匹复制的青铜马，作腾空状，神形具备，充满活力。走进教堂后，更是令人瞠目结舌：从地板、墙壁到天花板上，都是细致的镶嵌画，每幅画都覆盖着一层闪闪发亮的金箔，使得整座教堂都笼罩在金色的光芒里。教堂中间最后方是黄金祭坛，祭坛之下是圣马可的坟墓，祭坛后方的金色围屏上，有80多幅描绘耶稣、圣母、门徒马可行事的画面，画面共有2500多颗钻石、珍珠、黄玉、祖母绿、紫水晶和红绿宝石等各式珠宝来装饰。中央的圆顶是一幅耶稣升天的庞大镶嵌画，更是别具特色。看完这些，我由衷地感叹到圣马可大教堂的确是威尼斯的骄傲。

五、浪漫奇遇

好啦，行文至此，我的意大利之旅其实也结束啦。但作为一段深刻的记忆，还是想最后说说自己在意大利这个浪漫的国度的一段奇遇。记得在我参观罗马斗兽场的时候，曾偶遇了一场婚礼，神奇的是，那天的我也穿了一条白色长裙，和新娘站在一起时像极了她的伴娘。于是新郎打趣说要从人群中随机挑选一个意大利帅哥来作为伴郎，我赶紧拒绝，基于沾沾喜气的心理，我和新娘合了张影，并送上了我的祝福。那对年轻的新人也回赠了祝福并让我一定要去许愿池许愿，于是当天下午我就去了奥黛丽赫本曾到过的特莱威喷泉，也买了《罗马假日》里的赫本同款冰淇淋，还换了欧元硬币。完成许愿后，我成功地把硬币扔向了池子的正中央。当时有吉普赛人向我兜售明信片，在我正准备买时，迎面走来了一对中年夫妻，妻子从黑色包包里摸出了一叠明信片说："那么多人都曾在这儿许愿，只有你成功扔向了池中央，所以明信片就作为祝福送给你。"现在回想起来这事，就像是在编故事，难以置信的是，它们却曾真实的在我身上发生过，只是很可惜，虽然我不远万里将明信片带回了成都，却最终在成都给弄丢了，怎么找也找不到，以至于我到了现在这样的年龄都还没有遇见自己的缘分，所以，这算不算一个美丽又遗憾的经历？

作者和罗马偶遇的新娘

罗马特莱维喷泉

威尼斯的贡多拉

威尼斯黄金大运河

威尼斯水巷

作者于圣母百花大教堂前留影

作者于古罗马遗址前留影

作者和比萨斜塔

作者于威尼斯黄金大运河

333

法国之旅

我的法国之旅由于时间关系只去了科尔马和巴黎。

一、迷人科尔马

科尔马小镇位于法国东北部的阿尔萨斯地区，毗邻德国和瑞士，被誉为法国最美小镇，有小威尼斯之称，因其境内的运河和花船而得名，也是宫崎骏电影《哈尔的移动城堡》的原型。这个精致玲珑的小镇，兼具了法德两国的风情。镇内是一个由许多不规则形状的广场组成的广阔步行区，广场之间的道路穿插着圣马丁教堂，人头屋等历史名胜。漫步街头可以看到小镇仍然保留着16世纪的建筑风格—"木筋屋"，虽然这里地属法国，但这些木筋屋并非法式建筑，而是属于德国中南部盛行的建造风格。中世纪时，德国有着广袤的森林，因地取材便自然而然地成为了地方特色。既要承载房屋的重量，又要抵受日晒雨淋，那就只有使用坚硬耐磨的橡树和冷杉才能胜任。当人们用歪歪扭扭的木条搭起房屋骨架，并填充上黏土和芦苇麦秸的混合物后，人和白鸽的避风港就完成了。（木筋屋又名Colombage，当遇到恶劣天气时，本用来保护墙壁免受风雨破坏的檐瓦就成了colombe——白鸽的避风港）相比于石砌建筑，木架房屋造价低，难度小，坚固耐久。于是，木筋屋在欧洲流传开来。17世纪，人们觉得这屋子看着太单调，想加些现代感和华丽感，于是开始在木条上刷上各种各样的颜色。就这样，一座座匠心独运又风格各异的彩色木屋应运而生，它们是这座城市的灵魂。当伊尔河支流酩赫河从科尔马静静淌过，清清的河水荡涤了浮躁的尘埃。小桥流水，幽幽窄巷，人在船上歌唱，倒影随波轻扬……如同穿梭在童话般的梦境一样！

二、浪漫巴黎

告别科尔马小镇后，终于来到了我心心念念的巴黎。

在巴黎观光的第一站是凡尔赛宫。凡尔赛宫位于法国巴黎西南郊外伊夫林省省会凡尔赛镇，是法国著名的宫殿之一，也是世界五大宫殿之一。它最初是法国国王路易十三的狩猎别墅，后在路易十四的统治下进行了大规模的扩建和装修，成为了欧洲最大的城堡。凡尔赛宫不仅是法国历史的象征，也是法国乃至整个欧洲的贵族活动中心。宫殿整体左右对称，庄重雄伟，被称为理性美的代表。内部有众多的房间和厅堂，装修以巴洛克和洛可可风格为主，展现了极致的奢华。其中，镜厅是凡尔赛宫最奢华的部分，以其17面由483块镜片组成的落地镜而闻名。凡尔赛宫不仅是法国的文化象征，也是游客必去的景点之一，展现了法王路易十四时期的辉煌和艺术气息。

第二站是卢浮宫。卢浮宫位于法国巴黎市中心的塞纳河北岸，位居世界四大博物馆之首。始建于1204年，原是法国的王宫，居住过50位法国国王和王后，是法国文艺复兴时期最珍贵的建筑物之一，以收藏丰富的古典绘画和雕刻而闻名于世。现为卢浮宫博物馆，占地约198公顷，分新老两部分，宫前的金字塔形玻璃入口，占地面积为24公顷，是华人建筑大师贝聿铭设计的。1793年8月10日，卢浮宫艺术馆正式对外开放，分为希腊罗马艺术馆、埃及艺术馆、东方艺术馆、绘画馆、雕刻馆和装饰艺术馆6个部分。现如今它已成为世界著名的艺术殿堂，最大的艺术宝库之一，是举世瞩目的万宝之宫。

在两大宫殿都参观完毕后，我发现凡尔赛宫与卢浮宫的区别主要体现在历史背景、建筑风格和功能上。卢浮宫位于巴黎市中心，历史更为悠久，曾是法王的住所和行政中心，而凡尔赛宫则是法国大革命前王室的居住和政治中心。卢浮宫的建筑风格更为多样，包括哥特式、文艺复兴式等，而凡尔赛宫则主要以巴洛克和洛可可风格为主，展现了更为宏大的规模和豪华的装饰。在功能上，卢浮宫现在主要是一个博物馆，展示着丰富的艺术收藏品，而凡尔赛宫则更多地保留了其历史时期的用途，如宴会、政治会议等。

第三站是巴黎圣母院。巴黎圣母院，正式名称为巴黎圣母主教座堂，是位于法国巴黎西堤岛的天主教教堂，也是天主教巴黎总教区的主教座堂，约建造于1163年到1250年间。其建筑属于哥特式建筑，在法兰西岛地区的哥特式教堂群里，最具代表意义。巴黎圣母院法文原意为"我们的女士"，指的是耶稣的母亲圣母玛利亚，该敬称也广泛使用于西方国家的语言，和维克多·雨果的小说《巴黎圣母院》同名。它的建造全部采用石材，其特点是高耸挺拔，辉煌壮丽，整个建筑庄严和谐。雨果在《巴黎圣母院》中比喻它为"石头的交响乐"。巴黎圣母院的主立面是世界上哥特式建筑中最美妙、最和谐的，水平与竖直的比例近乎黄金比1：0.618，立柱和装饰带把立面分为9块小的黄金比矩形，十分和谐匀称。后世的许多基督教堂都模仿了它的样子。教堂内部极为朴素，严谨肃穆，几乎没有什么装饰。进入教堂的内部，无数的垂直线条引人仰望，数十米高的拱顶在幽暗的光线下隐隐约约，闪闪烁烁，加上宗教的遐想，似乎上面就是天堂。于是，教堂就成为"与上帝对话"的地方。它是欧洲建筑史上一个划时代的标志。教堂正厅顶部的南钟楼有一口重达13吨的大钟，敲击时钟声洪亮，全城可闻，据说在这座钟铸造的材料中加入的金银均来自巴黎虔诚的女信徒的奉献。北侧钟楼则有一个387级的阶梯。从钟楼可以俯瞰巴黎诗画般的美景。

　　第四站是塞纳河。塞纳河在巴黎市自东向西流过，形成一个弧形，长度约13公里。它的两岸风光秀丽，楼房鳞次栉比，有的建筑已经历了几百年的风风雨雨，有的则是现代技术的杰作，它们完满地体现了巴黎古往今来各历史时期不同的建筑艺术与风格。白天游览塞纳河，四周风景如画，岸上的一座座建筑色彩分明，卢浮宫、奥赛博物馆、巴黎圣母院、埃菲尔铁塔等名胜一个个掠过，各具特色的桥梁也一座座迎面扑来，使人目不暇接。夜晚则具有另外一番风味，当夜幕降临，整个城市开始亮起灯光，大街小巷、河畔建筑、桥梁、塞纳河上的游船，都被点缀成一道道绚丽的风景线。坐在游船上，随着船只缓缓驶过塞纳河，眺望两岸的景色，仿佛进入了一个梦幻般的世界。河畔的璀璨灯光，映照在水面上，倒映出一道道绚丽的光影，如同一幅绝美的画卷。

　　第五站是埃菲尔铁塔。埃菲尔铁塔位于塞纳河南岸法国巴黎的战神广场，于1889年建成，铁塔高300米，天线高24米，总高324米，它是世界著名建筑、法国文化象征之一、巴黎城市地标之一、巴黎最高建筑物。塔分三楼，分别在离地面57.6米、115.7米和276.1米处，其中一、二楼设有餐厅，第三楼建有观景台，从塔座到塔顶共有1711级阶梯。但由于恐高，我当时并没有上三楼去。

第六站是凯旋门。凯旋门正如其名，是一座迎接外出征战的军队凯旋的大门。它是现今世界上最大的一座圆拱门，位于巴黎市中心戴高乐广场中央的环岛上面。这座广场也是配合雄狮凯旋门而修建的，因为凯旋门建成后，给交通带来了不便，于是就在19世纪中叶，环绕凯旋门一周修建了一个圆形广场及12条道路，每条道路都有40到80米宽，呈放射状，就像明星发出的灿烂光芒，因此这个广场又叫明星广场。凯旋门也称为"星门"。由于凯旋门就位于香榭丽舍大街的尽头，于是我也顺带游览了这条"世界上最美丽的大街"。

最后一站是巴黎歌剧院。巴黎歌剧院，又称为加尼叶歌剧院，是一座拥有2200个座位的歌剧院，总面积11237平方米。它是由查尔斯·加尼叶于1861年设计的，是折衷主义代表作，其建筑将古希腊罗马式柱廊、巴洛克等几种建筑形式完美地结合在一起，规模宏大，精美细致，金碧辉煌，被誉为是一座绘画、大理石和金饰交相辉映的剧院，给人以极大的享受。是拿破仑三世典型的建筑之一。举世闻名的《歌剧魅影》的故事背景就设定在这里，遗憾的是由于时间关系，我并没有坐下来欣赏歌剧。

三、巴黎奇遇

在巴黎我并没有什么浪漫的经历，倒是有两个"马路事件"给我留下了较为深刻的印象。其一是在过马路时毫无征兆地就遇到了当地的律师群体为反对退休税制度而举行的示威游行，我被推搡着进入了人群，莫名其妙就近距离观看了一场"起义"，法国人民的游行也真的颇具戏剧性，因为聚也快散也快，且不会受到任何的阻止，我用蹩脚的法语问了几句，才明白游行于法国人民而言是家常便饭的事，当时觉得真不可思议，如今回想起来也是颇为离奇；其二便是一边戴着耳机听着轻音乐一边逛着香榭丽舍大街的我，意外发现马路面上有个非常浪漫的法语爱情路标，但遗憾的是我是独自一人并没有另一半能配合着我将他的脚印也踩上去，就在我正懊恼着无法拍摄这一经典场景时，迎面突然就走来了一个法国帅小伙，他穿着一双漂亮的运动鞋，不偏不倚地踩在了爱情路标的右上方，刚好和我左下方的鞋形成了完美的"恋爱关系"。于是我就在那一分钟之间拍下了那"因缘际会"的照片，至于这个帅小伙吧，我并不知道姓甚名谁，也不想知道。他是匆匆赶路的行人，我们只是碰巧遇到，也瞬间就擦肩而过。

多年后，我在成都定居，偶尔会在晚饭后独自沿着江畔散步，当我穿过合江亭，顺着水流一直向前一直走，竟不知不觉地也走到了一条锦江夜游的"爱情专线"上，这条专线上的路标竟与几年前在巴黎香榭丽舍大街上遇到的路标如出一辙。由是心生感慨：无论时空如何转换，世事总是惊人的巧合。更是感叹：无论巴黎还是成都，前三十年的那些所有看上去都应该是属于两个人手牵手去完成的浪漫经历居然都是自己独自一人的偶遇。

香榭丽舍大街的爱情路标

339

卢浮宫三大镇馆之宝
的胜利女神雕塑

卢浮宫三大镇馆之宝
的断臂维纳斯

卢浮宫三大镇馆之宝
的蒙娜丽莎油画

塞纳河和埃菲尔铁塔　　香榭丽舍大街的法式建筑

律师示威游行

科尔玛彩色木筋屋

作者和巴黎圣母院的留影

作者在凯旋门的留影

·后 记·

　　孟子曰："吾善养吾浩然之气。"今观其文章，宽厚宏博，充乎天地之间，称其气之小大。太史公行天下，周览四海名山大川，与燕、赵间豪俊交游，故其文疏荡，颇有奇气。此二子者，岂尝执笔学为如此之文哉？其气充乎其中而溢乎其貌，动乎其言而见乎其文，而不自知也。所以浩然之气如何养？——"读万卷书，行万里路"，因为养心，所以读书，因为润心，所以作文；因为纸上学来终觉浅，所以万里行路来实践。

　　若论"读万卷书"，璐溪深知自己才疏学浅，必然是没有读够的，但幸得在前三十年里无论东西南北抑或国外国内，还是走过一些地方，故而若是只是按字面意思来理解，那"万里路"该是已经达标了。而在这个且读且行的过程中，也有见到过苦的、乐的，雅的、俗的，贫的、富的，辽阔的、逼仄的，容易的、艰辛的等各式各样的"世面"，不敢说是人生百态但也还是有了很多自己的体悟与见解，由是也想到，在一个人"观世界"的数十年历程中，与其说他/她的"世界观"不断在改变，还不如说是不断在修正，更新，和扩容，而那些足以支撑起一个人面对自己的幼年、童年、少年、青年直至中年等不同人生时段里所遇到的各种各样难题的不卑不亢的能力与刚柔并济的能量，却是永远不会丧失的，那就是恒定稳固的核心价值体系，也就是"万变不离其宗"的那个"宗"。而这个"宗"也就是我在读书和行路后最想要输出的东西，于是就有了这本《璐言溪语》。

曾听智者说"在你读书的过程中，如果书籍给你带来的不是优越感，而是大量的知识所给予的对不了解的人与事物的想象力，让你拥有对这个世界不同事物的叙述能力、对话能力，还能为人所想、拥有诚恳的同情心，那就不仅仅是一个有学问的人，还是有能力、有情商，任何人都愿意交往的有品质的好人"。"读万卷书行万里路之后，不是觉得自己高人一等，而是学会了能够从容与世界上的'不同'对话，探索解决问题的方式，能够善于在多元化环境中增加不同背景的人的参与感，才是知识能给一个脚踏实地的人带来的最好的作用"。此话，我深表赞同，感恩生命里那些所有于璐溪的成长给予过指引与帮助的良师益友，他们犹如一盏盏明灯照亮了我前行的路。

他们是（排名不分先后）：周啸天、杨成钢、向胤道、龙宗智、许永驰、姚远哲、邵昱、杨砚、张勇、单雯、张洪冽、杨小洁、李晓玲、巫述义等良师；舒泳涛、蔡蕤洁、杨志敏、王英占、廖先军、喻志、张桂琴及红楼诗社全体成员等益友。

二〇二四年五一假期于蓉城青羊

343